Jorge Icaza

HUASIPUNGO

edición crítica
Raúl Neira

⟡ - STOCKCERO - ⟡

© Jorge Icaza - 1934
Foreword, bibliography & notes © Raúl Neira
of this edition © Stockcero 2009
1st. Stockcero edition: 2009

ISBN: 978-1-934768-26-6

Library of Congress Control Number: 2009938489

Set in Linotype Granjon font family typeface
Printed in the United States of America on acid-free paper.

Published by Stockcero, Inc.
3785 N.W. 82nd Avenue
Doral, FL 33166
USA
stockcero@stockcero.com

www.stockcero.com

Jorge Icaza

HUASIPUNGO

Indice

JORGE ICAZA

Entre la esperanza y la fuerza literaria en la escritura de *Huasipungo* de Jorge Icaza

Raúl Neira
Buffalo State College

1. Jorge Icaza (1906-1978).

Este intelectual ecuatoriano fue desde oficinista, oficial mayor de la Tesorería de la Provincia de Pichincha, actor, director y escritor teatral, profesor, librero, hasta ocupar puestos diplomáticos: Designado adjunto cultural de la embajada ecuatoriana en Argentina (1948); Embajador ecuatoriano ante la Unión Soviética, Polonia y la República Democrática Alemana (1977).

También organizó el Sindicato de Escritores y Artistas del Ecuador y fue designado su secretario general (1938). Fue Miembro fundador y titular de la Casa de la Cultura Ecuatoriana (1944); organizó y dirigió la compañía de teatro «Marina Moncayo» (1946); estrenó entre otros, el ballet en un acto «El amaño» (1947). Fue nombrado Director de la Biblioteca Nacional de Quito (desde 1963).

A los 22 años, estrenó su primera comedia: *El intruso* (1928), que fue una de las seis piezas teatrales que compuso; en 1933, publicó un libro de cuentos: *Barro de la Sierra*. Después escribió las siguientes obras: *Huasipungo* (1934) cuando tenía 28 años de edad; *En las calles* (1935), *Cholos* (1938), *Media vida deslumbrados* (1942), *Huairapamushcas* (1948), *Seis relatos* (1952), *El Chulla Romero y Flores* (1958), *Viejos cuentos (1960)* y *Atrapados, trilogía novelesca* (1972).

El siguiente bosquejo autobiográfico lo forman las palabras que dejó plasmadas el propio Jorge Icaza sobre su existencia en cartas escritas por él mismo (Dulsey, 1970) y en una entrevista donde habla de su vida, de sus experiencias (Ojeda, 1991).

2. RASGOS AUTOBIOGRÁFICOS.

A. RECUERDOS DE NIÑEZ:

> Yo nací el 10 de junio de 1906. Hay otros que dicen que fue en 1908 y no protesto porque es una ventaja que le quiten dos años. Tengo el recuerdo más grato y tierno de mi familia. Mi padre fue José Antonio Icaza Manso y mi madre Carmen Amelia Coronel Pareja. Quedé huérfano de padre a la edad de seis años. Mi madre se volvió a casar con el señor Alejandro Peñaherrera Oña. Pasé mi infancia durante tres años en la hacienda de un tío mío situada en la provincia de Chimborazo. Este tío, don Enrique Coronel, que era hermano de mi madre, siempre ha salido en mis novelas. En esas haciendas vi la tragedia del indio. Uno de los recuerdos de infancia más gratos que tengo es el de mi abuela doña Cristina Pareja Arteta. Con esa señora me crié hasta los seis años porque un hermano que tuve murió cuando tenía un año y mi madre se enfermó durante esos años. He sido criado por mujeres: una tía mía, Mercedes Coronel, hermana de mi madre, nunca tuvo hijos y yo pasaba en la casa de ella. Y después, mi madre. Y "para ayuda de costas", tuve una hermana. Muere entonces mi padre y mi madre se vuelve a casar como queda dicho. En ese punto la cuestión política influye decisivamente en mi vida de niño: con la caída de los Alfaros (1911) viene el nuevo liberalismo placista. Mi padre que era alfarista tuvo que refugiarse en esas haciendas (Ojeda, 107).

> Cuando niño, es decir, de los 6 a los 7 años pasé una temporada en la hacienda de un tío mío. En esa temporada pude convivir con los indios en la forma que un niño de esa edad puede observar y ver a las gentes del mundo donde ha caído. En esa temporada mi labor fue de observación (...), la forma de comunicarme en conversaciones no tenía mayor interés (Dulsey, 233).

B. COMIENZOS DE JUVENTUD:

Mi familia había sido gente de proporciones pero mi madre se había quedado pobre. Teníamos aquello que dicen "lo comido por lo servido" o se vive al día. Muriéndose los productores, los que sostenían la casa, yo me quedé "en la vía", como también mi hermana Victoria se quedó "en la vía". Nos habían legado un pequeño pedazo de tierra, con una casita, allá en la parroquia Alfaro. Como sabía que era mujer y que necesitaba mientras yo me sentía hombre para trabajar, le cedí toda la herencia. A los veintiún años salí de esa casita donde había vivido varios años, decidido a trabajar. Con lo poco que tenía de ropa, vendiendo, empeñando, me instalé en el hotel Ecuador donde pagué la pensión de dos meses, por adelantado. Cobraban un sucre por día. Durante esos dos meses me puse a buscar empleo (Ojeda, 111).

C. LA FAMILIA:

Mi madre era muy aficionada al teatro. Todos los miembros de mi familia han sido muy aficionados al teatro, no como actores sino como espectadores, como público. Siempre cuando venia a Quito algún espectáculo tomaban abono y era gente que no faltaba, que no dejaba de asistir a un espectáculo (...) Mi familia había sido gente de proporciones pero mi madre se había quedado pobre (Ojeda, 110-111).

Esposa: Marina Moncayo. Hijas: Cristina Icaza y Fenia Icaza. (...) La fecha de mi matrimonio es: 16 de julio de 1936 (Dulsey, 233).

D. EDUCACIÓN:

Me impuse ante mi familia para dejar el colegio «San Gabriel», porque me sentía estrecho y atrapado por una serie de convencionalismos que los profesores mantenían entre preferencias y adulos para los muchachos de familias adineradas; en el caso del Ecuador, latifundistas. Además, en ese entonces, los exámenes finales se daban en el Colegio «Mejía», en el cual, la enseñanza laica difería de los programas de la enseñanza jesuita, con el consiguiente desconcierto de los alumnos (Dulsey, 233).

Escuela católica. Colegio secundario, dos años en Colegio de Jesuitas y cuatro años colegio laico Nacional «Mejía». Educación Superior, Universidad Central; dos años Facultad de medicinaCestudios truncos por calamidad doméstica. (...) Dejé mis estudios para siempre a fines del año de 1926. Mi carrera universitaria la inicié en el año de 1924, a los pocos meses de dar mi grado de bachiller en el Colegio Nacional «Mejía» (Dulsey, 233).

Al regreso de las haciendas me matricularon en una institución religiosa. Las señoritas Toledo tenían la escuela San Luis Gonzaga donde, se afirmaba entonces, se educaban las mejores gentes. En el Ecuador se llaman las mejores gentes a las que más dinero tienen. Empecé la escuela un poco grandecito por haber perdido tres años, [los transcurridos en las haciendas de Riobamba]. Tan grande era que en la escuela me convertí en el niño prodigio y era el primer alumno. Por ello me hicieron saltar dos grados. Esos dos años me perjudicaron porque cuando llegué al colegio me faltaba un poco de base y me sentía desorientado y no fui tan buen alumno como en la escuela. En los primeros años de colegio yo falté bastante: fui el más aprovechado pero empezando por la cola. Así pasé cuatro años en vez de seis donde las Toledo y los dos primeros años de colegio en el San Gabriel que era regido por los jesuitas. Pero como me fue tan mal en esta institución me empecé a despechar y le dije a mi madre que o me ponían en el Mejía [instituto secular de segunda enseñanza] o yo me huía de la casa. Ante esa amenaza y por la idea de que la educación en el Mejía respondería mejor a mi espíritu e intereses me matricularon en el Mejía. Allí me tranquilicé un poco, tomé el ritmo de los estudios y terminé el colegio en el equipo de los mejores. Recibí el grado de bachiller en 1924.

En el Mejía había entonces profesores liberales y profesores conservadores. Tenía entonces un equipo de profesores de lo mejor, de lo mejor. Compañeros de mi generación fueron Humberto Salvador, Emilio Gangotena, Luis Coloma. Mientras estuve en la escuela primaria y en el colegio [escuela secundaria] nunca se me ocurrió ser literato porque la materia que se dictaba en la escuela, los rudimentos y en el colegio la enseñaban en la forma más horrenda que se podía imaginar. Le hacían a la preceptiva literaria una cosa de memoria, sin ninguna trascendencia vital. (Y) Claro, entonces vi yo que la literatura no tenía ningún objeto en la vida. No sentía ninguna inclinación literaria. La literatura era para mí algo extraño porque no tenía ninguna conexión con la vida. Eso tal vez me sirvió para hacer ver después a mi gente que la literatura debe ser una cosa útil para la vida. Debe tener alguna relación con el hombre y con la sociedad. Usted comprende que meterle a un muchacho de memoria los tropos, todo un libraco de preceptiva literaria y luego hacerle aprender de memoria canciones y poemas sin ninguna relación a nuestra realidad era pesado y yo, a pesar de pertenecer al grupo de los buenos alumnos, en literatura era un estudiante mediano y menos que mediano. Más bien, cosa curiosa, me gustaban las ciencias; la literatura, nada. Esa fue mi experiencia durante los años de educación secundaria (Ojeda, 108-109).

En ese entonces el Mejía funcionaba en el antiguo Beaterio. Habría entonces unos 300 estudiantes. Ya se decía que eran muchísimos. Realmente, la vida en el Mejía despertó en nosotros una serie de cosas, menos la afición literaria. Despertó en mí, por ejemplo, esto de dudar de todo lo que existe, el concepto del hombre. En una palabra, me encarriló hacia un humanismo y me encarriló en una forma única. Yo ya no estudiaba para sacar una buena nota u obtener el cartón del título de bachiller sino por saber. Este afán de aprender hizo que cuando tuve que dejar los estudios universitarios yo estudiara por mi cuenta y fuera un devorador de libros.

Terminada mi educación secundaria decidí estudiar medicina porque pensé que era más práctico y por esa afición a las ciencias naturales que manifesté en el Mejía. Aprobé el primer año que entonces era el más difícil. El segundo año ya no lo pude terminar porque en 1927 mi madre muere de cáncer y mi padrastro muere de tuberculosis (Ojeda, 111).

E. Ocupaciones / Trabajos:

Conseguí primero un puesto en la Policía Nacional gracias a un amigo que estaba de Intendente quien me dio un cargo asimilado al de policía para que prestara mis servicios como amanuense. Después de un año, por obra de algunos amigos de la casa que sabían de mi vida, conseguí un empleo en la Pagaduría Provincial de Pichincha. Entonces aprendí a trabajar como oficinista. Lo que aprendí en el Mejía no me sirvió de nada. Lo que tenia que hacer era sumar columnas y columnas de cifras, escribir a mano, etc., como se hacia el trabajo de oficina en esa época (Ojeda, 111-112).

Actor de Teatro, Director de Teatro, Empleado público, Comerciante, Librero, Editor, etc. etc. (233). Hace más de dos años que la Casa de la Cultura Ecuatoriana me nombró Director de la Biblioteca Nacional. La Casa de la Cultura necesitaba una persona conocedora de libros para realizar el inventario de la Biblioteca Nacional y creyó que Jorge Icaza era la persona indicada para el efecto (234). En cuanto a mi trabajo como actor, sigue la misma trayectoria de mi esposa, sin el éxito, desde luego, que ella alcanzó, en su época. Academia de Teatro en el Conservatorio Nacional bajo la dirección del profesor español Abelardo Reboredo. Ingreso a la Cia. Dramática Nacional al año y medio de fundada. Rol de galán joven durante los primeros años, rol de primer actor y director durante los últimos años (Dulsey, 238-239).

F. EL TEATRO:

Mi afición al teatro nació en mi infancia; nació como una afición de familia, como un «hobby» familiar. (...) una noche me encontré asistiendo en esos días a un curso de declamación que se abrió en el Conservatorio Nacional de Música bajo la dirección del profesor Abelardo Reboredo. Era un viejo cómico español de alguna compañía de teatro que se había quedado aquí varado. Le dije que me interesaba el teatro. Me dijo: Usted viene mañana pero tiene que matricularse. Me matriculé, me gustó e hice el primer curso de declamación. Durante este mi primer curso, los otros que habían tenido un poco más de escuela se separaron de este profesor y formaron un grupo teatral que se llamó Compañía Dramática Nacional con la que con el tiempo iba a ser mi mujer [Marina Moncayo], con Jorge Araujo, con Marco Barahona. Forman ese grupo pero yo le soy fiel al viejo y me quedo con él. Cuando vi el éxito que tenía este grupo y que ganaban dinero me puse a pensar. (...) me invitaron a incorporarme. Y yo que ya había visto el éxito que tenían, entré a la Compañía Dramática Nacional como galán joven. Poco a poco fui tomando el gusto y no sólo el gusto sino la fortuna de trabajar. Después soy primer actor y luego director de la Compañía. Entonces en 1928 nace el fervor de hacer teatro y nace en mí la afición literaria. Al ver que se producía teatro en el Ecuador pero que los autores nacionales escribían obras bastante deficientes, yo que ya conocía el teje y maneje de la escena (hay que saber eso

para hacer una cosa pasable, que no aburra) me dije: ¡hombre! yo
puedo hacer esto y ahí empecé a escribir. Empecé a escribir en 1929.
(...) a finales del año 29 presento «El intruso». (...) lo estrenamos un
18 de septiembre. (...) a finales de 1930 escribí una comedia que se
llamó «La comedia sin nombre». (...) En el año 1931 escribí una pequeña pieza que se llamó «Por el viejo». (...) Luego viene «Cuál es»
en 1931. (...) escribo una pieza que se titula «Como ellos quieren».
Es una pequeña obra, también de tipo psicoanalítico. (...) En el año
1932 escribo «Sin sentido». Es una pieza de tipo filosófico, con mu-
ñecos. (...) Estas dos últimas piezas [«Como ellos quieren» y «Sin
sentido»] no se pudieron representar en el teatro porque (...) salieron
diciendo que yo era un criminal que debía ir a la cárcel. (...) Para
terminar con el teatro, después de escribir «Barro de la Sierra» y
«Huasipungo», escribí una obra que se llama «Flagelo» (...) que ya
trata del indio y del tema social. Esto es ya de 1933. (...) En el teatro
tuve mis grandes amores. Fue en el teatro donde se me despertó
mi pasión amorosa. Yo fui enamorado de dos o tres actrices, de
manera que siempre he estado metido en eso. Mi vida sentimental
giró alrededor del teatro. (...) Años después actué como director
cuando la Casa de la Cultura le pidió a mi esposa que volviera a las
tablas. Dirigimos así mismo una serie de piezas del teatro francés.
Esto debe haber sido en 1946, poco más o menos. Organicé un
grupo que se llamó «Amigos del Teatro» a base de un dinero que
conseguí haciendo empresa con compañías extranjeras que vinieron
a Quito y reuniendo a todas las personas que gustaban del teatro.
Estos «Amigos del Teatro» fundaron una academia de arte teatral
y logramos dar con profesores y todo lo necesario dos años de cursos.
Esto debió ser en el año 1954-1955. Yo di Historia del Teatro Universal que sigo dando (112-116). Sembrado ya el morbo literario por
el teatro, ya no podía o quedar así trunco. Vi que las piezas teatrales
que había publicado no mellaban como las piezas que habíamos representado porque usted comprende que el teatro, para ser completo, tiene que ser representado (el teatro leído es muy difícil que
tenga circulación). Pero, cosa curiosa, yo no podía seguir haciendo
folletos de teatro para guardarlos o regalarlos a los amigos (Ojeda,
117).

G. Ideología política:

En realidad, mi vida política o ideal político se halla expresado claramente en mis obras de ficción. Solo una vez he militado activa-

mente en un partido político hace pocos años; Concentración de
Fuerzas Populares (CFP). (...) He sido algunas veces candidato a
Senador de la República, pero, (...) nunca triunfé. Cosa de la cual
me alegro. En síntesis, mi vida no se puede definir o conocer por mi
acción política (Dulsey, 233-234).

H. Viajes:

En el año 1940 fui invitado por el gobierno de México al Primer
Congreso Indigenista Interamericano que se realizó en Patzcuaro.
(...) En diciembre de 1940, visité San José de Costa Rica invitado por
García Monge a dar unas conferencias en el Colegio de Abogados.
(...) En al año de 1941, visité los Estados Unidos, invitado especialmente por dicho país al Semanario de Ciencia Política y Estudios
sobre las relaciones Interamericanas. (...) visité Venezuela el año
1948. (...) Invitado especial del Presidente Prío Socarrás visité Cuba
en octubre de 1948. (...) Invitado especial del Primer Gobernador
de Puerto Rico Muñoz Marín visité Puerto Rico en ...1949. (...) Enviado por el Gobierno del Ecuador como Adjunto Cultural a la
Embajada visité Argentina y Chile por dos años y medio. Invitado
especial del Presidente Víctor Paz Estensoro visité Bolivia en abril
de 1956. (...) Invitado al Tercer Festival del Libro Hispanoamericano visité el Perú en diciembre de 1957. (...) Invitado por Instituto
de Relaciones Culturales de China, visité China en 1960. (...) Invitado por la Comisión de Amistad Cultural con América Latina,
visité la Unión Soviética en 1961. (...) Invitado por el Ministerio de
Cultura de Checoeslovaquia, visité dicho país (...) en 1961. Invitado
por Institut D'Etudes Hispaniques De L'Université de Paris, visité
Francia en 1961. (...) Invitado por varias Instituciones Culturales de
Italia, visité ese país en 1961. (...) Invitado a la Conferencia Latino-
Americana sobre A Situacâdo Dos Judeus Na Uniâo Soviética,
visité el Brasil en 1963. (...) Por mi cuenta he visitado otros países:
Uruguay, Panamá, Guatemala, Portugal, Suiza, etc. (Dulsey, 234-
235).

I. La creación literaria: Interés y desarrollo:

Para mi nació realmente la pasión literaria dentro del teatro (Ojeda, 110).

[L]a base emotiva y de conocimiento nace a los seis años con la ida a la hacienda de este tío mío; con el conocimiento de este tío mío; con lo que nos hizo sufrir este tío mío, sobre todo a mi madre. Y luego, al salir a Quito, la comparación, que yo hago con todo el elemento que gobierna a este país, elemento que está formado por latifundistas. Entonces, yo tengo que simbolizar, buscar el tipo, crear el carácter que cuadre con el latifundista, el de este país. Y nace lógicamente de mi tío. En él vi cómo era un latifundista y luego después, poco a poco, según pasaba la vida, vi cómo este latifundista no era único sino que eran muchos se multiplicaban conforme adquirían la propiedad de la tierra y fui viendo el carácter y tipo de cada uno de éstos para poder crear en un momento dado el tipo de latifundista. Y lo mismo se puede decir del indio. Yo no escogí entre los indios a ese. Respecto al paisaje, por ejemplo, muchos me han dicho: y el paisaje, «¿Dónde es?» Es en Tambillo, es en Latacunga, es en la provincia del Chimborazo? ¡No!, ¡no! Para mi concepto es todo el paisaje de la sierra ecuatoriana y al decir de la sierra ecuatoriana digo de la sierra hispanoamericana, del altiplano hispanoamericano. Porque he ido a Bolivia, he ido al Perú, al sur de la Argentina, a Chile, al sur de Colombia, a México y he visto que el problema era más o menos igual y que el paisaje sobre todo tiene un carácter parecido (Ojeda, 123-124).

[E]l literato, si quiere ser literato con todas las letras mayúsculas, debe ser sincero. Sincero con él y con los suyos, con el medio en que vive. Sólo siendo sincero podrá crear emociones nuevas, emociones particulares pero que llegan a la conciencia universal porque son emociones humanas (Ojeda, 130).

J. LA NARRATIVA:

[H]abía escrito antes uno o dos cuentos en mi vida de universitario porque en la universidad Humberto Salvador y yo editamos una revista que se llamó CLARIDAD. Eso debe haber sido en 1924 o 25. En esa revista de la que no salieron sino cuatro números, yo pu-

bliqué dos cuentos. Uno, recuerdo, se llamaba «Por el honor y por
la gloria» (un lindo título) y era la historia de una muchacha que
bota (sic] a un niño y le deja abandonado. Una cosa romántica. El
otro, no recuerdo sino que era de temas orientales. Algo sobre la
tumba de Tutancamen que entonces estaba de moda y yo andaba
loco con ese tema. Estos dos primeros cuentos no tuvieron ninguna
trascendencia y me olvidé de ellos (118).

Yo no podía seguir haciendo folletos de teatro para guardarlos o regalarlos a los amigos. Dije un día: bueno,)por qué no hago un pequeño libro de cuentos? Yo había tenido ya en la mente algunos
argumentos de cuentos. Así en 1933 publiqué «Barro de la sierra».
Ese volumen tiene seis cuentos; los cuatro primeros son de tipo
social. En ellos surge por primera vez el recuerdo de mis años de
infancia, de la vida en la hacienda de mi tío y rememoro la vida del
indio y compongo mis primeros cuentos con la vida del indio, tratando de plasmar su tragedia Y al final, dos cuentos que manifiestan
ese fervor psicoanalítico que había influido en las piezas teatrales.
«¿Cual es?» y «Sin sentido». Esos dos cuentos son netamente psicoanalíticos, tan psicoanalíticos que escribo en una forma muy curiosa; uno de los cuentos está escrito en dos partes; en la una había
la conciencia y en la otra la subconciencia. Bueno, estos son juegos
literarios que no conducen a nada, en mi criterio. Es la influencia
freudiana. Compuse esos cuentos en 1933 (117). Los cuentos de tipo
social de Barro de la sierra, oh sorpresa, impresionaron al público.
Era la primera vez que había leído algo tan fuerte. Bueno, yo no
puedo juzgarme, hacer un autoanálisis, sin embargo creo que esa
reacción se debía a dos cosas. Primero, (...) yo tenía aversión a la cosa
literaria y por tanto a los literatos. Me parecían gente fuera de la
realidad, muy señoritos, muy fuera de todo concepto humano y lo
mismo los profesores de literatura. Les tenía no diría odio pero sí
desprecio y lógicamente tenía en poco el producto de esos señores.
En cambio, como ya me había hecho devorador de libros, había
leído y visto como escribían los autores de otras partes. Hablaban
ellos de los problemas de su país, de los problemas del mundo y de
la hora en que vivían. Pero estos escritores ecuatorianos estaban
fuera de la realidad porque copiaban a los clásicos, copiaban al autor
de moda y a los premios Nobel y hacían una literatura mariana, una
literatura falsa. Por eso les tenía antipatía. Entonces, al hacer mi literatura, busqué ir contra eso. Yo no podía hacer lo que ellos habían
hecho. Yo no podía hacer filigrana literaria. Yo no podía hacer flores
literarias. Usar las figuras literarias a las que odiaba tanto porque

nunca pude aprendérmelas de memoria. Entonces, yo debía hacer cosas más directas, echar malas palabras, si era posible, y las eché. Yo les digo a los muchachos que ahora están acostumbrados a hacer estudios: el valor mío fue, en un medio conservador, tan lleno de restricciones, tan lleno de prejuicios –al menos hace treinta años en que publiqué mi libro– haber dicho la verdad y la verdad directa. Les digo a los muchachos: no se necesita valor sólo para matar o dejarse matar. Se necesita valor –y yo lo tuve– para decir la verdad. Y yo la dije. Tal vez ahora no la diría con tanta violencia. Al decir esa verdad yo no podía usar las mismas palabras que ellos, los literatos a quienes despreciaba. Yo tenía que buscar otras palabras y usé las del pueblo. Y en mi país parece que eso fue lo que me salvó. Y lógicamente yo compuse mis libros, desde el primero, para ver que la gente poderosa, incluyendo las fuerzas del estado y las fuerzas morales de este país reaccionaran y pusieran algún remedio a los grandes problemas sociales y al gran dolor social que vivió y sigue viviendo nuestra nación. El joven que era yo en ese entonces me hacía prorrumpir en carajos y malas palabras; expresiones para ver si mellaba, pero malas expresiones que a los críticos de entonces les parecieron horrendas; les parecieron, en un mundo tan cerrado como el nuestro, un crimen. Y esos mismos críticos Coigame bien estoC esos mismos críticos, pasados los años, cuando leen a los existencialistas franceses como Sartre, Camus, etc., se desmayan como doncellas pudorosas ante las malas palabras que estos usan pero no se desmayan de dolor sino de emoción estética (Ojeda 118-119).

Sobre mi novela «En las calles», le puedo decir que en efecto ella tiene mucho de la realidad del famoso cuartelazo que en la historia del Ecuador se conoce con el nombre de los cuatro días: 20 de agosto de 1932. Por primera vez cierto sector del pueblo armado se dejó matar en las calles de Quito por otro sector del pueblo soldado al grito (ambos grupos) de «Viva la democracia». Y ambos grupos, guiados por intereses latifundistas. Eso es en verdad lo que se cuenta en mi novela «En las calles.» Otro de los trabajos que me tomé al publicar la colección de las «Obras escogidas» de la editorial Aguilar fue el hacer algunas correcciones de tipo literario para ganar claridad y fuerza en la obra. Se trata de «En las calles» (Dulsey, 239-240).

Bárbaros eventos; cosas que pasan en el Ecuador y que pasan en la mayor parte de los países hispanoamericanos. Entonces generalicé el problema y la obra ha sido entendida en los otros países. Es una obra revolucionaria porque aquí también pasa lo mismo; aquí se defiende la democracia falsa. Que el uno dice que es demócrata; que el otro dice que es demócrata. ¿Al fin cuál es? No se sabe cuál es. Esa es la revolución de los cuatro días que queda interpretada literariamente en mi novela. «En las calles».

Después sigue «Cholos» escrita en 1937. En ella ya tomé el camino del mestizo. Porque lo que al principio nació como una defensa pasta cierto punto romántica y violenta del indio la continúo ahora, como indigenista que defiende al indio pero no por el indio solo, ni como que ese conglomerado pudiera ser un país o una cultura, sino en cuanto el indio está metido dentro de nosotros, de nuestra vida étnica, de nuestra raíz cultural, de nuestra raíz económica. Así yo soy indigenista. Después vino «Media vida deslumbrados» que también trata del mismo tema del cholo. Por último viene «Huayrapamushcas» en el que vuelvo al problema del indio y del latifundista.

La última es «El Chulla Romero y Flores» donde ya planteo definitivamente el tema de la clase media como problema espiritual. En esa obra, ante la critica constante que me habían hecho, sobre todo los ecuatorianos, de que como era posible que en mis obras no existiera psicología, yo respondí pero no como ellos querían hacer psicología, copiando a los modelos de cultura europea, de autores europeos y haciendo monólogo interior. No hay monólogo interior en Hispanoamérica sino diálogo interior porque nuestro espíritu todavía no está cuajado, no está hecho, no está completo (Ojeda, 125-126).

K. *Huasipungo*:

[A]l año siguiente (1934) tuve que hacer una obra más amplia y escribí «Huasipungo». Esta novela no sólo tiene (y hay que ser sincero en ello), no sólo tiene esta fuerza personal, esta incitación personal, esta inspiración personal. También tiene las influencias de las corrientes europeas que llegaban en ese entonces al Ecuador. Después de la revolución rusa sobrevino el gran movimiento socialista. Parecía que todo el mundo se iba a encaminar hacia el socialismo en una u otra forma y los jóvenes de Sudamérica (y no sólo del Ecuador) éramos profundamente revolucionarios, profundamente socialistas. Por tanto, mi libro tenía que reflejar esa influencia. Yo en esos días leía libros de tipo revolucionario. Recuerdo entre ellos

El infierno y Claridad de Barbusse; todas las obras de Barbusse y leíamos literatura rusa que nos llegaba ya. Entonces el medio mismo, mi inspiración y mi experiencia infantil me dictó el tema pero la orientación ideológica, política me dio esta influencia que vino de Europa. (...) Lo escribí para que el pueblo buscara una manera de arreglar la situación. Este libro se me salió de las manos. En primer lugar se me fue al exterior y allí empezó a producir crítica y a levantar polémica. (...) Y la opinión general cayó en el mutismo respecto de mi obra. Este silencio me llamó poderosamente la atención. Claro que uno que otro amigo hizo una crítica, habló del libro, dijo que estaba bien, desde luego, con esa sabiduría de nuestros críticos ecuatorianos nos siempre poniéndole «peritos» a la obra: que aquí debía poner una coma, que aquí debía tachar esta palabra, que debía poner esta otra, que no hay síntesis, que no hay análisis y lógicamente que la construcción de la novela es muy violenta. Pero no se hizo crítica verdadera. Fue de la Argentina desde donde en 1934 empieza a llegar la crítica. Comentarios, por ejemplo, de Aníbal Buce que era de los críticos más prestigiosos que había en la Argentina. Críticas de González Tuñón. Críticas aparecidas en los periódicos La Nación y La Prensa de Buenos Aires. Recibí también cartas de amigos extranjeros. Ante esa avalancha de comentarios positivos me dan en 1935 o 1936 Cno estoy seguroC el primer premio de la novela hispanoamericana en Buenos Aires. Una revista titulada AMÉRICA daba primeros premios entre las novelas hispanoamericanas durante los dos o tres últimos años y dan a Huasipungo el primer premio a la novela hispanoamericana de entonces. Con el primer premio otorgado a mi novela, la gente de aquí se pone nerviosa. Claro, hay amigos que me hacen más o menos homenajes. Entre tanto Ccosa curiosaC el grupo América promueve en 1935 un concurso de novela y casi todos los novelistas de esa época que es la mejor promoción que ha tenido el país tanto en Quito como en Guayaquil y Cuenca participan en ese concurso. Y, (oh sorpresa! me dan el primer premio por mi novela «En las calles», el primer premio a la novela nacional de 1935. Con este primer premio a mi nueva novela, se desencadena la animosidad. Ya no se quedan callados. Ya no es esa indiferencia, ese olvido que sufrió «Huasipungo» en el país. Ahora es el asalto violento. Moros y cristianos me atacan: que cómo me han dado el premio; que el libro es así, que el libro es asado; que mi literatura no vale; que no tengo estilo, que no tengo fuerza literaria. (...) creo que mi novela tiene influencia marxista, entendiéndose al marxismo como una doctrina filosófica humanista. Un sacerdote me dijo un día: usted no es marxista sino que sigue el cristianismo antiguo; éste proclamó la defensa de los de abajo, de los seres humildes y Cristo murió en la cruz para salvar a los humildes. Yo creo que como hombre de este siglo no debía dejar de conocer las teorías de nuestro tiempo y conozco el marxismo, el existencialismo, la psicología de Freud, etc. (Ojeda, 119-123).

La conciencia particular, regional, de *Huasipungo* desde el momento de su concepción trata de impactar en el coraje y la esperanza de indios, de montuvios, de cholos, de chagras y de gentes humildes de la tierra ecuatoriana (Dulsey, 241).

L. LAS EDICIONES CORREGIDAS DE *Huasipungo*:

Muchas personas me han preguntado aquello de la diferencia de las dos versiones de «Huasipungo». En efecto, después de 17 años de circular por el mundo aquella novela en su primera versión, muchas personas, tanto de la crítica como del público hablaban y pedían más claridad y precisión en el argumento y en la tesis de la obra para que pueda (sic) tener mayor efecto social. Creí entonces, a pesar de que «Huasipungo» había recorrido gran parte de su trayectoria, que era necesario escuchar el clamor de quienes pedían mayor efectividad emocional en el argumento. Para ello sólo era necesario ampliar ciertas escenas, dar mayor claridad a ciertos párrafos, y suprimir una que otra frase de factura barroca, sin alterar en la mas mínima parte la esencia y la fuerza de impacto de rebeldía humana y de transformación social. Así pues, guiado por una especie de ética profesional Csin pensar en la crítica de los eruditos, ni en el afán de los literatos más capaces de intuir la verdad de la obraC resolví ampliar y darle mayor claridad a «Huasipungo», en beneficio popular y de las nuevas generaciones. No fue un cambio, fue, repito, una ampliación para darle mayor claridad, mayor difusión y mayor impacto en el pueblo y en la juventud de todas las latitudes. Una obra de arte, de acuerdo a mi criterio, es un elemento vivo que puede y debe evolucionar para que ella no se torne estática y pieza de museo. Largo sería explicar mi criterio al respecto Cnuevo por ser vital y humano. Pero el fenómeno de «Huasipungo» hay que tomarle como se ha presentado hasta ahora, con su nueva modalidad de cambios y de impactos en el desenvolvimiento social de mi país —reforma agraria a base de la devolución del huasipungo al indio, etc.— y de algunos países hispanoamericanos (Dulsey, 242).

3. COMPOSICIÓN DEL MUNDO NARRATIVO DE *Huasipungo*:

Sobre *Huasipungo* (1934), primera gran novela de Jorge Icaza se han analizado diversos ángulos del indigenismo, la transculturación, la representación del mundo andino, la oralidad, variados problemas sociológicos, desequilibrios psicológicos, aspectos del léxico, la religión, el despojo, etc. Sin embargo, sobre los cambios que el autor realizó en el texto de la novela, que revelan la evolución de su técnica narrativa y que se encuentran en las dos revisiones de la edición original de 1934, que fueron publicadas por la Editorial Losada en las ediciones de 1953 y de 1960, salvo el estudio de Larson (1965) y menciones como la de Fernández (1994, 52-53), hasta ahora no se les ha prestado atención.

Del mismo modo, los estudiosos y críticos de la literatura ecuatoriana no han destacado la importancia de la edición definitiva de *Huasipungo*, efectuada por Icaza en 1960; así muchos continúan haciendo análisis críticos sobre la obra, empleando casi siempre la edición de 1953. Es tal el desconocimiento de las ediciones revisadas por Icaza, que en el mismo Ecuador se ignora la fecha de la publicación de la versión definitiva de la novela; tal es el caso de Renán Flores Jaramillo quien en 2006, afirmó: «Huasipungo, Talleres Nacionales, Quito, 1934. Hubo treinta ediciones posteriores, entre ellas las de Editorial Losada, de Buenos Aires, 1965 (versión definitiva)» (47). También véase tanto el artículo de Cecilia Mafla (2006, 185), como su libro publicado antes sobre las traducciones de *Huasipungo* (2004), donde da cuenta únicamente de las ediciones de 1934 y la de 1953.

Igualmente, libros editados en el Ecuador que estudian diversos aspectos culturales, como el de Poloni-Simard (2006, 556). Así como un número abrumador de estudios, que se han efectuado sobre la novela en inglés, han empleado la traducción que realizó Bernard Dulsey en 1964, basándose en la edición de 1953. De igual manera debe destacarse que ediciones posteriores a la definitiva de la Editorial Losada, basadas en el último texto publicado por Icaza en 1960, señalan provenir del texto de 1953, lo cual es un error de la Editorial; véanse entre otras: la séptima edición del 10 de diciembre de 1971 y la duodécima edición del 15 de febrero de 1979.

El desconocimiento del trabajo que efectuó Icaza con su novela durante 26 años ha llevado a efectuar afirmaciones como la siguiente: «Los indios de *Huasipungo* son seres bestiales y degradados y su vida, producto de la explotación, es tan inhumana e irracional que solo puede resolverse con la masacre» (Vázquez, 2006).

En este estudio, se observará la manera en que la composición del mundo narrativo fue cambiando desde su lanzamiento en 1934, pasando por la revisión y publicación hecha en 1953, hasta llegar a la versión que ofrece la edición de 1960, que fue la última que corrigió y modificó el autor. En estos tres textos se muestra el cuidadoso trabajo con que Icaza fue examinando y solidificando estilística e ideológicamente la composición de la narrativa; cambios, algunas veces mínimos, otros sustanciales que reflejan la preocupación por ofrecer un mundo ficcional más representativo de sus ideas, sus posibilidades y sus alcances, y de las repercusiones, los logros y el merecido éxito de *Huasipungo*.

Para proporcionar un acercamiento a la cuidadosa y continua labor icaciana en la revisión de la escritura de su novela, en este ensayo se seguirá la representación del principal personaje indígena: Andrés Chiliquinga, a lo largo del mundo de ficción en las tres ediciones. Esto permitirá hacer visible la labor consciente que desempeñó Jorge Icaza al estructurar, modificar, desarrollar, solidificar y pulir la representación de este mundo novelístico durante más de cinco lustros, posiblemente haciendo eco de diversas críticas que se le hicieron a su estilo y a su composición literarios desde 1934, año en que lanzó la novela. Uno de sus críticos afirmó:

> No es la personalidad del hombre –del subhombre– lo que interesa a Icaza caracterizar o distinguir, sino el hecho pavoroso. Y dada su forma de contar, de conducir su historia ante el lector –exceptuando la exactitud que parece taquigráfica del diálogo– tampoco brilla por su preocupación artística. Ha conseguido despertar el interés en su libro por lo que dice de medular, a pesar de la forma defectuosa en que lo dice. El descuido con que escribe Icaza es increíble (...) (Rojas, 200).

El ser acusado de escritor descuidado, de interesado más en el efecto del contenido de lo relatado, de despreocupado en el momento de la escritura, de negligencia, de posible distracción, etc., fueron algunos de los reproches, cuyo tono reprobatorio, le colocaron incómodas etiquetas, que probablemente, junto con comentarios efectuados sobre la novela, por su «falta de efectividad emocional» debido a las peculiaridades escriturales y a las limitantes estructurales que presentaba la edición de 1934, generaron las modificaciones que se observan en el texto hasta 1960. El estudio formal de los cambios realizados en el mundo ficcional en las tres ediciones que Icaza escribió y examinó, se mostrarán conjuntamente para ayudar a explicar las claves de su construcción y desvelar las técnicas de composición de la estructura discursiva.

Ahora, para poder comprender la situación que Icaza representó en la novela sobre la manera en que los hacendados explotaban a los indígenas, el porqué éstos concedían tal importancia al terreno en que vivían y aceptaban la institución del huasipungo, se debe entender cómo los incas distribuyeron la tierra en su imperio y la manera en que las culturas que llegaron a estar bajo su mando conceptuaban el trabajo comunitario desde la época precolombina.

Cuando una nueva región era incorporada al imperio Inca, los gobernantes distribuían la tierra en tres categorías: las tierras del culto, dedicadas por el estado a la religión, Las tierras que quedaban para servicio del inca y las tierras comunales. Los habitantes que no pertenecían a la nobleza u ocupaban un cargo estatal, debían pagar impuestos; los cuales se recolectaban en forma de trabajo humano. Había dos tipos principales de gravamen: el agrícola y la mita.

Las contribuciones al estado se realizaban mediante el trabajo en la tierra en un orden específico. Primero, los contribuyentes laboraban las faenas de las tierras para el culto; a continuación lo hacían en las reservadas para el Inca, y finalmente se dedicaban a las tierras comunales que eran distribuidas para todos. Éstas pertenecían también al Inca, pero el usufructo se cedía todos los años a los ciudadanos, por un sistema de rotación. La cantidad de tierra asignada variaba según el número de hijos y de dependientes de cada grupo familiar, y se trabajaba únicamente para las necesidades de la familia. Las semillas, las herramientas, los fertilizantes los proporcionaba el estado. La comunidad debía encargarse asimismo de las faenas en aquellas tierras cuyos detentadores se habían tenido que ausentar debido a exigencias de la mita (Bernabé Cobo en McEwan, 87-88). Mientras que la mita era el trabajo que se hacía en el ejército, en las minas y obras públicas, en el servicio de correos y en los hogares de los nobles; todos los contribuyentes se encontraban sujetos a esta obligación anual (Ossio, 135-136).

«Se identificaba la tierra no sólo con la subsistencia sino con los vínculos de parentesco. (...) como bien lo dijera el jesuita mestizo Blas Valera, la "propiedad" consistía en y se justificaba "por el trabajo común y particular que habían de poner en labrarla". En tales circunstancias era muy intenso el apego a la tierra que uno cultivaba» (Murra, 62). Como los indígenas estaban acostumbrados a pagar tributos y mita al Inca, y los curacas (la autoridad de un lugar) eran los responsables para organizalo, fue fácil mantener el sistema y simplemente desviar el tributo a la corona española.

Una forma importante de mita dentro del Ecuador que adaptaron e impusieron los españoles a la población indígena masculina entre los 15 y los 50 años fue el tener que prestar sus servicios por un salario en distintos ámbitos para beneficio de los españoles. Era coercitiva y los obligados debían presentarse una vez por mes. Así el indígena debía trabajar 300 días cada 5 años por 9 horas al día, con algunos días libres durante la cosecha y la siembra para regresar a sus propios campos. Como trueque por su trabajo en la hacienda le prestaban un pequeño pedazo de tierra que medía entre 16 y 24 metros donde podía sembrar y recibía como salario entre 14 a 18 pesos por año. De su salario se reducían los impuestos para la corona y para las contribuciones obligadas a la iglesia. Muchos mitayos trasladaron a su familias a esos pedazos de tierra o huasipungos que les prestaban en la hacienda, convirtiéndose en una clase de esclavitud donde el trabajo era intercambiado por la tierra.

Los hombres o huasipungueros laboraban de 4 a 6 días a la semana en la hacienda a cambio de usufructuar el terreno prestado y por tener derecho a los recursos que poseían los montes, como el agua. Pero al igual que la tierra, el huasipunguero era considerado propiedad del dueño de la tierra y era vendido o comprado junto con la misma. El contrato siempre se realizaba entre el dueño de la hacienda y el hombre de la familia indígena; cuando éste moría, la mujer podía continuar en el terreno a través del parentesco con otro de los hombres de la familia; es decir si era madre del hijo que debía responder por el huasipungo. Si quedaba viuda y sin hijos, la mujer intentaba casarse con alguien que pudiera asumir inmediatamente el rol de huasipunguero (véase: Stark, 39-42).

Esta situación del sistema de huasipungo existió en Ecuador hasta 1964, cuando la ley de reforma agraria lo abolió y las familias que servían como huasipungueros en las grandes haciendas recibieron las tierra que ellos ocuparon por muchas generaciones. El estado entregó cada huasipungo al hombre «cabeza del caserío» (véase Stark, 53).

De ahí que los terratenientes y los clérigos, autoridades civiles y religiosas de los lugares, abusaran de los indígenas; puesto que en su impronta cultural se hallaba grabada desde siglos atrás, el tipo de tributación al estado mediante el trabajo personal; a la vez que el recibir un terreno prestado y pagar su arriendo con la realización de faenas para el patrón-Inca.

Entrando al trabajo efectuado por Icaza en las tres ediciones de la novela, en cada texto se tomará el mismo pasaje para observar la labor del autor. Todos los fragmentos se referirán a Andrés Chiliquinga. Este personaje aparece activamente en el mundo novelístico de *Huasipungo*, cuando, por lo peligroso del terreno, recibe la orden de remplazar como transporte del patrón, a la mula en que éste iba montado:

1)   Fue tan profundo el pinchazo emocional que le obligó a saltar sobre el Andrés, el cual, perdiendo el equilibrio, se hundió con pies y manos en el barro.
—¡Carajo. Indio pendejo!– grita desesperado el amo, ajustando las rodillas y cogiéndose de la cabellera cerdosa con habilidad de jinete que se aferra al potro.
Se endereza el Andrés chorreando lodo, el frío no le deja sentir el daño que le han hecho las espuelas en las costillas (1934, 14-15).

Fue tan profundo el pinchazo emocional de don Alfonso que saltó sobre las espaldas del Andrés, el cual, perdiendo el equilibrio, hundióse con pies y manos en el barro.
—¡Carajo! ¡Indio pendejo! –gritó desesperado el amo ajustando las rodillas y cogiendose de la cabellera cerdosa del hombre con habilidad de, jinete que se aferra al potro.

Se enderezó el Andrés chorreando lodo. Felizmente el frío no le
dejó sentir el daño que le hicieron las espuelas en las costillas (1953,
13-14).

Fue tan profunda la emoción de don Alfonso al evocar aquella
figura histórica que saltó con gozo inconsciente sobre las espaldas
del indio. Andrés, ante aquella maniobra inesperada, de estúpida
violencia, perdió el equilibrio y defendió la caída de su preciosa
carga metiendo los brazos en la tembladera hasta los codos.
—¡Carajo! ¡Pendejo! —protestó el jinete agarrándose con ambas
manos de la cabellera cerdosa del indio.
—¡Aaay! —chillaron las mujeres.
Pero don Alfonso no cayó. Se sostuvo milagrosamente aferrándose
con las rodillas y hundiendo las espuelas en el cuerpo del hombre
que había tratado de jugarle una mala pasada.
–Patroncitu... Taitiquitu... –murmuró Andrés en tono que parecía
buscar perdón a su falta mientras se enderezaba chorreando lodo y
espanto (1960, 16-17).

La presentación del personaje, entre la edición de 1934 y la de
1953, cambia esencialmente en la humanización del indígena, al ser
denominado: «hombre» y al relatarse la historia en un tiempo pasado.
En ninguna de las dos primeras citas se infiere su estado emocional
ante lo que le ocurre, apenas se ven sus reacciones a acciones concretas
y se evidencia el mutismo que lo señala insensible o incapaz de responder racionalmente. El lector puede reaccionar negativamente
hacia el personaje debido a las carencias de su representación.

Mientras que en 1960, Andrés manifiesta dolor y terror cuando
Alfonso le clava las espuelas, lo agarra con fuerza por el cabello y lo
insulta. Ahora, el personaje expresa en su comportamiento reacciones
características de ser humano normal, agobiado dentro de sus circunstancias. Esta representación de hechos activa una reacción emocional en los lectores. Los nuevos adjetivos y frases adjetivales, que
ahora matizan el discurso, ofrecen nuevos rasgos para interpretar
mejor a los personajes en general y para tomar una posición de acep-
tación o rechazo sobre la caracterización del indígena. Los rápidos
rasgos que describen sus acciones y reacciones, lo muestran abusado,
padeciendo, sin poder, envilecido; su representación comienza a adquirir fuerte significado y a proyectar identificaciones. Ahora, las

breves y concretas palabras que emite como reacción al intempestivo castigo, que recibe por la «estúpida violencia» del patrón, alertan al lector para lo que va a encontrar posteriormente.

2)   Los indios, insensibilizados por el frío que les chorrea por la punta de la nariz, caminan sin pensar en nada (1934, 16).

Sólo los indios insensibilizados por el frío que les chorreaba por la punta de la nariz, iban sin pensar en nada (1953, 15).

En la mente de los indios –los que cuidaban los caballos, los que cargaban el equipaje, los que iban agobiados por el peso de los patrones–, en cambio, sólo se hilvanaban y deshilvanaban ansias de necesidades inmediatas: que no se acabe el maíz tostado o la mashca del cucayo, que pase pronto la neblina para ver el fin de la tembladera, que sean breves las horas para volver a la choza, que todo en el huasipungo permanezca sin lamentar calamidades –los guaguas, la mujer, los taitas, los cuyes, las gallinas, los cerdos, los sembrados–, que los amos que llegan no impongan órdenes dolorosas e imposibles de cumplir, que el agua, que la tierra, que el poncho, que la cotona... Sólo Andrés, sobre el fondo de todas aquellas inquietudes, como guía responsable, rememoraba las enseñanzas del taita Chiliquinga: «No hay que pisar donde la chamba está suelta, donde el agua es clara... No hay que levantar el pie sino cuando el otro está bien firme... La punta primero para que los dedos avisen... Despacito no más... Despacito...» (1960, 18).

Ante la brevedad e insignificancia de la caracterización de los indígenas en la edición de 1934, la edición de 1953, se ubica más concretamente en ellos, mediante el empleo del adverbio «sólo»; así se acentúa su situación de desventaja y subyugación. Mientras que en 1960, los indígenas, como seres humanos, llevan toda la responsabilidad y todas las obligaciones de la comodidad de los amos, además de padecer todos los abusos; pero no son únicamente las cargas y los problemas que reciben y soportan de los patrones lo que los abruma y oprime, sino también las preocupaciones personales y existenciales propias y familiares que deben solucionar y sortear, ya que no disponen ni de sí mismos ni de tiempo para estar con la familia y en la parcela.

La caracterización de Andrés se consolida; es un individuo, cumple sus funciones, posee experiencia; pero es diferente a otros, porque además de los problemas propios y de los que provienen de los patrones, piensa en las enseñanzas que ha recibido del padre, cuya sabiduría le sirve de pauta para guiar su existencia y enfrentar diferentes situaciones. Enseñanzas como saber donde se pisa son esenciales para sobrevivir, y tal vez, el juicio y la prudencia adquiridos del progenitor hayan permitido que los otros indígenas le reconozcan habilidades de liderazgo, como se observa antes en la narración, cuando la mula de Alfonso se niega a seguir adelante por el peligro existente en el camino, y el más joven de los indígenas lo presenta como: «El Andrés. Él sabe. Él conoce, pes, patroncitu» (1960, 15), haciendo que Alfonso lo seleccione como su cabalgadura. El efecto de los nuevos aspectos de la descripción de Andrés, permiten que al evaluarlos y juzgarlos el lector perciba los rasgos intrínsecos que desde ya distinguen al personaje y que serán vitales al final de la narración.

3)   —Tenis qu'ir al monte— ordena el Policarpio al Andrés.
        ¿Y la Cunshi, ga? (1934, 39)

    —Tenís que ir al monte —ordenó el Policarpio al Andrés Chiliquinga.
    El indio, sin un gesto capaz de expresar su amarga contrariedad ante la noticia, se quedó inmóvil, mirando sin mirar como si en realidad no hubiese entendido.
    —¿Entendiste, pendejo? —insistió el cholo.
    —Ari, patrón —respondió el Andrés con la misma pasibilidad exterior del primer momento, mientras sus manos bajo el poncho se crispaban y maldecían.
    —Entonces ya sabes, carajo.
    —¿Y la Cunshi ga, patrón? —interrogó el indio en cuanto el mayordomo viró la cara para dirigir a su mula al camino (1953, 31).

    —Veee... ¡Andrés Chiliquinga! Mañana al amanecer tienes que ponerte en camino al monte de la Rinconada.
    —¿De la Rinconada? —repitió el indio requerido, dejando de cavar una zanja al borde de un sembrado.
    —Donde antes cortábamos la leña, pes. Otros también van.
    —Aaah.
    —Ya sabes. No vendrás despés con pendejadas.

—Arí, patrún... —murmuró Chiliquinga y se quedó inmóvil, sin un
gesto que fuera capaz de denunciar su amarga contrariedad, mirando hacia un punto perdido en el cerro más cercano.
El mayordomo, que por experiencia conocía el significado de aquel
mutismo, insistió:
—¿Entendiste, pendejo?
—Arí...
—Si no obedeces te jodes. El patrón te saca a patadas del huasipungo.
Ante semejante amenaza y apretando la furia siempre inexpresiva
de sus manos en el mango de la pala donde se hallaba arrimado, el
indio trató de objetar:
—¿Y la Cunshi ga, patrún? Largu ha de ser el trabaju, pes (1960,
38-39).

En la edición de 1934 se observa una orden y la pregunta de reacción que emite Andrés. Mientras que la edición de 1953 extiende
la narración y ofrece más aspectos para comprender la actuación del
personaje y sus veladas reacciones. Le dan una orden, se ve obligado
a seguirla, pero la resiente. Sólo que no expresa abiertamente ninguna
emoción; pero sus acciones ocultas señalan todo el valor de su frustración; en tanto que las incógnitas sobre sí mismo y su familia, únicamente le dejan ánimo para preguntar lo que pasaría con su compañera.

Mientras que en 1960, desde el primer momento en que oye la
orden, suspende el trabajo que hace para preguntar si ha entendido
bien, y se hace repetir el lugar que se le acaba de nombrar; cuando se
asegura que ha oído bien, su reacción es mirar a un punto lejano;
acción que el mayordomo conoce bien; por lo cual lo amenaza y le
recuerda que si no obedece, el patrón le quitará la tierra. Es decir, le
recuerda que entre la mujer (familia) y la tierra, la última es lo importante, por lo que simboliza: como vínculo con sus antepasados;
pero también porque es el medio para obtener la subsistencia.

Este fragmento expone la dimensión psicológica de Andrés
cuando expresa emociones que van desde la contrariedad hasta el co-
mienzo de la rebeldía. La compañera y el hijo le proveen del equilibrio necesario para soportar la existencia que debe vivir; al no tener
esa estabilidad, al tener que abandonar a sus seres queridos, su frustración e impotencia ante lo que se avecina, lo llevan a poner en duda

lo que se le ha ordenado; cuestionamiento que demuestra un inicio de
pronunciamiento en contra del mandato, producto del resentimiento
que se ha ido acumulando en su interior. Hostilidad que resulta de las
injusticias y de las humillaciones a que se ve sometido diariamente;
sentimiento que se convierte en furia que expresa por la manera en
que aprisiona con sus manos el mango de la pala con la que trabajaba,
y que se hizo concreto en la forma de mirar, de responder y de oponerse con palabras; pero que en su mente y en su espíritu ya comienza
a producir una decisión.

Con esta reacción y su explicitación en palabras, el lector compe-
tente observa una faceta psicológica más profunda del personaje, en
la que familia y tierra son sumamente importantes por el poderoso
componente afectivo que poseen; abandonarlas es arriesgarse no sólo
a perderlas sino a perderse a sí mismo, su tranquilidad, su seguridad
y la de los suyos, y el calor humano de sus seres queridos. De ahí, su
amargura, sentimiento de tristeza mezclado de rencor, que se convierte en ira, y que internamente produce un movimiento contra el
causante y el deseo de apartarlo o destruirlo. Por eso, sus palabras, sus
acciones y sus pensamientos son breves, concretos y directos.

4) El Andrés, aprovechando las tinieblas que borran contornos y el
lodo que suaviza el ruido de los pasos, se aleja; nadie sabe por dónde
(1934, 43).

Andrés Chiliquinga, echado junto a uno de los muros carcomidos
del chozón, atento al menor indicio que sea capaz de alentar su
deseo de fuga, apretaba con las manos —deformes por panadizos,
grietas y callos—, sobre su piel, sobre su cama, el miedo sudoroso de
no poder huir en el momento preciso, el miedo que le chorreaba por
el pecho, por la barriga, por los poros. Abismado en temores y sospechas esperaba, esperaba con ansia prendida en la sangre: el sueño
junto a la Cunshi, la dulzura de la caricia al guagua. Algo vital y
valeroso, arrastrándole sin ruidos entre las respiraciones profundas
del capataz que dormía sobre un poyo —lo único alto del recinto—,
entre los ronquidos de runas y arrieros tendidos por el suelo, le li-
beraba del cansancio, del temor, aventurándole fuera del galpón, y
a través de la noche y los chaquiñanes (1953, 34-35).

Echado junto a una de las paredes carcomidas del galpón, atento al
menor indicio que pudiera obstar su proyecto de fuga, Andrés Chi-

liquinga apretaba contra la barriga el miedo sudoroso de que alguien o de que algo... Sí. Apretaba con sus manos –deformes, callosas, agrietadas– el ansia de arrastrarse, de gritar, de... Nadie responde ni se mueve a su primer atrevimiento. Gatea con precaución felina, palpando sin ruido la paja pulverizada del suelo. Se detiene, escucha, respira hondo. No calcula ni el tiempo ni el riesgo que tendrá que utilizar por el chaquiñán que corta el cerro –dos horas, dos horas y media a todo andar–, sólo piensa en la posibilidad de quedarse un rato junto a la Cunshi y al guagua, de oler el jergón de su choza, de palpar al perro, de...: «Despacito... Despacito, runa bruto», se dice mentalmente al pasar bajo el poyo donde duerme el capataz –único lugar un poco alto del recinto–. Y pasa, y gana la salida, y se arrastra sinuoso por el lodo, y se pierde y aparece entre las cien bocas húmedas del chaparral, y gana la cumbre, y desciende la ladera, y cae rendido de cansancio y de bien ganada felicidad entre la longa y el hijo. Pero vuela la noche en un sueño profundo de cárcel sin dar al fugitivo tiempo para que saboree sus ilusiones amorosas. Y, mucho antes del amanecer, siempre acosado por la amenaza del mayordomo. –«Si no obedeces te jodes. El patrón te saca a patadas del huasipungo»–, vuelve a la carrera por el chaquiñán del cerro hasta el bosque de la Rinconada.
Como los domingos –a pesar de las ofertas– sólo les dieron medio día libre a los peones del negocio de la leña y el carbón, menudearon las fugas de Andrés Chiliquinga. (1960, 42).

En 1934, se informa lacónicamente la desaparición de Andrés del lugar. En la edición de 1953, el personaje presenta todo un cuadro psicológico de las emociones que lo atenazan cuando espera el momento preciso para poner en ejecución el plan que ha forjado de desobedecer al patrón y regresar a su choza junto a su mujer e hijo todas las noches, para no abandonarlos, pero también para reintegrarse anímicamente y poder soportar el diario vivir. Con el despliegue de emociones, el lector se hace más receptivo hacia su situación.

En 1960, la descripción de su estado emocional es más precisa, más específica pero más impactante; la situación de alerta que lo mantiene tenso y expectante esperando el momento propicio de la fuga, le desencadena una gama de emociones y sensaciones, producto de su minada existencia, de su completa desolación y de la total frustración ante lo impuesto. La urgencia del regreso a su choza, lo impulsa a

actuar con agilidad inusitada, apela a su instinto natural de sobrevi-
vencia y se fuerza a calmarse para no cometer errores y poder realizar
su cometido; ya que las meditaciones no son suficientes para que él
tolere la arbitrariedad del patrón. Necesita escuchar la voz y el calor
humano de sus seres queridos; tener y experimentar lo que lo hace
sentirse hombre, sin importar el sacrificio que tenga que hacer;
porque la compensación, que recibe en los pocos instantes que puede
estar en su morada y con los suyos, es más grande que el tiempo que
emplea y el riesgo que temerariamente corre cada noche; pero siempre
se halla acosado por el temor al castigo de ser expulsado de la tierra
si lo atrapan desobedeciendo las órdenes recibidas.

El lector responde manipulado por la voz narrativa y el empleo de
los puntos suspensivos en la narración, técnica que impulsa el sus-
penso, pero que a la vez lo obliga a tomar una participación más activa
en lo relatado al verse comprometido a pensar en el significado de lo
que ha quedado inconcluso y en lo que se silencia. De esta manera,
debe reaccionar de alguna forma ante la audacia de Andrés y ante el
fuerte deseo que lo lleva a emplear más de cuatro horas viajando cada
noche, para poder estar con los suyos. Con estos hechos, los riesgos
que corre, la determinación que expone y la constancia en sus acciones, el personaje muestra la imposibilidad de seguir aceptando la
situación de vasallaje; la inconformidad de su inconsciente empieza
a manifestarse; pero su conciencia sobre la realidad que vive y a la que
está sometido se expresa en esta situación extrema y en los actos te-
merarios que realiza. Esta cima emocional a la que ha llegado vaticina
que algo extremo va a suceder.

5)   Secos los labios, secos los ojos, seca la garganta, seca el alma, el indio
     sigue gritando las excelencias de la mujer, porque en el silencio de
     la choza frente a los compañeros borrachos y llorones se podía decir
     todo. Cuando se le notó agotado, ronco de llanto y de tanto hacer
     recuerdos, le arrastraron a un rincón donde se quedó hipando lá-
     grimas por no poderlas frenar a raya; entonces vino otro de los
     miembros íntimos a sustituirle en el duelo; también se le arrastra
     después de una o dos horas de lamentaciones y se le arrincona como
     poncho viejo. La música monótona del San Juan y los barriles de
     guarapo fiados donde la Juana van avivando lentamente el coro de
     lamentaciones (1934, 171-172).

Secos los labios, ardiendole los ojos, atorada la garganta, rota el alma, el indio siguió gritando las excelencias de la india, los recuerdos de la india, los deseos de la india, la vida misma de la india. En el silencio de la choza y frente a los compañeros borrachos y llorones, podía decir todo, gritar todo. Cuando los amigos y deudos le notaron agotado, sin voz y sin llanto, le arrastraron hasta un rincón donde se quedó gimoteando por el resto de la noche. Entonces llegó otro de los miembros íntimos de la Cunshi y sustituyó al Andrés en el duelo. Así fueron pasando deudos y amigos en interminable pregón de lamentaciones. La música monótona de los sanjuanitos y los barriles de guarapo fiados donde la Juana, avivaron poco a poco el coro de las quejas y los recuerdos de todos los concurrentes al velorio. A aquel grito en medio de la indiferencia de las breñas y de la hora, los indios le llamaban: el chasquibay (1953, 132).

Secos los labios, ardientes los ojos, anudada la garganta, rota el alma, el indio siguió gritando al ritmo de la música las excelencias de su mujer, los pequeños deseos siempre truncos, sus virtudes silenciosas. Ante sus gentes podía decir todo. Ellos también... Ellos que, al sentirle agotado, sin voz y sin llanto, arrastrándole hasta un rincón, le dieron una buena dosis de aguardiente para atontarlo, y le dejaron tirado como un trapo, gimoteando por el resto de la noche. Entonces, algunos que se sentían con derecho, por miembro de familia, por compadre o por amiga querida, sustituyeron a Andrés Chiliquinga en las lamentaciones, en los gritos y en el llanto a los pies de la difunta. Todos por turno y en competencia de quejas. De quejas que se fueron avivando poco a poco hasta soldarse en amanecer en un coro que era como el alarido de un animal sangrante y acorralado en medio de la indiferencia de las breñas y del cielo, donde se diluía para enturbiar la angustia la música monótona de los sanjuanitos (1960, 153).

En la edición de 1934, en esta escena se muestra al personaje con alguna profundidad psicológica. El recuerdo de la compañera muerta hace que exprese angustia y desolación por la pérdida del ser querido, por el desconsuelo y el dolor que le produce su ausencia, y que luego no pueda contener las lágrimas por el sufrimiento que lo embarga, hasta que queda sin poder hablar para continuar su lamento públicamente.

En la edición de 1953, la humanización de los indígenas se hace

evidente mediante el empleo de diversos adjetivos que han rem-
plazado a «seco» de la edición original. Cada uno de esos calificativos
describe aspectos de diferentes emociones que experimenta Andrés
ante el recuerdo de su compañera fallecida. El narrador ahora identifica a Cunshi como «la india» para separarla de cualquier otra mujer
y valorarla como un ser humano especial en la vida de Chiliquinga.

En 1960, en el fragmento, Andrés se expresa con sinceridad sobre
aspectos específicos que poseía la muerta: «las excelencias», «los pequeños deseos siempre truncos», las «virtudes silenciosas» de «**su**
mujer**». El posesivo «**su**» expresa clara y determinadamente el fuerte
grado de inclinación afectiva que sentía por Cunshi. Los aspectos que
describe de ella, la humanizan completamente, la muestran como un
ser humano inapreciable; de ahí que el sufrimiento que le causa el
dolor de que ella haya muerto, le quiten la fachada estoica que debe
mantener ante los patrones y en la vida diaria y ahora dé rienda suelta
a su aflicción por la pérdida de la persona en la que se centraba gran
parte de sus deseos y de sus proyectos, y quien era la que le proporcionaba el equilibrio emocional. Con la expresión de este lamento, el
narrador muestra a Andrés ya no sólo más hombre, sino como
miembro integrante de una sociedad, que comparte con él sus des-
dichas.

Del mismo modo, en el fragmento se elimina la borrachera de los
indígenas, que se hallaba en las dos ediciones anteriores; excluyendo
así de la narración los prejuicios sociales que les atribuían el estar
siempre embriagados; ideas preconcebidas que podrían hacer reaccionar negativamente a los lectores. El narrador muestra una escena
gobernada por el dolor, cuya intensidad dramática es paulatinamente
creciente, puesto que después de Andrés, continúan con el lamento
los familiares y amigos presentes, hasta convertirse en «un coro que
era como el alarido de un animal sangrante y acorralado»; hechos que
son parte de la ceremonia del «chasquibay», con los que la comunidad
despide a sus muertos. Esta conmemoración posee un sentido espiritual y religioso, que acentúa que el indio en su sociedad, sigue sus
propias costumbres que en cuanto a ceremonias no son diferentes a
las de otras culturas.

6)   Allá, por la hondonada, unos cuantos cuentayos llevan a encerrar el ganado en la rinconada. Se detiene apoyando su cansancio en una esperanza difusa. Son cientos de cabezas que forman una mancha parda. Enfoca las pupilas hechas a lejanías, cobra aliento en un suspiro, se rasca la cabeza, suelta un carajo y toma un chaquiñán que le lleve a la hacienda. Una vaca, que parada al través del sendero alarga el hocico sobre los pencos olfateando pasto tierno.

—Caraju, vi pis, cumu han dijadu vaca murmura estirándose para espiar al valle.

En la lejanía la mancha parda es un puntito, la inicial de lo que va a pasar al estado de evocación. Rápidamente busca un punto elevado del campo desde donde pueda dar voces al descuido de los cuentayos. Trepa una tapia, pero de improviso se le aflojan todas las buenas intenciones. Una vaca puede valer sesenta sucres. Se le puede vender en cuarenta. Se le puede vender en menos. No encuentra otra salida. Robaría la vaca para mandarle a la Cunshi al cielo con billete de primera, siguiendo la costumbre de los amos que se meten en las haciendas a trabajar para enviar a sus hijos a Europa.

Iría a Tomachi a vender su robo; mejor a Pintag donde sólo le conoce el carnicero Morejón. Esperó la noche y se metió camino abajo.

Aún no se encendía el reflector del cielo, cuando el Andrés, todo sudoroso, dejaba la res en casa del Morejón y volvía al huasipungo a todo correr apretando en la faja ocho billetes de a cinco (1934, 182-183).

A lo lejos, más allá de la vega del río, los cuentayos llevaban a encerrar el ganado. El Andrés, al observar aquello, se detuvo y apoyó la desesperación en una esperanza difusa. Enfocó la mirada hacia el centenar de reses que manchaban, con mancha parda, la uniformidad verde del campo. Cobró aliento en un largo suspiro. Se rascó la cabeza, lanzó un carajo y tomó un sendero que se deslizaba por el filo del barranco.

Obstaculizando el paso una vaca alargaba el hocico sobre las pencas en busca de pasto tierno.

—Caraju Ve pes cumu han dijado vaca —murmuró el indio estirándose para espiar al valle y dar gritos a los cuentayos por el olvido. Por desgracia la mancha parda era ya un puntito perdido en la lejanía. Trepó a un risco desde donde quiso dar voces, pero de pronto se quedó mudo. Una vaca vale mis de veinticinco sucres.

«Si ... Si ...», se dijo el Andrés escurriéndose del risco. Robaría la vaca para mandar a la Cunshi al cielo. La solución era clara. Iría a Tomachi a vender el robo. No... Mejor a Pintac donde sólo le conocía el carnicero Morejón. Esperó la noche y se metió, arreando al animal, camino abajo.

Al regresar de su aventura cerca del amanecer las cosas cambiaron completamente para el indio, para el indio propietario de ocho billetes de a cinco sucres (1953, 138-139).

A lo lejos, más allá de la vega del río, los cuentayos y los huasicamas llevaban a encerrar en la talanquera el ganado de la hacienda. «Uuuu... Las cincu...», pensó Chiliquinga observando la mancha parda de las reses que se desplazaban por el valle y creyó haber apoyado inconscientemente su desesperación en una esperanza. ¿En una esperanza? ¿Cuál podía ser? Perdió el rastro, pero cobró aliento en un largo suspiro, para luego avanzar por un sendero que bordeaba el filo de un barranco. El sol había caído y la tarde maduraba hacia la noche entre algodones de neblina. Cansado de andar, Chiliquinga se preguntó adónde iba y murmuró a media voz arrimándose a una cerca:

—¿Para qué, pes, tantu correr, tantu andar? Pur brutu nu más... Pur mal natural... Así mismu suy... Manavali... ¿Quién ha de compadecer, pes? ¿Quién ha de hacer caridad, pes? Caraju...

Y de pronto estremeció su ánimo agotado una extraña presencia a sus espaldas. «Respiración de taita diablu», se dijo mirando de reojo hacia atrás. Era... Era la cabeza de una res que alargaba el hocico sobre las cabuyas de la tapia en busca de pasto tierno.

—Ave María. Casi me asustu, pes... —murmuró el indio y saltó la cerca para ver mejor al animal. Era una vaca con la marca de la hacienda. «¿Cómu será, pes? Los cuentayus toditicu arrearun... Peru han dejadu la vaca solitica... Mañusa... Mayordomu... Patrún... Uuuy...», pensó Chiliquinga mientras trepaba un risco desde donde podía dar voces a las gentes del valle para que acudan en busca del animal extraviado. Mas, una clara sospecha le detuvo. Podía... Dudó unos instantes. Miró en su torno. Nadie. Además, la neblina y el crepúsculo se espesaban por momentos. Una vaca vale... «Uuu... Peru será ayuda de Taita Dius o será tentación de taita diablu... ¿De quién será, pes?», se interrogó el runa escurriéndose de la peña donde quiso trepar. Todo era propicio, todo estaba fácil. La soledad, el silencio, la noche.

—Dius su lu pay, Taita Diositu —agradeció Andrés, aceptando sin vacilaciones en su conciencia la ayuda de Dios. Sí. Robaría la vaca para mandar a Cunshi al cielo. La solución era clara. Iría al pueblo del otro lado del cerro, donde no le conoce nadie. Esperó la noche y arreando la vaca avanzó camino abajo.

Al amanecer del siguiente día regresó de su aventura Andrés Chi-

liquinga. Las cosas habían cambiado para él. Tenía diez billetes de
a cinco escondidos en la faja que envolvía su cintura (1960, 160-161).

En la edición de 1934, Andrés se encuentra en una situación muy
difícil, ya que no tiene el dinero que el cura demanda por la sepultura
de Cunshi; pero pensando en que era su deber la salvación del alma
de la compañera muerta, divaga la manera de conseguir la cantidad
que para él es imposible porque no tiene cómo obtenerla. Al presentarse la oportunidad, movido por la necesidad y la desesperación, debe
quebrantar uno de los principios fundamentales de los incas: no
mentir, no robar y no holgazanear. Así, aprovecha una situación que
se presenta y roba para obtener el dinero.

En el texto de 1953, el fragmento entra más en la psicología de
Andrés y de la manera en que soluciona el dilema. En él se produce
todo un proceso intelectivo para alcanzar la solución por la oportunidad que se presenta. Las etapas de este proceso se explicitan: la apre-
hensión primordial de la realidad que enfrenta la efectúa cuando sabe
claramente que no tiene manera alguna para reunir el dinero para el
entierro de Cunshi; por lo cual debe buscar alguna solución. Ésta se
presenta cuando ve que una vaca se ha quedado rezagada y nadie se
ha dado cuenta. Interpreta la situación, entiende la casualidad y
concibe el proyecto con el cual resuelve el problema, ya que es vital
que Cunshi entre al cielo.

En 1960, perseguido por las palabras del cura: «Tienes que sacarle
de donde quiera. La salvación del alma es lo primero», se observan
diferenciadas las funciones psicológicas que se presentan en Andrés,
ante el grave dilema que enfrenta. Medita toda la situación y aplica
voluntariamente el entendimiento a intentar buscar la solución; así su
mente piensa, mientras presta atención a los estímulos ambientales.
De pronto, el proceso consciente se enfoca en lo que podría ser una
esperanza; mientras un procesamiento más profundo en la conciencia
lo lleva a fijarse en el grupo de hombres y animales que van allá lejos
en dirección a la hacienda. Percibe la hora que es, la lejanía, el grupo
que se moviliza, el rumbo que llevan, etc.; recibe, elabora e interpreta
la información proveniente de su entorno. Luego se separa de lo que
hay en el exterior inmediato y empieza a relacionar distintos conte-

nidos de sus experiencias pasadas con los recuerdos; de esta forma, expresa verbal y auditivamente sus pensamientos; palabras marcadas por la desolación, el desamparo, la impotencia, la desesperanza. En esta edición, el proceso es más lento, más reflexivo, más consciente; hay un fluir de la conciencia que se expresa en un monólogo, el cual se manifiesta por medio de preguntas retóricas, casi existenciales que indican la condición general del indio en esa sociedad.

A diferencia de las dos ediciones anteriores, el fragmento está caracterizado por la aceleración de los procesos psíquicos y las circunstancias externas que llevan a Andrés a realizar el robo. La solución le llega ahora inesperadamente y lo asusta. Es una vaca que le respira en la espalda. Movido por sus principios intenta avisar, pero inmediatamente comprende que la situación sería la esperanza buscada; la vaca se ofrece como solución, como enviada por Dios. Así, a pesar de las enseñanzas y principios aprendidos, las circunstancias que no ha propiciado, lo animan. Se produce un momento existencial para alcanzar la resolución de su problema inmediato; duda por las consecuencias que el hecho le puede acarrear, pero debe tomar la decisión y lo hace: «Dius su lu pay, Taita Diositu». De esta manera, sin premeditación y con auxilio divino, se lleva la vaca ajena para conseguir el dinero.

7)   —Nu'an di rubar así nu más caraju— afirma el indio.
Sin encontrar la defensa inmediata se puso pálido, con los ojos muy abiertos. Cómo podían arrancarle del pegujal si se sentía clavado como árbol de montaña. Tendrán que tumbarle con hacha (1934, 200).

—¿Caraju? Nu'an di rubar así nu más –afirmó el indio rascándose la cabeza y buscando una solución con la mirada perdida en el suelo. Sin encontrar la defensa inmediata se puso pálido, con los ojos muy abiertos ¿Cómo y quién podía arrancarle del pegujal donde hallaba clavado como un árbol de la montaña, donde amaneció a la vida, donde vio morir a su Cunshi, donde lloró y gozó con ella? Tendrían que tumbarle con hacha (1953, 150).

—Nu han de robar así nu más a taita Andrés Chiliquinga –concluyó el indio, rascándose la cabeza, lleno de un despertar de oscuras e indefinidas venganzas. Ya le era imposible dudar de la verdad del atropello que invadía el cerro. Llegaban... Llegaban más pronto de lo que él pudo imaginarse. Echarían abajo su techo, le quitarían la tierra. Sin encontrar una defensa posible, acorralado como siempre, se puso pálido, con la boca semiabierta, con los ojos fijos, con la garganta anudada. ¡No! Le parecía absurdo que a él... Tendrían que tumbarle con hacha como a un árbol viejo del monte. Tendrían que arrastrarle con yunta de bueyes para arrancarle de la choza donde se amañó, donde vio nacer al guagua y morir a su Cunshi. ¡Imposible! ¡Mentira! (1960, 172).

En 1934, este fragmento expone la reacción de Andrés cuando el hijo le avisa que están sacando a la gente de sus huasipungos: duda, pero se rebela. En la edición de 1953, existe una relación más emotiva del personaje que en la primera edición, puesto que ahora relaciona la tierra con Cunshi, con su vida en pareja, con sus recuerdos, con la conservación de sus memorias. Considera que perder la tierra, sería perder definitivamente a Cunshi; ahora, el vínculo con ese pedazo de tierra es corporal y anímico.

En 1960, se suprime la distancia entre el narrador y el personaje, al ampliarse el monólogo de Andrés, mostrando que el sentimiento que le ocasiona la situación es conflictivo; es un drama, del cual las palabras que emite son un testimonio de las emociones que experimenta cuando los hechos que apenas comienzan a ocurrir, indican que su mundo empieza a derrumbarse. La dolorosa realización de la devastación que se avecina, lo lleva a una resolución: luchar, hacer lo imposible para impedir lo que parece ya inevitable. Esta circunstancia le produce un desconcierto anímico que le causa estragos físicos. Sentirse atrapado nuevamente, le origina por unos instantes una sensación de impotencia; pero su dignidad humana y el instinto de supervivencia lo hacen reaccionar, le exigen saciar injusticias, que ya vienen de tiempos remotos y que continúan sin tregua.

Ante este colosal atropello, acude como lo ha hecho en el pasado a la fortaleza emotiva más poderosa que había recibido: los consejos de su padre, a quien sigue sintiendo respeto y veneración, y quien en la tierra, era el representante divino por su sabiduría y amor incondicional. Obedece la lección aprendida: «despacito, despacito» se obtiene la seguridad para dar el siguiente paso; así, toma la decisión de enfrentar a su enemigo para proteger la tierra de «taita Andrés Chiliquinga», la de toda su gente, la suya propia. No encuentra otra alternativa menos violenta; es preferible la muerte digna al sometimiento injusto y eterno al que se ve condenado si no actúa con decidida e intrépida convicción. De ahí que visualice las posibles y aterradoras formas de morir descuartizado que podría sufrir; sin embargo, la importancia simbólica que adquiere la perdida del huasipungo es tan poderosa que en un decisivo instante evoca todos y cada unos de los momentos más trascendentales e inolvidables de su existencia: la esencia de ser hombre, de haber juntado su vida con la mujer que le dio un hijo, la muerte de ella y la desolación en que quedó; en fin, todo aquello que ha tenido significado para su vida y que está a punto de desaparecer. Esta determinación hace surgir en él el significado de su vida como hombre, empieza a tener una guía, una meta y ve emerger dentro de sí un sentido de ser más humano, de pertenecer y de tener un destino.

8) Allá, como una huasca sonora de mil lazos, la voz del cuerno que sopla el Andrés, subido a una tapia, les arrastra en torrente ciego (1934, 202).

Allá, muy lejano, pero del corazón mismo de las pencas de cabuya, como una huasca sonora, la voz del cuerno que soplaba el Andrés Chiliquinga subido a la cerca de su huasipungo, congregó en torrente ciego a la indiada (1953, 151).

De... De muy lejos al parecer. Del corazón mismo de las pencas de cabuya, del chaparro, de las breñas de lo alto. De un misterioso cuerno que alguien soplaba para congregar y exaltar la rebeldía ancestral. Sí. Llegó. Era Andrés Chiliquinga que, subido a la cerca de su huasipungo –por consejo e impulso de un claro coraje en su desesperación–, llamaba a los suyos con la ronca voz del cuerno de guerra que heredó de su padre (1960, 173).

En la edición de 1934, se informa que Andrés toma la decisión de emplear una forma ancestral para comunicarse con la gente, reunirla y hacer frente al peligro inminente. Llamado al que todos acuden.

En 1953, hay una precisión en la lejanía, indicada con el adverbio «muy», a la que alcanza la señal y de la que llega la gente. Ademas, Andrés se halla ubicado, ya no en una tapia, como en la edición de 1934, sino en la cerca de su huasipungo. Lo que connota por el significado del homófono «cerca», que empieza la formación de las huestes de ataque, porque la tropa de indígenas, aunque todavía nadie lo sabe, va a hacer frente al enemigo y a solucionar de cualquier forma el atropello. La desesperación despierta en ellos la cultura que han olvidado por los maltratos y el abuso.

En 1960, se explica más la situación cultural de reacción para organizar la sublevación. La abundancia de detalles físicos del ambiente, personificados algunos de ellos con un corazón, destaca el estrecho vínculo ancestral del hombre con su entorno. La tierra de los huasipungos sabe que va a ser lugar de acaecimientos singulares que ya antes han ocurrido; sólo que ahora anticipa graves consecuencias. El destino de Andrés, se está cumpliendo. Ha recibido el cuerno como herencia de su padre, lo que indica que los hombres de esta familia pertenecen a una estirpe, poseen una dignidad dentro de la comunidad indígena. Al emplearlo para congregar a la gente, los hilos del sino que determina los sucesos humanos comienzan a desenrollarse; las circunstancias requieren la presencia de un líder, y Andrés Chiliquinga es el elegido. Su padre lo había preparado con sus consejos, con su legado para esta ocasión, acaso sin saberlo y tal vez sin nunca haber pronunciado tal responsabilidad. Como miembro de una comunidad de hombres con valores morales, Andrés responde al llamado ancestral y convoca a la defensa de la unidad comunal y del principio de la vida y del fundamento que para ellos es la tierra. Con estos hechos que se van desencadenando, el lector observa poco a poco el desenlace de la vida de un personaje trágico, como es la de cualquier líder digno de su nombre.

9)   Las cien familias se precipitan montando el potro de su odio. Asoman al huasipungo del Andrés con la furia colgando de la jeta. El Chiliquinga sintió tan hondo la actitud desesperada de la muchedumbre que se congregaba a su alrededor, con la piel erizada de picas, hachas, barras, puños, que cayó en un momento de desorientación. Crispó la mano sobre el cuerno lleno de alaridos rebeldes y, pensando en no defraudar la sed bélica de la indiada, inventó la palabra que les sirva de bandera. Saltó de la tapia gritando: —¡Ñucanchic huasipungo! (1934, 203).

Los indios de todos los lados del cerro llegaron al huasipungo del Andrés Chiliquinga sudando odio, e interrogaron al indio de la voz del cuerno con la mirada desafiante y resuelta.

—¿Quí caraju?
—¡Deci, taiticu!
—¡Decí, para morder!
—¡Decí, para quemar!
—¡Decí, para matar!
—¿Quí carajuuú?
—¡Deciií!

El Andrés Chiliquinga sintió tan hondo la actitud urgente –que era la suya propia– de la muchedumbre que se congregaba a su alrededor, de la muchedumbre con la piel erizada de picas, hachas, barras, puños, que creyó morir de desorientación y de miedo. Pero crispó la mano –con fuerza instintiva– sobre su cuerno lleno de alaridos rebeldes, y sintiendo con ansia infinita no defraudar la sed justiciera de los despojados, inventó la palabra que podía servir de bandera, de emoción y de coraje, y trepando de nuevo a la cerca de su huasipungo, entre pencas de cabuya y chaparro, gritó:
—¡Ñucanchic huasipungo! (1953, 151-152).

De todos los horizontes de las laderas y desde más abajo del cerro, llegaron los indios con sus mujeres, con sus guaguas, con sus perros, al huasipungo de Andrés Chiliquinga. Llegaron sudorosos, estremecidos por la rebeldía, chorreándoles de la jeta el odio, encendidas en las pupilas interrogaciones esperanzadas:
—¿Qué haremos, caraju?
—¿Qué?
—¿Comu?
—¡Habla nu más, taiticu Andrés!
—¡Habla para quemar lu que sea!
—¡Habla para matar al que sea!
—¡Carajuuu!
—¡Decí, pes!
—¡Nu vale quedar comu mudu después de tocar el cuernu de taitas grandes!
—¡Taiticuuu!
—¡Algu has de decir!
—¡Algu has de aconsejar!
—¿Para qué cogiste entonces a los pobres naturales comu a manada de ganadu, pes?
—¿Para qué?
—¿Pur qué nu dejaste cun la pena nu más comu a nuestros difuntus mayores?
—Mordidus el shungu de esperanza.
—Vagandu pur cerru y pur quebrada.

—¿Pur qué, caraju?
—¿Ahura ca habla, pes?
—¿Qué dice el cuernu?
—¿Quéee?
—¡Taiticuuu!
—¿Nus arrancarán así, nu más de la tierra?
—De la choza tan.
—Del sembraditu tan.
—De todu mismu.
—Nus arrancarán comu hierba manavali.
—Comu perru sin dueñu.
—¡Decí, pes!
—Taiticuuu.
Chiliquinga sintió tan honda la actitud urgente –era la suya propia–de la muchedumbre que llenaba el patio de su huasipungo y se apiñaba detrás de la cerca, de la muchedumbre erizada de preguntas, de picas, de hachas, de machetes, de palos y de puños en alto, que creyó caer en un hueco sin fondo, morir de vergüenza y de desorientación. ¿Para qué había llamado a todos los suyos con la urgencia inconsciente de la sangre? ¿Qué debía decirles? ¿Quién le aconsejó en realidad aquello? ¿Fue sólo un capricho criminal de su sangre de runa mal amansado, atrevido? ¡No! Alguien o algo le hizo recordar en ese instante que él obró así guiado por el profundo apego al pedazo de tierra y al techo de su huasipungo, impulsado por el buen coraje contra la injusticia, instintivamente. Y fue entonces cuando Chiliquinga, trepado aún sobre la tapia, crispó sus manos sobre el cuerno lleno de alaridos rebeldes, y, sintiendo con ansia clara e infinita el deseo y la urgencia de todos, inventó la palabra que podía orientar la furia reprimida durante siglos, la palabra que podía servirles de bandera y de ciega emoción. Gritó hasta enronquecer:
—¡Ñucanchic huasipungooo! (1960, 173-175).

En 1934, al grupo de indígenas lo mueve el fracaso y el rechazo hacia los opresores, sentimientos consolidados en odio por las acciones censurables de atacarlos sacándolos de la tierra y privándolos de sus raíces y de sus posesiones. Andrés responde convirtiéndose en líder, pero sus convicciones no son sólidas; actúa movido por la energía de la violencia del grupo. El ardor se incrementa al sentir el cuerno ancestral en sus manos; lo que tal vez le inspira las palabras de ataque, las pronuncia y salta al combate.

En 1953, los indígenas responden con palabras y con acciones; preguntan y sugieren procedimientos todos marcados por la impetuosidad, la ira y la fuerza. Andrés vacila, pero está con ellos; se anima y sintiendo la necesidad de hacer justicia por la violación, a la vez que deseando que todo el grupo le tenga confianza y no pierda la esperanza que ha puesto en él al responder a su llamado y al aguardar con expectación que él provea la salida del problema y anticipe un medio para alcanzar ese objetivo, trepa a la cerca para tener un punto alto para ser oído y visto, y ubicado en medio de productos de la tierra (pencas y chaparros) anima a todos al prorrumpir estentóreamente las palabras «lo nuestro», que simbolizan la esencia de la lucha que emprenden.

En 1960, se específica la lejanía y lo escarpado del terreno que recorren los diversos grupos de familias para responder al llamado ancestral hecho por Andrés. La especificación de los hombres que llegan con sus mujeres, sus hijos y hasta los animales domésticos, todos listos para obedecer, señala la importancia que le otorgan a Andrés. Ahora las emociones no son definitivas como en las ediciones anteriores; la rebeldía aunque contiene odio, está llena de esperanza, del deseo y de la confianza de que pueda suceder algo positivo para el futuro. El espíritu de los indígenas busca apoyo en lo más mínimo que les proporcione fuerza y aliento.

Así al acercarse esperan que Andrés les diga la razón de su venida. El ardor de varios que preguntan lo que deben hacer, lo que quieren oír; de otros que lo apuran y lo increpan tanto por el llamamiento, como por el silencio con que los recibe, lo anonadan y lo hacen vacilar y olvidar. Ese silencio hace que el tiempo que transcurre, amplíe en los otros indígenas la gratísima ilusión proveniente de la esperanza de poder saber algo, de conseguir una solución, de recuperar las propiedades; grato sentimiento necesario para la vida en medio de tantas desgracias y situaciones difíciles e intolerables.

Mientras que para Andrés, paralizado por las circunstancias, en esos instantes se le desencadenan una serie de emociones encontradas que le hacen olvidar quién es, lo que es, su función y su intención. Reacciona acicateado por sus propios sentimientos y recuerda que sus acciones iban dirigidas y deben seguir encaminadas a un fin: la posesión y la conservación de la tierra. Lugar al que lo une el cariño y por el que a su vez, desarrolló afectos individuales y familiares; por los cuales desea la permanencia; para respirar el mismo aire, nutrirse de los mismo alimentos, preservar sus memorias enraizadas en la tierra y sustentadas en ella. Al recordar las intenciones en que se apoyó, su mente va más lejos, lo lleva a tomar una dirección y a señalarle el camino de defensa y protección de lo que considera propio. Este proceso intelectivo y emocional lo une a sus ancestros e instintivamente le reafirma la convicción de que la tierra es indígena y por tanto patrimonial. Sube a la tapia y asiendo el cuerno ancestral símbolo de sus antepasados que lucharon y murieron por ella, siente la angustia y la agitación violenta que de ellos proviene, a la vez que lo avasalla el deseo incontrolado de recibir justicia por el pasado y por el presente, para tener un futuro mejor; así, verbaliza el mensaje que le llega del más allá, en el que vida y muerte se unen, y lo grita a los cuatro vientos: ¡Ñucanchic huasipungooo!; rubicón con el que sella para siempre su destino.

10)   Aplastado por la desesperación el Chiliquinga lanza un carajo, coge al guagua bajo el brazo, abre la puerta y murmura:
—Salgan maricones.
Y poniéndose en el umbral de la puerta, cerrando los ojos, apretando al hijo bajo el sobaco, grita, con grito que se clava más hondo que las balas:
—¡Carajuuuu...! ¡Ñucanchic huasipungo!
Corre ladera abajo, corre con desesperación del que quiere morder el ladrido de las ametralladoras; tras él van todos llevando el grito:
—¡Ñucanchic huasipungo!
Todo enmudece, hasta la choza ha terminado de arder. El sol se asfixia entre tanto algodón empapado en la sangre de los charcos (1934, 213).

Aplastado por la desesperación, por la asfixia, por el hijo que sentía morir a su lado, el indio Chiliquinga buscó la puerta que empezaba a incendiarse. Atrás quedaba el barranco, encima el fuego, al frente los fusiles.
—Abrí, carajuuú.
El Andrés retiró precipitadamente las trancas, agarró al hijo bajo el brazo, y abriendo la puerta exclamó:
—¡Salgan, caraju!
El viento de la tarde le refrescó la cara, los ojos. Miró de nuevo la

vida. Pero avanzó hacia afuera, apretó al hijo bajo el sobaco, mascó duro una maldición y gritó, con grito que fue a clavarse más hondo que las balas:

—¡Ñucanchic huasipungo, carajuuú!

Corrió hacia adelante con desesperación para ahogar a los fusiles. Sintió tras él el grito de los suyos:

—¡Ñucanchic huasipungo!

Luego, todo enmudeció. La choza terminó de arder.

El sol se hundió definitivamente en algodones empapados en la sangre de las charcas. (1953, 159).

Descontrolados por la asfixia, por el pequeño que lloraba, los indios obligaron a Chiliquinga a abrir la puerta que empezaba a incendiarse. Atrás quedaba el barranco, encima el fuego, al frente las balas.

—Abrí nu más, caraju.

—Maldita sea.

—¡Carajuuu!

Andrés retiró precipitadamente las trancas, agarró al hijo bajo el brazo —como un fardo querido— y abrió la puerta.

—¡Salgan, caraju, maricones!

El viento de la tarde refrescó la cara del indio. Sus ojos pudieron ver por breves momentos de nuevo la vida, sentirla como algo... «Qué carajuuu», se dijo. Apretó el muchacho bajo el sobaco, avanzó hacia afuera, trató de maldecir y gritó, con grito que fue a clavarse en lo más duro de las balas:

—¡Ñucanchic huasipungooo!

Luego se lanzó hacia adelante con ansia de ahogar a la estúpida voz de los fusiles. En coro con los suyos que les sintió tras él, repitió:

—¡Ñucanchic huasipungooo, caraju!

De pronto, como un rayo, todo enmudeció para él, para ellos. Pronto, también, la choza terminó de arder. El sol se hundió definitivamente (1960, 182-183).

En 1934, Andrés se mueve porque en él ya se ha dado la pérdida total de la esperanza; siente que todo ha fracasado, que él ha fallado; por eso la ira lo impulsa, provoca a los otros con palabras agresivas para que hagan algo y él decide salir, con la certidumbre de que ahí acaba todo, para él, para su hijo y para los suyos. Sus acciones, impulsan a los otros a seguirlo hacia el mismo fin; alcanzando a oírse por encima de las balas el postrer grito. Las ametralladoras aniquilan existencias, deseos, ansiedades y futuros. Sin embargo, los actos del personaje parecen ser de frustración y afán de detener lo que ocurre; acabar con el instante para siempre. El ambiente responde a la tragedia enmudeciendo, asfixiándose al ser empapado por el inicuo derramamiento de sangre.

En 1953, las emociones atenazan al personaje; ahora el hijo es una presencia muy fuerte en la conciencia del padre, que ve cómo se le escapa la vida sin poder hacer nada; porque el ambiente a su alrededor es de total destrucción; no tiene ningún recurso para oponerse al cataclismo existente. Las voces de urgencia, las decisiones intempestivas y absolutas y las órdenes se suceden sin dar tiempo a nada. Afuera, el viento lo hace reaccionar un segundo, tiempo suficiente para solidificar la determinación tomada, para convencer e infundir vigor a los otros, quienes lo siguen en un decisivo impulso de agotar hasta el último instante de vida oponiéndose a las injusticias y al despojo; su grito de combate y resistencia llega hasta los victimarios. El ambiente responde en la misma forma que en la edición anterior.

Mientras que en 1960, las balas, el fuego, el humo, el llanto del niño hacen que los indígenas que habían seguido a Andrés dentro de la choza lo apremien a moverse y a empezar a cumplir su destino al abrir la puerta. Realizando lo que viene, lo primero que piensa es en su hijo, lo toma con cariño sabiendo que es el postrer rasgo de amor que va a tener con él, el último contacto humano que existirá entre ellos; razonamiento que lo lleva a acicatear a los otros indios que están con él, tanto para recriminarles la falta de solidaridad que acaban de mostrar, como también para animarlos e imbuirlos de ánimo para lo que se avecina. Al ser recibido por el golpe del viento, siente estímulo; en lo profundo de su conciencia, entiende que sus acciones tienen sentido, que la tierra es de todos, como le enseñaron sus antepasados, que hay que oponerse y combatir el despotismo. Esta intelección lo reconforta y lo estimula a enfrentar y a alcanzar su destino. Se da ánimo con un remanente de ira profunda, convierte su voz en un misil poderoso para combatir los proyectiles de las metralletas y fustigar a los victimarios; la arroja por el horizonte lesionando con severidad las conciencias y los ánimos; pero a la vez animando y exhortando a su

comunidad a enfrentar, a reclamar, a oponerse, a hacer frente a la ini-
quidad y a la injusticia, a no someterse; y desafiando con su cuerpo las
balas de las ametralladoras, da ejemplo a los otros, quienes le responden aunando sus voces a la suya, escindiendo con ellas el ambiente,
trascendiendo comunidades, fragmentando costumbres, cercenando
actitudes y enfrentado con valor la muerte que llega rápidamente,
como lo hace la noche suprimiendo la luz del día, ocultando la inicua
matanza. Es la respuesta de la madre naturaleza que rechaza con desprecio y simbólicamente lo acaecido.

***

Con estas comparaciones y lecturas de las tres ediciones del texto
de Huasipungo se hace explícito el trabajo de estructuración y re-
composición de ese mundo narrativo que efectuó Jorge Icaza, y la importancia de analizar y estudiar la versión definitiva de Huasipungo
publicada en 1960. En las revisiones junto a correcciones formales de
vocabulario, existen partes amplias donde al autor modificó defectos
visibles en la construcción o en la manifestación literaria y corrigió
eliminando y agregando actitudes narrativas que conllevan a lo dra-
mático. Todo esto expresa un sólido y productivo esfuerzo para dar
explicaciones de algunas actitudes inmediatas de los personajes; modificaciones, algunas de ellas modernizantes, que proporcionan profundidad psicológica, humanidad evidente a los actos y reacciones de
los indígenas y una comprensión muy honda de la complejidad psicológica, social, cultural y humana de Andrés como representante de
una cultura humana; contribuyendo de este modo al extraordinario
valor moral y artístico de la obra, y consolidando el tono de la novela,
permitiendo al lector moderno participar efectivamente en esa realidad; sustituciones que no modifican el contenido, pero sí estilizan y
hacen elegante la prosa de la edición de 1960, autorizando a que la
novela permanezca como un monumento a sus intenciones y con-
solide el sitial literario de honor que alcanzó con la fuerza de su denuncia en 1934.

BIBLIOGRAFÍA

Córdova, Carlos Joaquín. *El Habla del Ecuador: Diccionario de ecua-torianismos.* Cuenca: Universidad del Azuay, 1995. 2 vols.

Dulsey, Bernard M. «Icaza sobre Icaza». *The Modern Language Journal* 54.4. (Abr., 1970): 233-245.

Ehrenreich, Jeffrey [comp.]. *Antropología política en el Ecuador. Pers-pectivas desde las culturas indígenas.* Abya Yala. Quito. 1991.

Espinosa Apolo, Manuel. *Jorge Icaza cronista del mestizaje. Mimetismo e identidad en la sociedad quiteña.* Quito: Crear Gráfica - Editores, 2006. [Comisión Nacional Permanente de Conmemoraciones Cívicas 27].

Fabré-Maldonado, Niza. *Americanismos, indigenismos, neologismos y creación literaria en la obra de Jorge Icaza.* Quito: Abra-palabra Editores, 1993.

Fernández, Teodosio. «Introducción». *Huasipungo.* Jorge Icaza. Madrid: Ediciones Cátedra, 1994. 7-57.

Ferrándiz Alborz, F. «El novelista hispanoamericano Jorge Icaza». Obras *escogidas. Jorge Icaza.* México: Aguilar, 1961. 18-71.

Flores Jaramillo, Renán. *Centenario del nacimiento de Jorge Icaza: 1906 - 2006.* Quito: Global Graphis, 2005. [Comisión Na-cional Permanente de Conmemoraciones Cívicas 20].

Icaza, Jorge. *Huasipungo.* Quito: Imprenta Nacional, 1934.

_____. *Huasipungo.* Buenos Aires: Editorial Losada, 1953.

_____. *Huasipungo.* Buenos Aires: Editorial Losada, 1960.

_____. *Huasipungo.* Madrid: Ediciones Cátedra, 1994.

_____. *Huasipungo: The villagers: a novel.* (1964). Bernard Dulsey (Trad.). Carbondale: Southern Illinois Uni-versity Press, 1973.

Jaramillo de Lubensky, María. *Ecuatorianismos en la literatura.* Cuenca: Ediciones del Banco Central del Ecuador, 1993.

Larson, Ross F. «La evolución textual de *Huasipungo* de Jorge Icaza». *Revista Iberoamericana* 31.60 (1965): 209-222.

Mafla-Bustamante, Cecilia. Arí, Sí, Yes: *Análisis lingüístico y evaluación de las traducciones de Huasipungo al inglés*. Quito: Abya-Yala, 2004.

_____. «La metáfora en Huasipungo y su problemática en la traducción». *Estudios Ecuatorianos: Un aporte a la discusión*. Ximena Sosa-Buchholz and William F. Waters (Comps.). Quito: FLACSO Ecuador, 2006. 185-200.

McEwan, Gordon F. *The Incas: New Perspectives*. New York: W.W. Norton & Co., 2008.

Moliner, María. *Diccionario de uso del Español*. Madrid: Editorial Gredos, 2001.

Murra, John V. *La organización económica del Estado Inca*. 6a. ed. México: Siglo XXI, 2001.

Ojeda, Enrique. «Entrevista a Jorge Icaza». *Ensayos sobre las obras de Jorge Icaza. Con una entrevista a este escritor*. Quito: Editorial Casa de la Cultura Ecuatoriana, 1991. 105-137.

Ossio, Juan M. *Los Indios del Perú*. Quito: Abya-Yala Ediciones, 1995.

Poloni-Simard, Jacques. *El mosaico indígena: movilidad, estratificación social y mestizaje en el Corregimiento de Cuenca, Ecuador del siglo XVI al XVIII*. Edgardo Rivera Martínez (Trad.). Quito: Institut français d'études andines. IFEA - Abya-Yala, 2006.

Rojas, Ángel F. *La novela ecuatoriana*. México: Fondo de Cultura Económica, 1948.

Sackett, Theodore Alan. *El arte de la novelística de Jorge Icaza*. Quito: Casa de la Cultura Ecuatoriana, 1971.

Stark, Louisa. «El rol de la mujer en los levantamientos campesinos de las altas llanuras del Ecuador». Antropología política en el Ecuador. Perspectivas desde las culturas indígenas. Jeffrey Ehrenreich (Comp.). Abya-Yala. Quito. 1991. 35-56.

Vázquez, M. Ángeles. «La exploración del mundo indígena: Jorge Icaza». *Ómnibus* (Madrid-España) II. 10 Año (julio, 2006): http://www.omni-bus.com/n10/index.html

HUASIPUNGO[1]

Esta edición se basa en la última versión corregida y aumentada del texto de la novela que realizara Jorge Icaza y que fue publicada por la Editorial Losada (Buenos Aires, Argentina) en mayo de 1960.

1 Fuentes principales para las notas: Córdova (1995), Fabré-Maldonado (1993), Jaramillo de Lubensky (1993), Moliner (2001).

Jorge Icaza

Aquella mañana se presentó con enormes contradicciones para don Alfonso Pereira. Había dejado en estado irresoluto[2], al amparo del instinto y de la intuición de las mujeres —su esposa y su hija—, un problema que él lo llamaba de «honor en peligro». Como de costumbre en tales situaciones —de donde le era indispensable surgir inmaculado—, había salido dando un portazo y mascullando una veintena de maldiciones. Sus mejillas de ordinario rubicundas y lustrosas —hartazgo de sol y aire de los valles de la sierra andina—, presentaban una palidez verdosa que, poco a poco, conforme la bilis fue diluyéndose en las sorpresas de la calle, recuperaron su color natural.

«No. Esto no puede quedar así. El poco cuidado de una muchacha, de una niña inocente de diecisiete años engañada por un sinvergüenza, por un criminal, no debe deshonrarnos a todos. A todos...» Yo, un caballero de la alta sociedad... Mi mujer, una matrona[3] de las iglesias... Mi apellido...», pensó don Alfonso, mirando sin tomar en cuenta a las gentes que pasaban a su lado, que se topaban con él. Las ideas salvadoras, las que todo pueden ocultar y disfrazar hábil y honestamente no acudían con prontitud a su cerebro. A su pobre cerebro. ¿Por qué? ¡Ah! Es que se quedaban estranguladas en sus puños, en su garganta.

—Carajo.

Coadyuvaban[4] el mal humor del caballero los recuerdos de sus deudas —al tío julio Pereira, al señor Arzobispo, a los bancos, a la Tesorería Nacional por las rentas, por los predios, por la casa, al Municipio por... «Impuestos. Malditos impuestos. ¿Quién los cubre? ¿Quién los paga? ¿Quién...? ¡Mi dinero! Cinco mil... Ocho mil... Los intereses... No llegan los billetes con la facilidad necesaria. Nooo...», se dijo don Alfonso mientras cruzaba la calle, abstraído por aquel pro-

---

2   *Irresoluto*: Que carece de resolución.
3   *Matrona*: Madre de familia, noble y virtuosa.
4   *Coadyuvar*: Contribuir, asistir o ayudar a la consecución de alguna cosa.

blema que era su fantasma burlón: «Surge el dinero de la nada? ¿Cae sobre los buenos como el maná[5] del cielo?...». La acometida de un automóvil de línea aerodinámica –costoso como una casa– y el escándalo del pito y el freno liquidaron sus preocupaciones. Al borde de esa pausa fría, sin orillas, que deja el susto de un peligro sorteado milagrosamente, don Alfonso Pereira notó que una mano amistosa le llamaba desde el interior del vehículo que estuvo a punto de borrarle de la página gris de la calzada, con sus gomas. ¿Quién podía ser? ¿Tal vez una disculpa? ¿Tal vez una recomendación? El desconocido sacó entonces la cabeza por la ventanilla de su coche y ordenó con voz familiar:

—Ven. Sube.

Era la fatalidad, era el acreedor más fuerte, era el tío Julio. Tenía que obedecer, tenía que acercarse, tenía que sonreír.

—¿Cómo...? ¿Cómo está tío?

—Casi te aplasto de una vez.

—No importa. De usted...

—Sube. Tenemos que hablar de cosas muy importantes.

—Encantado –concluyó don Alfonso trepando al automóvil con fingida alegría y sentándose luego junto a su poderoso pariente– gruesa figura de cejas pobladas, de cabellera entrecana, de ojos de mirar retador, de profundas arrugas, de labios secos, pálidos, el cual tenía la costumbre de hablar en plural, como si fuera miembro de alguna pandilla secreta o dependiente de almacén.

El argumento del diálogo de los dos caballeros cobró interés y franqueza sólo al amparo del despacho particular del viejo Pereira –un gabinete con puerta de cristales escarchados, con enorme escritorio agobiado por papeles y legajos, con ficheros de color verde aceituna por los rincones, con amplios divanes para degollar cómodamente a las víctimas de los múltiples tratos y contratos de la habilidad latifundista, con enorme óleo del Corazón de Jesús pintado por un tal señor Mideros[6], con viejo perchero de madera, anacrónico en aquel recinto de marcado lujo de línea moderna y que, como era na-

---

5   *Maná:* Alimento que Dios envió a los judíos, a manera de copos que descendían del cielo, mientras atravesaban el desierto

6   *Mideros:* (Ibarra, 1888-1969). Frente a todos los precursores de la modernización del arte nacional, unafigura se alza como el representante de lo tradicional: Víctor Mideros. La burguesía ve en él al gran pintor que satisface su devoción y su visión espiritualista del mundo anclada en ciertos símbolos entre religiosos y esotéricos.... era pintor que no dejaba llegar a sus telas los grandes conflictos sociales del tiempo.

tural servía para colgar chistes, bromas y sonrisas junto a los sombreros, a los abrigos y a los paraguas alicaídos.

—Pues sí... Mi querido sobrino.

—Sí.

—Hace tres semanas.

«Que se cumplió el plazo de uno de los pagarés... El más gordo...», concluyó mentalmente don Alfonso Pereira presa de un escalofrío de angustia y desorientación. Pero el viejo, sin el gesto adusto de otras veces, con una chispa de esperanza en los ojos, continuó:

—Más de veinte días. Tienes diez mil sucres[7] en descubierto. No he querido ejecutarte porque...

—Por...

—Bueno. Porque tenemos entre manos un proyecto que nos hará millonarios a todos.

—Ji... Ji... Ji...

—Sí, hombre. Debes saber que hemos ido en viaje de exploración a tu hacienda, a Cuchitambo.

—¿De exploración?

—Da pena ver lo abandonado que está eso.

—Mis preocupaciones aquí...

—¡Aquí! Es hora de que pienses seriamente –murmuró el viejo en tono de consejo paternal.

—¡Ah!

—¡Quizás mis indicaciones y las de Mr. Chapy pudieran salvarte!

—¿Mr. Chapy?

—El Gerente de la explotación de la madera en el Ecuador. Un caballero de grandes recursos, de extraordinarias posibilidades, de millonarias conexiones en el extranjero. Un gringo de esos que mueven el mundo con un dedo.

—Un gringo –repitió, deslumbrado de sorpresa y esperanza, don Alfonso Pereira.

—En el recorrido que hicimos con él por tus propiedades, metiéndonos un poco en los bosques, hallamos excelentes maderas: arrayán, motillón, canela negra, huilmo, panza.[8]

—Podemos abastecer de durmientes a todos los ferrocarriles de la República. Y también exportar.

---

7   *Sucre*: Moneda del Ecuador hasta el año 2000.

8   *Arrayán, motillón…*: maderas buenas para la construcción y carpintería.

—¿Exportar?

—Comprendo tu asombro. Pero eso no debe ser lo principal. No. Creo que el gringo ha olido petróleo por ese lado. Hace un mes, poco más o menos, El Día comentaba una noticia muy importante acerca de lo ricos en petróleo que son los terrenos de la cordillera oriental. Los parangonaba con los de Bakú[9]. No sé dónde queda eso. Pero así decía el periódico.

Don Alfonso, a pesar de hallarse un poco desconcertado, meneó la cabeza afirmativamente como si estuviera enterado del asunto.

—Es muy halagador para nosotros. Especialmente para ti. Mr. Chapy ofrece traer maquinaria que ni tú ni yo podríamos adquirirla. Pero, con toda razón, y en eso yo estoy con él, no hará nada, absolutamente nada sin antes no estar seguro y comprobar las mejoras indispensables que requiere tu hacienda, punto estratégico y principal de la región.

—¡Ah! Entonces... ¿Tendré que hacer mejoras?

—¡Claro! Un carretero para automóvil.

—¿Un carretero?

—La parte pantanosa de tu hacienda y del pueblo. No es mucho.

—Varios kilómetros.

—¡Los inconvenientes! ¡Los obstáculos de siempre! –chilló el viejo poniendo cara de pocos amigos.

—No. No es eso.

—También exige unas cuantas cosas que me parecen de menor importancia, más fáciles. La compra de los bosques de Filocorrales y Guamaní. ¡Ah! Y limpiar de huasipungos[10] las orillas del río. Sin duda para construir casas de habitación para ellos.

—¿De un momento a otro? –murmuró don Alfonso acosado por mil problemas que tendría que resolver en el futuro. Él, que como auténtico «patrón grande, su mercé», siempre dejó que las cosas aparecieran y llegaran a su poder por obra y gracia de Taita[11] Dios.

—No exige plazo. El que sea necesario.

---

9   *Bakú* : En 1846 se perforó el primer pozo de petróleo en Bibi-Heybat, un suburbio de Bakú, Azerbaiyán.

10   *Huasipungo* (*huasi*: casa; *pungu*: sitio): Pequeña superficie de terreno que el dueño de hacienda da al peón que trabaja en ésta; pequeña parcela de tierra donde el indio planta la choza en terreno de su patrón. El término ha perdido actualidad debido a la supresión en la legislación ecuatoriana de la tenencia precaria de la tierra.

11   *Taita*: padre; papá; persona mayor y respetable; título de respeto antepuesto al nombre de Dios.

—¿Y el dinero para...?

—Yo. Yo te ayudaré. Haremos una sociedad. Una pequeña sociedad.

Aquello era más convincente, más protector para el despreocupado latifundista, el cual, con mueca de sonrisa nerviosa se atrevió a interrogar:

—¿Usted?

—Sí, hombre. Te parece difícil un trabajo de esta naturaleza porque has estado acostumbrado a recibir lo que buenamente te mandan tus administradores o tus huasicamas[12].

Una miseria.

—Eso...

—Las consecuencias no se han dejado esperar. Tu fortuna se va al suelo. Estás casi en quiebra.

Sin hallar el refugio que le librase de la mirada del buen tío, don Alfonso Pereira se contentó con mover los brazos en actitud de hombre acosado por adverso destino.

—No. Así, no. Debes entender que no estamos en el momento de los gestos de cobardía y desconsuelo.

—Pero usted cree que será necesario que yo mismo vaya y haga las cosas.

—¿Entonces quién? ¿Las almas benditas?

—¡Oh! Y con los indios que no sirven para nada.

—Hay muchos recursos en el campo, en los pueblos. Tú los conoces muy bien.

—Sí. No hay que olvidar que las gentes son fregadas[13], ociosas, llenas de supersticiones y desconfianza.

—Eso podríamos aprovechar.

—Además... Lo de los huasipungos...

—¿Qué?

—Los indios se aferran con amor ciego y morboso a ese pedazo de tierra que se les presta por el trabajo que dan a la hacienda. Es más, en medio de su ignorancia, lo creen de su propiedad. Usted sabe. Allí levantan las chozas, hacen sus pequeños cultivos, crían a sus animales.

—Sentimentalismo. Debemos vencer todas las dificultades por

---

12 *Huasicama (huasicama: huasi:* casa; *camaj:* cuidador): indio sirviente que se turna en las haciendas para atender los más diversos menesteres domésticos en la casa del patrón.

13 *Fregado (as):* Difícil. También puede significar: mal parado o maltrecho.

duras que sean. Los indios... ¿Qué? ¿Qué nos importan los indios? Mejor dicho... Deben... Deben importarnos... Claro... Ellos pueden ser un factor importantísimo en la empresa. Los brazos... El trabajo...

Las preguntas que habitualmente espiaban por la rendija del inconsciente de Pereira el menor: —¿Surge el dinero de la nada? ¿Cae sobre los buenos como el maná[14] del cielo? ¿De dónde sale la plata para pagar los impuestos?—, se escurrieron tomando forma de evidencia, de...

—Sí. Es verdad. Pero Cuchitambo tiene pocos indios como para una cosa tan grande.

—Con el dinero que nosotros te suministremos podrás comprar los bosques de Filocorrales y Guamaní. Con los bosques quedarán los indios. Toda propiedad rural se compra o se vende con sus peones.

—En efecto.

—Centenares de runas[15] que bien pueden servirte para abrir el carretero. ¿Qué me dices ahora?

—Nada.

—¿Cómo nada?

—Quiero decir que en principio...

—Y en definitiva también. De lo contrario... —concluyó el viejo blandiendo como arma cortante y asesina unos papeles que sin duda eran los pagarés y las letras vencidas del sobrino.

—Sí. Bueno...

Al salir del despacho del tío, don Alfonso Pereira sintió un sabor amargo en la boca, un sabor de furia reprimida, de ganas de maldecir, de matar. Mas, a medida que avanzaba por la calle y recordaba que en su hogar había dejado problemas irresolutos, vergonzosos, toda su desesperación por el asunto de Cuchitambo se le desinfló poco a poco. Sí. Se le escapaba por el orificio de su honor manchado. La ingenuidad y la pasión de la hija inexperta en engaños de amor tenían la culpa. «Tonta. Mi deber de padre. Jamás consentiría que se case con un cholo[16]. Cholo por los cuatro costados del alma y del cuerpo. Además... El desgraciado ha desaparecido. Carajo... De apellido

---

14 *Maná*: Alimento que Dios envió a los judíos, a manera de copos que descendían del cielo, mientras atravesaban el desierto.

15 *Runa (runa:* hombre): es el término que utilizan los indios para autodenominarse. En la actualidad se emplea en el lenguaje ecuatoriano como equivalente de ordinario, bajo, sin estimación, vulgar.

16 *Cholo*: dícese del mestizo inculto.

Cumba... El tío Julio tiene razón, mucha razón. Debo meterme en la gran empresa de... Los gringos. Buena gente. ¡Oh! Siempre nos salvan lo mismo. Me darán dinero. El dinero es lo principal. Y... Claro... ¿Cómo no vi antes? Soy un pendejo. Sepultaré en la hacienda la vergüenza de la pobre muchacha. Donde le agarre al indio bandido... Mi mujer todavía puede... Puede hacer creer... ¿Por qué no? ¿Y Santa Ana?[17] ¿Y las familias que conocemos? Uuu...», se dijo con emoción y misterio de novela romántica. Luego apuró el paso.

En pocas semanas don Alfonso Pereira, acosado por las circunstancias, arregló cuentas y firmó papeles con el tío y Mr. Chapy. Y una mañana de los últimos días de abril salió de Quito con su familia —esposa e hija—. Ni los parientes, ni los amigos, ni las beatas de la buena sociedad capitalina se atrevieron a dudar del motivo económico, puramente económico, que obligaba a tan distinguidos personajes a dejar la ciudad. El ferrocarril del Sur —tren de vía angosta, penacho de humo nauseabundo, lluvia de chispas de fuego, pito de queja lastimera, cansada— les llevó hasta una pequeña estación perdida en la cordillera, donde esperaban indios y caballos.

Al entrar por un chaquiñán[18] que bordeaba el abismo del lecho de un río empezó a garuar fuerte, ligero. Tan fuerte y tan ligero que a los pocos minutos el lujo de las damas —cintura de avispa, encajes alechugados, velos sobre la cara, amplias faldas, botas de cordón— se chorreó en forma lamentable, cómica. Entonces don Alfonso mandó a los indios que hacían cola agobiados bajo el peso de los equipajes:

—Saquen de la bolsa grande los ponchos de agua y los sombreros de paja para las niñas.

—Arí, arí[19], patrón, su mercé —respondieron los peones mientras cumplían con diligencia nerviosa la orden. La caravana, blindados los patrones contra la lluvia —sombrero alón de hombre, impermeable oscuro, brilloso—, siguió trepando el cerro por más de una hora. Al llegar a un cruce del camino —vegetación enana de paja y de frailejones[20] extendida hacia un sombrío horizonte—, con voz entrecortada por el frío, don Alfonso anunció a las mujeres que iban tras él:

---

17 *Santa Ana:* Según la tradición cristiana, madre de la Virgen María.

18 *Chaquiñán (chaquiñán:* chaqui: pie; *ñán:* camino): Sendero en zigzag que trepa por los cerros.

19 *Arí* (quichua): sí, así, así es, verdad, cierto, realmente.

20 *Frailejón:* Planta que alcanza hasta dos metros de altura, crece en los páramos, tiene hojas anchas, gruesas y aterciopeladas y flores amarillas. Produce una resina muy apreciada.

—Empieza el páramo²¹. La papacara²²... Ojalá pase pronto... ¿No quieren un traguito?

—No. Sigamos no más —contestó la madre de familia con gesto de marcado mal humor. Mal humor que en los viajes a caballo se siente subir desde las nalgas.

—¿Y tú?

—Estoy bien, papá.

«Bien... Bien jodida...», comentó una voz sarcástica en la intimidad inconforme del padre.

Desde ese momento la marcha se volvió lenta, pesada, insufrible. El páramo con su flagelo persistente de viento y agua, con su soledad que acobarda y oprime, impuso silencio. Un silencio de aliento de neblina en los labios, en la nariz. Un silencio que se trizaba levemente bajo los cascos de las bestias, bajo los pies deformes de los indios —talones partidos, plantas callosas, dedos hinchados.

Casi al final de la ladera la caravana tuvo que hacer un alto imprevisto. El caballo delantero del «patrón grande, su mercé» olfateó en el suelo, paró las orejas con nerviosa inquietud y retrocedió unos pasos sin obedecer las espuelas que le desgarraban.

—¿Qué quiere, carajo? —murmuró don Alfonso mirando al suelo al parecer inofensivo.

—¿Qué...? ¿Qué...? —interrogaron en coro las mujeres.

—Se estacó²³ este pendejo²⁴. No sé... Vio algo... Mañoso²⁵... ¡José, Juan, Andrés y los que sean! —concluyó a gritos el amo. Necesitaba que sus peones le expliquen.

—Amituuu²⁶... —respondió alguien y, de inmediato, surgió en torno del problema de don Alfonso un grupo de indios.

—No quiere avanzar —dijo en tono de denuncia el inexperto jinete mientras castigaba a la bestia.

---

21 *Páramo*: Llovizna menuda que generalmente se precipita en los páramos. También denomina un paraje de la serranía alto y frío, cubierto de paja y desprovisto de vegetación arbórea.

22 *Papacara* (*papa*: papa; *cara*: piel): Corteza o cascara de la papa pelada. También, nevada menuda que cae en los páramos.

23 *Estacarse*: Quedarse rígido, como por el frío.

24 *Pendejo*: cobarde o pusilánime.

25 *Mañoso*: resabiado, se dice del que tiene un vicio o mala costumbre que le queda como residuo de algo y que es difícil quitarle; se dice especialmente de los caballos o del toro que embiste al torero y no al capote por haber sido toreado antes. También, se dice de la persona que se ha vuelto desconfiada o maliciosa por su propia experiencia de la vida.

26 *Amitu*: Amito. El quichua carece de las vocales o y e. Generalmente el indígena ecuatoriano cuando habla en castellano cambia la última o de una palabra en u. Lo mismo hace con la e, la cual cambia por i.

—Espere no más, taiticu, patroncitu[27] —murmuró el más joven y despierto de los peones.

De buena gana Pereira hubiera respondido negativamente, lanzándose a la carrera por esa ruta incierta, sin huellas sobre la hierba húmeda, velada por la niebla, enloquecida y quejosa por un pulso afiebrado de sapos y alimañas[28], pero el maldito caballo, las mujeres, la inexperiencia —pocas veces visitó su hacienda, en verano, con buen sol, con tierra seca— y los indios que después de hacer una inspección le informaron de lo peligroso de seguir adelante sin un guía que sortee los hoyos de la tembladera[29] lodosa agravada por las últimas tempestades, le serenaron.

—Bien. ¿Quién va primero?

—El Andrés. El sabe. El conoce, pes, patroncitu.

—Entonces... Vamos.

—No así. El animal mete no más la pata y juera[30]. Nosotrus hemus de cargar.

—¡Ah! Comprendo.

—Arí, taiticu.

—A ver tú, José, como el más fuerte, puedes encargarte de ña[31] Blanquita.

Ña Blanquita de Pereira, madre de la distinguida familia, era un jamón que pesaba lo menos ciento sesenta libras. Don Alfonso continuó:

—El Andrés que tiene que ir adelante para mí, el Juan para Lolita. Los otros que se hagan cargo de las maletas.

Después de limpiarse en el revés de la manga de la cotona[32] el rostro escarchado por el sudor y por la garúa, después de arrollarse los anchos calzones de liencillo hasta las ingles, después de sacarse el poncho y doblarlo en doblez de pañuelo de apache, los indios nombrados por el amo presentaron humildemente sus espaldas para que los miembros de la familia Pereira pasen de las bestias a ellos.

---

27 *Taiticu, patroncitu:* diminutivos de taita y patrón.

28 *Alimaña:* animal, aplicado generalmente a animales grandes; particularmente, a los que son dañinos para el ganado o para la caza menor.

29 *Tembladera:* Terreno pantanoso, abundante en turba y cubierto de césped, que retiembla cuando se anda sobre él.

30 *Juera:* fuera

31 *Ña:* Aféresis de niña, forma de respeto que utilizan los indios cuando se dirigen a una mujer blanca.

32 *Cotona:* camisa corta, de uso entre los campesinos que no va dentro del pantalón.

Con todo el cuidado que requerían aquellas preciosas cargas, los tres peones entraron en la tembladera lodosa:

—Chal... Chal... Chal...

Andrés, agobiado por don Alfonso, iba adelante. No era una marcha. Era un tantear instintivo con los pies el peligro. Era un hundirse y elevarse lentamente en el lodo. Era un ruido armónico en la orquesta de los sapos y las alimañas:

—Chaaal... Chaaal... Chaaal...

Y era a la vez el temor de un descuido lo que imponía silencio, lo que agravaba la tristeza del paraje, lo que helaba al viento, lo que enturbiaba a la neblina, lo que imprimía en la respiración de hombres y caballos un tono de queja:

—Uuuy... Uuuy... Uuuy...

Largo y apretado aburrimiento que arrastró a don Alfonso hasta un monólogo de dislocadas intimidades: «Dicen que la mueca de los que mueren en el páramo es una mueca de risa. Soroche[33]. Sorochitooo... Cuánta razón tienen los gringos al exigirme un camino. Pero ser yo... Yo mismo el elegido para semejante cosa... Paciencia... Qué paciencia ni qué pendejada... Esto es el infierno al frío... Ellos saben... Y el que sabe, sabe... ¿Para qué? Gente acostumbrada a una vida mejor. Vienen a educarnos. Nos traen el progreso a manos llenas, llenitas. Nos... Ji... Ji... Ji... Mi padre. Barbas, levita y paraguas en la ciudad. Zamarros[34], poncho y sombrero de paja en el campo... En vez de ser cruel con los runas, en vez de marcarles en la frente o en el pecho con el hierro rojo como a las reses de la hacienda para que no se pierdan, debía haber organizado con ellos grandes mingas[35]... Me hubiera evitado este viajecito jodido. Jodidooo... En esa época el único que tuvo narices prácticas fue el Presidente García Moreno[36]. Supo aprovechar la energía de los delincuentes y de los indios en la construcción de la carretera a Riobamba. Todo a fuerza de fuete[37]... ¡Ah!

---

33   *Soroche*; mal de altura; asfixia por la falta de aire y por la fatiga.

34   *Zamarros*: prenda que llevan en algunos sitios los cazadores y los hombres del campo encima de los pantalones, para resguardarlos, hecha de paño o, con más frecuencia, de cuero; se sujeta a la altura del muslo y llega, dividida en dos partes, una para cada pierna, hasta media pierna.

35   *Minga*: conjunto de gente reunida para realizar un trabajo agrícola, o para fines de beneficio social gratuitos.

36   *García Moreno* (1821-1875): político ecuatoriano. Presidió un triunvirato entre 1859 y 1861, año en el que fue elegido presidente de la República. Hombre de ideas conservadoras, gobernó de forma dictatorial, apoyado por la iglesia. Retornó a la presidencia en 1869; permaneció en el cargo hasta 1875 cuando murió asesinado.

37   *Fuete*: látigo fabricado de hilaza de cabuya.

El fuete que curaba el soroche al pasar los páramos del Chimborazo, que levantaba a los caídos, que domaba a los rebeldes. El fuete progresista. Hombre inmaculado, hombre grande». Fue tan profunda la emoción de don Alfonso al evocar aquella figura histórica que saltó con gozo inconsciente sobre las espaldas del indio. Andrés, ante aquella maniobra inesperada, de estúpida violencia, perdió el equilibrio y defendió la caída de su preciosa carga metiendo los brazos en la tembladera hasta los codos.

—¡Carajo! ¡Pendejo! –protestó el jinete agarrándose con ambas manos de la cabellera cerdosa del indio.

—¡Aaay! –chillaron las mujeres.

Pero don Alfonso no cayó. Se sostuvo milagrosamente aferrándose con las rodillas y hundiendo las espuelas en el cuerpo del hombre que había tratado de jugarle una mala pasada.

—Patroncitu... Taitiquitu... –murmuró Andrés en tono que parecía buscar perdón a su falta mientras se enderezaba chorreando lodo y espanto.

Después de breves comentarios, la pequeña caravana siguió la marcha. Ante lo riesgoso y monótono del camino, doña Blanca pensó en la Virgen de Pompeya, su vieja devoción. Era un milagro avanzar sobre ese océano de lodo. «Un milagro palpablito... Un milagro increíble...» pensó más de una vez la inexperta señora, sin apartar de su imaginación la pompa litúrgica de la fiesta que sin duda alguna harían a la Virgen sus amigas cuatro semanas después. No obstante ella, doña Blanca Chanique de Pereira estaría ausente. Ausentes sus pieles, sus anillos, sus collares, sus encajes, su generosidad, su cuerpo de inquietas y amorosas urgencias a pesar de los años. De los años... Eso procuraba aplacarlo después de la cosa social, de la cosa pública. Sí. Cuando se hallaban apagadas todas las luces del templo –discreta penumbra por los rincones de las naves–, en silencio el órgano del coro; cuando parecía que chorreaba de los racimos y de las espigas eucarísticas –adorno y gloria de las columnas salomónicas de los altares un tufillo a incienso, a rosas marchitas, a afeites de beata, a sudor de indio; cuando el alma –su pobre alma de esposa honorable poco atendida por el marido– se sentía arrastrada por un deseo de confidencias, por un rubor diabólico y místico a la vez, impulsos que le

obligaban a esperar en el umbral de la sacristía el consejo cariñoso del
padre Uzcátegui, su confesor. Así... Así por lo menos...

—¿Vas bien, hijita? —interrogó doña Blanca tratando de ahuyentar sus recuerdos.

—Sí. Es cuestión de acomodarse —respondió la muchacha, a quien
el olor que despedía el indio al cual se aferraba para no caer, le gustaba
por sentirlo parecido al de su seductor. «Menos hediondo y más cálido
que el de... cuando sus manos avanzaban sobre la intimidad de mi
cuerpo ¡Desgraciado! Si él hubiera querido. ¡Cobarde! Huir, dejarme
sola en semejante situación. Fui una estúpida. Yo... Yo soy la única
responsable. Era incapaz de protestar bajo sus caricias, bajo sus besos,
bajo sus mentiras... Yo también...» se repetía una y otra vez la joven
con obsesión que le impermeabilizaba librándola del frío, del viento,
de la neblina.

En la mente de los indios –los que cuidaban los caballos, los que
cargaban el equipaje, los que iban agobiados por el peso de los patrones–, en cambio, sólo se hilvanaban y deshilvanaban ansias de necesidades inmediatas: que no se acabe el maíz tostado o la mashca[38]
del cucayo[39], que pase pronto la neblina para ver el fin de la tembladera, que sean breves las horas para volver a la choza, que todo en
el huasipungo permanezca sin lamentar calamidades –los guaguas[40],
la mujer, los taitas, los cuyes[41], las gallinas, los cerdos, los sembrados–,
que los amos que llegan no impongan órdenes dolorosas e imposibles
de cumplir, que el agua, que la tierra, que el poncho, que la cotona.

Sólo Andrés, sobre el fondo de todas aquellas inquietudes, como
guía responsable, rememoraba las enseñanzas del taita Chiliquinga:
«No hay que pisar donde la chamba[42] está suelta, donde el agua es
clara... No hay que levantar el pie sino cuando el otro está bien firme...
La punta primero para que los dedos avisen... Despacito no más...
Despacito...»

Atardecía cuando la cabalgata entró en el pueblo de Tomachi. El
invierno, los vientos del páramo de las laderas cercanas, la miseria y

---

38   *Mashca*: Máchica, harina de cebada tostada para alimento humano.
39   *Cucayo*: Fiambre del jornalero o trabajador; comida fría; comida para viaje; refrigerio.
40   *Guagua*: Niño tierno; infante.
41   *Cuy*: Roedor americano propio de los Andes, un poco más pequeño que el conejo, con
       orejas muy cortas; conejillo de indias.
42   *Chamba*: Tepe, terrón con césped.

la indolencia de las gentes, la sombra de las altas cumbres que aco-
rralan, han hecho de aquel lugar un nido de lodo, de basura, de
tristeza, de actitud acurrucada y defensiva. Se acurrucan las chozas a
lo largo de la única vía fangosa; se acurrucan los pequeños a la puerta
de las viviendas a jugar con el barro podrido o a masticar el calofrío[43]
de un viejo paludismo; se acurrucan las mujeres junto al fogón, tarde
y mañana, a hervir la mazamorra[44] de mashca o el locro[45] de cuchipapa[46]; se acurrucan los hombres de seis a seis, sobre el trabajo de
la chacra[47], de la montaña, del páramo, o se pierden por los caminos
tras de las mulas que llevan cargas a los pueblos vecinos; se acurruca
el murmullo del agua de la acequia tatuada a lo largo de la calle, de
la acequia de agua turbia donde sacian la sed los animales de los huasipungos vecinos, donde los cerdos hacen camas de lodo para refrescar
sus ardores, don de los niños se ponen en cuatro para beber, donde se
orinan los borrachos.

A esas horas, por la garganta que mira al Valle, corría un viento
helado, un viento de atardecer de estación lluviosa, un viento que
barría el penacho de humo de las chozas que se alcanzaban a distinguir esparcidas por las laderas.

Miraron los viajeros con sonrisa de esperanza a la primera casa del
pueblo —una construcción pequeña, de techo de paja, de corredor
abierto al camino, de paredes de tapia sin enlucir, de puertas renegridas, huérfanas de ventanas.

—Está cerrada —observó el amo en tono de reproche, como si alguien debía esperarle en ella.

—Arriero es pes[48] don Braulio, patroncitu —informó uno de los
indios.

—Arriero —respondió don Alfonso pensando a la vez: «Por qué
este hombre no tiene que ver conmigo? ¿Por qué? Todos en este
pueblo están amarrados por cualquier circunstancia a la hacienda. A
mi hacienda, carajo. Así decía mi padre».

---

43   *Calofrío*: escalofrío indisposición física con accesos sucesivos de frío y calor.
44   *Mazamorra*: comida criolla, generalmente a base de maíz pisado (en este caso de harina
     de cebada *mashca*) y hervido.
45   *Locro:* Sopa de patatas.
46   *Cuchipapa*: papa muy menuda y de la peor calidad que el campesino desecha y da como
     alimento a los cerdos. Del quechua *khuchi*, cerdo.
47   *Chacra*: Huerto o espacio pequeño con cultivo de plantas alimenticias; sementera.
48   *Pes:* Contracción de pues.

En el corredor de aquella casucha que parecía abandonada hace mucho tiempo –tal era el silencio, tal la vejez y tal la soledad–, sólo dos cerdos negros hozaban en el piso de tierra no muy húmeda para agrandar sin duda el hueco de su cama. Más allá, en la calle misma, unos perros esqueléticos –el acordeón de sus costillares semidesplegado–, se disputaban un hueso de mortecina[49] que debe haber rodado por todo el pueblo.

Cerca de la plaza, un olor a leña tierna de eucalipto y boñiga seca –aliento de animal enfermo e indefenso– que despedían las sórdidas viviendas distribuidas en dos hileras –podrida, escasa y desigual dentadura de vieja bruja–, envolvió a los viajeros brindándoles una rara confianza de protección. Del corredor de uno de esos chozones, donde colgaba de una cuerda el cadáver despellejado y destripado de un borrego, salió un hombre –chagra[50] de poncho, alpargatas e ingenua curiosidad en la mirada– y murmuró en tono peculiar de campesino:

—Buenas tardes, patrones.

—Buenas tardes. ¿Quién eres? ¿Cómo te llamas? –interrogó en respuesta don Alfonso.

—El Calupiña, pes.

—¡Ah! Sí. ¿Y cómo te va?

—Sin querer morir. ¿Y su mercé?

—Pasando más o menos.

La caravana de amos e indios pasó sin dar mayor importancia a las palabras del cholo, el cual, después de arrojar en una cesta las vísceras del borrego que tenía en las manos, se quedó alelado mirando cómo se alejaban las poderosas figuras de la familia Pereira. También la chola de la vivienda que lindaba con la de Calupiña –vieja, flaca y sebosa–, a quien llamaban «mama Miche de los guaguas» por sus numerosos críos sin padre conocido, espió con curiosidad y temor casi infantiles a los señores de Cuchitambo, bien atrincherada tras una enorme batea repleta de fritada con tostado[51] de manteca. Más abajo, frente a un chozón de amplias dimensiones y menos triste que los otros, dos muchachas –cholitas casaderas, de alpargatas y follones[52]

---

49 *Mortecina*: animal muerto por causas naturales.

50 *Chagra:* Campesino de la región interandina del Ecuador que no se identifica precisamente con el indio. Hombre inculto, rústico.

51 *Tostado*: maíz tostado.

52 *Follón*: falda de bayeta larga, amplia y plisada, que usan las mujeres de pueblo en toda la región interandina.

—gritaban en medio de la calle con escándalo de carishinería[53] propia de la edad.

Eran las hijas del viejo Melchor Espíndola. La menor —más repollada y prieta— sacudíase algo que se le aferraba como un moño a la cabeza.

—¡Ay... Ay... Ay...!

—¡Esperaaa, pes! ¡Esperaaa...! —chillaba la otra, tratando de dominar a su hermana como a un niño emperrado, hasta que, con violencia de coraje y juego a la vez, logró de un manotazo arrancar el inoportuno añadido de la cabellera de la moza más alharaquienta[54]. Una araña negra, negrísima, de gruesas patas aterciopeladas huyó veloz por un hueco de una cerca de cabuyas[55].

El susto de las mozas carishinas[56] se evaporó rápidamente en la sorpresa de ver a gentes de la capital —el olor, los vestidos, los adornos, los afeites.

—Buenas tardes —dijo una.

—Buenas tardes, patrona —ratificó la otra.

—Buenas tardes, hijitas —respondió doña Blanca, poniendo una cara de víctima, mientras don Alfonso miraba a las mozas con sonrisa taimada de sátiro en acecho.

Frente a una tienda de gradas en el umbral y penumbra que logra disimular la miseria y la mala calidad de las mercaderías que se exhiben, se agrupaba una recua de mulas. Era el negocio de taita Timoteo Peña —aguardiente bien hidratado para que no haga daño, pan y velas de sebo de fabricación casera, harina de maíz, de cebada, de trigo, sal, raspaduras[57] y una que otra medicina—, donde los arrieros solían tomarse sus copitas y dejar las noticias recogidas por los caminos.

En la puerta del local del telégrafo, el telegrafista, un cholo menudo, nervioso y un poco afeminado, ejercitaba en la vihuela un pasillo[58] de principios del siglo.

---

53 *Carishinería:* Sinvergüencería, comportarse como hombre.

54 *Alharaquienta (alharaca):* Exageración en la manifestación de un sentimiento, impresión, con voces o gestos o con la actitud.

55 *Cabuya:* hilo de la pita que se usa para la fabricación de alpargatas, redes y cuerdas.

56 *Carishina (cari:* hombre; *shina:* así): Dícese de la mujer hombruna y con poca o ninguna disposición para los quehaceres femeninos (en el sur del país). También: mujer lasciva, afecta al trato con varones, sinvergüenza (en el norte).

57 *Raspadura:* Miel de caña hervida y puesta a enfriar en forma rectangular. Panela.

58 *Pasillo:* Música con aire parecido al valse pero menos vivo. Baile.

Hacia el fin de la calle, en una plaza enorme y deshabitada, la iglesia apoya la vejez de sus paredones en largos puntales —es un cojo venerable que pudo escapar del hospital del tiempo andando en muletas—. Lo vetusto y arrugado de la fachada contrasta con el oro del altar mayor y con las joyas, adornos y vestidos de la virgen de la Cuchara, patrona del pueblo, a los pies de la cual, indios y chagras, acoquinados por ancestrales temores y por duras experiencias de la realidad, se han desprendido diariamente de sus ahorros para que la Santísima y Milagrosa se compre y luzca atavíos de etiqueta celestial.

Del curato —única casa de techo de teja—, luciendo parte de las joyas que la Virgen de la Cuchara tiene la bondad de prestarle, salió en ese instante la concubina del señor cura —pomposos senos y caderas, receloso mirar, gruesas facciones—, alias «la sobrina» —equipaje que trajo el santo sacerdote desde la capital—, con una canasta llena de basura, echó los desperdicios en la acequia de la calle y se quedó alelada mirando a la cabalgata de la ilustre familia.

La esperanza de un descanso bien ganado despertó una rara felicidad en los viajeros a la vista de la casa de la hacienda y sus corrales y galpones[59] —mancha blanca en el verde oscuro de la ladera—. De la casa de la hacienda que se erguía como una fortaleza en medio de un ejército diseminado de chozas pardas.

Cuando el mayordomo se halló frente a los patrones detuvo a raya su mula —complemento indispensable de su figura, de su personalidad, de su machismo rumboso, de sus malos olores a boñiga y cuero podrido—, obligándola a sentarse sobre sus patas traseras en alarde de eficacia y de bravuconería cholas. Y con hablar precipitado —tufillo a peras descompuestas por viejo chuchaqui[60] de aguardiente puro y chicha[61] agria—, saludó:

—Buenas tardes nos dé Dios, patroncitos.

Luego se quitó el sombrero, dejando al descubierto una cabellera cerdosa que le caía a mechones pegajosos de sudor sobre la frente.

—Buenas tardes, Policarpio.

---

59   *Galpón*: Cobertizo grande con paredes o sin ellas.

60   *Chuchaqui* (origen desconocido): Estado de depresión causada por el abuso de bebidas alcohólicas. Por extensión, contrariedad, angustia que se siente a causa de un hecho fallido o adverso; resaca.

61   *Chicha*: Bebida fermentada hecha de maíz germinado. La más conocida es la chicha de Jora. La chicha de yuca masticada constituye la bebida y el alimento capital de los grupos selváticos del oriente.

—Me muero. Semejante lluvia. Toditico el día. ¿Qué es, pes? ¿Qué pasó, pes? ¿La niña chiquita también viene?

Sin responder a la pregunta inoportuna del cholo, don Alfonso indagó de inmediato sobre la conducta de los indios, sobre las posibilidades de adquirir los bosques, sobre los sembrados, sobre las mingas...

—Traigo grandes planes. El porvenir de mis hijos así lo exige —concluyó el amo.

«Uuuu... Cambiado viene. ¿Cuándo pes preocuparse de nada? Ahora verán no más lo que pasa... Los indios, los sembrados, los bosques. ¿Para qué, pes? Y sus hijos... Dice sus hijos... Una hija no más tiene. La ña Lolita. ¿A qué hijos se referirá? Tal vez la ña grande esté embarazada. Síu.. Gordita parece...» pensó el cholo Policarpio, desconfiando de la cordura del patrón. Nunca antes le había hecho esas preguntas; nunca antes había demostrado tanto interés por las cosas de la hacienda.

La vieja construcción campesina de Cuchitambo recibió a los viajeros con su patio empedrado, con su olor a hierba podrida y boñiga seca, con las manifestaciones epilépticas de los perros, con el murmullo bisbiseante de la charla quichua de las indias servicias[62], con el mugir de las vacas y los terneros, con el amplio corredor de pilares rústicos adornados con cabezas disecadas de venados en forma de capitel —perchero de monturas, frenos, huascas[63], sogas, trapos—, con el redil pegado a la culata del edificio y del cual le separaba un vallado de palos carcomidos y alambres mohosos —encierro de ovejas y terneros— y, sobre todo, con ese perfume a viejos recuerdos —de holgura unos, de crueldad otros, de poder absoluto sobre la indiada los más.

Después de dejar todo arreglado en la casa de los patrones, los indios que sirvieron de guía y bestias de carga a la caravana se desparramaron por el campo —metiéndose por los chaquiñanes más difíciles, por los senderos más tortuosos—. Iban en busca de su huasipungo.

Andrés Chiliquinga, en vez de tomar la ruta que le podía llevar a la choza de sus viejos —el taita murió de cólico hace algunos años, la madre vive con tres hijos menores y un compadre que aparece y des-

---

62 *Servicias*: india, generalmente joven que presta servicios domésticos en la casa, hacienda de su patrón.

63 *Huasca* o guasca: lonja de cuero o soga para diversos usos.

aparece por temporadas– se perdió en el bosque. Desde hace dos años, poco más o menos, que el indio Chiliquinga transita por esos parajes, fabricándose con su desconfianza, con sus sospechas, con sus miradas de soslayo y con lo más oculto y sombrío del chaparral[64] grande una bóveda secreta para llegar a la choza donde le espera el amor de su Cunshi[65], donde le espera el guagua, donde podrá devorar en paz la mazamorra. Sí. Va para dos años de aquello.

Burló la vigilancia del mayordomo, desobedeció los anatemas del taita curita para amañarse[66] con la longa[67] que le tenía embrujado, que olía a su gusto, que cuando se acercaba a ella la sangre le ardía en las venas con dulce coraje, que cuando le hablaba todo era distinto en su torno –menos cruel el trabajo, menos dura la naturaleza, menos injusta la vida. Ellos, el mayordomo y el cura, pretendieron casarle con una longa de Filocorrales para ensanchar así los huasipungueros del amo. ¡Ah! Mas él les hizo pendejos y se unió a su Cunshi en una choza que pudo levantar en el filo de la quebrada mayor. Después... Todos tuvieron que hacerse la vista gorda. Pero el amo... El amo que había llegado intempestivamente. ¿Qué dirá? ¿Quée? El miedo y la sospecha de los primeros días de su amaño volvieron a torturarle. Oyó una vez más las palabras del santo sacerdote: «Salvajes. No quieren ir por el camino de Dios. De Taita Diosito, brutos. Tendrán el infierno». En esos momentos el infierno era para él una poblada enorme de indios. No había blancos, ni curas, ni mayordomos, ni tenientes políticos. A pesar del fuego, de las alimañas[68] monstruosas, de los tormentos que observó de muchacho en uno de los cuadros del templo, la ausencia de los personajes anotados le tranquilizó mucho. Y al llegar a la choza –apretada la inquietud en el alma– Andrés Chiliquinga llamó:

—¡Cunshiii!

Ella no estaba en la penumbra del tugurio. El grito –angustia y coraje a la vez– despertó al guagua que dormía en un rincón envuelto en sucias bayetas.

—¡Cunshiii! Desde los chaparros[69], muy cerca del huasipungo

---

64 *Chaparral*: Sitio cubierto de *chaparro*: paraje montuoso poblado de arbustos y matas.

65 *Cunshi*: probablemente del Quechua *ƙunsi*, Concepción.

66 *Amañarse*: acostumbrarse, avenirse, conformarse. *Amaño*: concubinato, amancebamiento.

67 *Longo o longa*: indio o india joven. En diminutivo, forma de trato cariñoso.

68 *Alimaña*: aplicado generalmente a animales grandes; particularmente, a los que son dañinos para el ganado o para la caza menor.

69 *Chaparro*: mata de encina baja y de muchas ramas.

donde la india, aprovechando la última luz de la tarde, recogía ramas
secas para el fogón, surgió una voz débil, asustada:

—Aaah.

—¿Dónde estáis, pes?

—Recugiendu leña.

—Recugiendu leña, carau? Aquí ca[70] el guagua shurandu, shurandu... –murmuró el indio en tono de amenaza. No sabía si enter-
necerse o encolerizarse. Su hembra –amparo en el recuerdo, calor de
ricurishca[71] en el jergón– estaba allí, no le había pasado nada, no le
había engañado, no había sido atropellada. Y a pesar de que la disculpa era real, a pesar de que todo estaba a la vista, las morbosas inquietudes que él arrastraba –afán de defender a mordiscos y puñetazos irrefrenables su amor– le obligaron a gritar:

—¡Mentirosa!

—Mentiro...

De un salto felino él se apoderó de la longa por los cabellos. Ella
soltó la leña que había recogido y se acurrucó bajo unos cabuyos como
gallina que espera al gallo. Si alguien hubiera pretendido defenderla,
ella se encararía de inmediato al defensor para advertirle furiosa: «En-
trometidu. Deja que pegue, que mate, que haga pedazus, para esu es
maridu, para esu es cari[72] propiu...».

Después de sacudirla y estropearla, Andrés Chiliquinga, respirando con fatiga de poseso, arrastró a su víctima hasta el interior de
la choza. Y tirados en el suelo de tierra apisonada, ella, suave y temblorosa por los últimos golpes –cuerpo que se queja y que palpita levemente de enternecido resentimiento–, él, embrujado de cólera y
de machismo –músculos en potencia, ronquido de criminales ansias–,
se unieron, creando en su fugaz placer contornos de voluptuosidad
que lindaba con las crispadas formas de la venganza, de la desesperación, de la agonía.

—Ay... Ay... Ay...

—Longuita.

En nudo de ternura salvaje rodaron hasta muy cerca del fogón. Y
sintiéndose –como de costumbre en esos momentos– amparados el

---

70   *Ca o ga:* partícula pospositiva de significación casual o condicional. No tiene correspon-
     diente exacto en español aunque podría asimilarse al significado de la conjunciones "y"
     y "pues"; o modos adverbiales: "si es que", "puesto que".

71   *Ricurishca:* Placer. Cosa muy agradable.

72   *Cari:* Hombre, varón; macho.

uno en el otro, lejos —narcotizante olvido— de cuanta injusticia, de cuanta humillación y cuanto sacrificio quedaba más allá de la choza, se durmieron al abrigo de sus propios cuerpos, del poncho empapado de páramo, de la furia de los piojos.

La garúa del prolongado invierno agravó el aburrimiento de la familia Pereira. Cuando amanecía sereno, don Alfonso montaba en una mula negra —la prefería por mansa y suave— y se alejaba por la senda del chaparral del otro lado del río. Una vez en el pueblo hacía generalmente una pequeña estación en la tienda del teniente político[73] —cholo de apergaminada robustez, que no desamparaba el poncho, los zapatos de becerro sin lustrar, el sombrero capacho[74], el orgullo de haber edificado su casa a fuerza de ahorrar honradamente las multas, los impuestos y las contribuciones fiscales que caían en la tenencia política—. Sí, se tomó en costumbre de don Alfonso Pereira tomarse una copa de aguardiente puro con jugo de limón y oía la charla, a ratos ingenua, a ratos cínica, de la autoridad, cuando llegaba a Tomachi.

—Nadie. Nadie como yo... Yo, Jacinto Quintana... Y como el tuerto Rodríguez, carajo... Para conocer y dominar a látigo, a garrote, a bala, la sinvergüencería y la vagancia de los indios.

—Bien. Debe ser.

—Dos o tres veces he sido capataz, pes.

—Aaaah.

Al cholo de tan altos quilates de teniente político, de cantinero y de capataz, se le podía recomendar también como buen cristiano —oía misa entera los domingos, creía en los sermones del señor cura y en los milagros de los santos—, como buen esposo —dos hijos en la chola Juana, ninguna concubina de asiento entre el cholerío[75], apaciguaba sus diabólicos deseos con las indias que lograba atropellar por las cunetas—, y como gran sucio —se mudaba cada mes de ropa interior y los pies le olían a cuero podrido.

—Tome no más. Este es purito[76] traído de tierra arriba. La Juana le prepara con hojas de higo.

---

73   *Teniente político*: Cargo de teniente y ejercicio de él; particularmente, «tenencia de alcaldía».

74   *Capacho*: sombrero viejo.

75   *Cholerío*: grupo de cholos.

76   *Purito*: aguardiente puro de caña de azúcar.

—Y qué es de la Juana que no la veo?

—En la cocina, pes. ¡Juanaa! ¡Aquí está el señor Cuchitambo!

—Ya voooy.

Casi siempre la mujer —apetitosa humildad en los ojos, moreno de bronce en la piel, amplias caderas, cabellos negros en dos trenzas anudadas con pabilos, brazos bien torneados y desnudos hasta más arriba de los codos— aparecía por una puerta lagañosa de hollín que daba al corredor del carretero donde había un poyo cargado de bateas con chochos[77], pusunes[78] y aguacates para vender a los indios. A la vista del omnipotente caballero la chola enrojecía, se pasaba las palmas de las manos por las caderas y murmuraba:

—¿Cómo está pes la niña grande?

—Bien...

—¿Y la niña chiquita?

—Más o menos.

—Aaah.

—A ti te veo más gorda, más buena moza.

—Es que me está observando con ojos de simpatía, pes.

Entonces Juana pagaba la galantería del latifundista ordenando a su marido servir una nueva copa de aguardiente puro al visitante.

—¿Otra? —protestaba don Alfonso en tono que parecía disfrazar un ruego.

—¿Qué es, pes? ¿Acaso hace mal?

—Mal no... Pero...

—Ji... Ji... Ji...

Mientras el marido iba por el aguardiente, Pereira agradecía a Juana propinándole uno o dos pellizcos amorosos en las tetas o en las nalgas. Casi nunca en esos momentos faltaba la presencia del menor de los hijos de la chola —año y pocos meses gateando en el suelo y exhibiendo sus inocentes órganos sexuales.

—Ojalá se críe robusto —comentaba el latifundista, buscando disculpar su repugnancia ciudadana cuando el pequeño —mocoso y sucio— se le acercaba.

—Un tragón ha salido —concluía la mujer.

---

77 *Chocho:* altramuz; frutos comestibles de la altramuz —planta papilionáceas (su semilla es comestible)— de la puna cuyos frutos blancos o blanquinegros son muy amargos. Para comerlos hay que procesarlos. Se sancochan, se remojan en agua corriente o en depósitos pero cambiando frecuentemente el agua. En una semana pierden el amargor y entonces se comen.

78 *Pusun*: del Quecha *puzun:* estómago de la res.

—Sí. Pero...

—Venga. Venga mi guagüito.

Los paseos del dueño de Cuchitambo terminaban generalmente en el curato. Largas, sustanciosas y a veces entretenidas conversaciones sostenían terrateniente y cura. Que la patria, que el progreso, que la democracia, que la moral, que la política. Don Alfonso, en uso y abuso de su tolerancia liberal, brindó al sotanudo una amistad y una confianza sin límites. El párroco a su vez –gratitud y entendimiento cristianos– se alió al amo del valle y la montaña con todos sus poderes materiales y espirituales.

—Si así fueran todos los sacerdotes del mundo sería un paraíso –afirmaba el uno.

—Su generosidad y su energía hacen de él un hombre bueno. Dios ha tocado en secreto su corazón –pregonaba el otro.

El primer favor del párroco fue hacer que Pereira compre la parte de los hermanos Ruata –dos chagritos huérfanos de padre y madre, que iban por la edad del casorio, sublimaban su soltería con sonetos a la Virgen y se hallaban a merced de los consejos y opiniones del fraile–, en los chaparrales a la entrada del bosque casi selvático. Luego vinieron otros.

Cuando alguien se atrevía a reprochar a don Alfonso por su amistad con el sotanudo, el buen latifundista, tirándose para atrás y tomando aire de prócer de monumento, exclamaba:

—Ustedes no ven más allá de la nariz. Tengo mis planes. Él es un factor importantísimo.

En realidad no andaba muy errado Pereira. Una tarde, a la sombra de las enredaderas que tejían una cortina deshilvanando entre los pilares del corredor del cuarto, el párroco y el latifundista planearon el negocio de Guamaní y los indios...

—Este viejo Isidro tiene que ser un ladrón. La pinta lo dice... –aseguró el terrateniente.

—Es un hombre que sabe lo que vale la tierra... Lo que valen los bosques y los indios –disculpó el cura.

—Eso no le produce nada. Nada...

—¿Quién sabe?

—Monte. Ciénagas...

—E indios, mi querido amigo.

—Indios.

—Además. Si usted no quiere...

El religioso echó su cabeza sobre el respaldo del asiento donde descansaba para hundirse en una pausa un poco teatral. Debía asegurar los sucres de su comisión en el negocio. El dinero estaba muy cerca de sus manos. Hasta Dios dice: «Agárrate que yo te agarraré... Defiéndete que yo defenderé...». ¡Ah! Con tal de no agarrarse de los espinos y de las alimañas de los chaparros del viejo Isidro, estaba salvado.

—Bueno... Querer... Como querer... –murmuró don Alfonso a media voz, tratando de abrir el silencio del sotanudo, el cual, con melosidad de burla, insistió:

—¿Con los indios?

—Claro. Usted comprende que eso sin los runas no vale nada.

—¡Y qué runas! Propios[79], conciertos[80], de una humildad extraordinaria. Se puede hacer con esa gente lo que a uno le dé la gana.

—Me han dicho que casi todos son solteros. Un indio soltero vale la mitad. Sin hijos, sin mujer, sin familiares.

—¿Y eso?

—Parece que no sabe usted. ¿Y el pastoreo, y el servicio doméstico, y el desmonte, y las mingas?

—Bueno. Son más de quinientos. Más de quinientos a los cuales, gracias a mi paciencia, a mi fe, a mis consejos y a mis amenazas, he logrado hacerles entrar por el camino del Señor. Ahora se hallan listos a... –iba a decir: «a la venta», pero le pareció muy duro el término y, luego de una pequeña vacilación, continuó–...al trabajo. Ve usted. Los longos le salen baratísimos, casi regalados.

—Sí, parece...

—Con lo único que tiene que contentarles es con el huasipungo.

—Eso mismo es molestoso.

—En alguna parte tienen que vivir.

—El huasipungo, los socorros[81], el aguardiente, la raya[82].

---

79   *Propio*: peón propio; Sirviente doméstico que era cedido por los padres al patrón.

80   *Concierto*: trabajador agrícola de la sierra sometido al convenio del concertaje. Era la esclavitud disfrazada. En el concertaje el indio estaba sujeto al amo, adscrito al suelo de la hacienda y a merced de la facultad que tenía el patrón para recuperar deudas del campesino por medio de prisión y la perpetuidad del crédito por los anticipos que recibía.

81   *Socorros*: Cantidad en dinero, o en especie que el patrono o hacendado anticipa al campesino para hacer paso al tiempo del pago de la remuneración por el trabajo realizado.

82   *Raya*: Paga, sueldo.

—Cuentos. Ya verá, ya verá, don Alfonsito.

Rápidamente volvió la conversación a lo del negocio de las tierras de Guamaní.

—Como yo no tengo ningún interés y no puedo hacerme ni al uno ni al otro, trataré de servir de lazo entre los dos propietarios.. Tengo confianza. La inspiración divina guiará vuestros pasos.

—Así espero.

—Así es.

Al final, de acuerdo las partes en ofertas y comisiones, cuando todo había caído en una confianza cínica y sin escrúpulos, el señor cura afirmó:

—Apartémonos por un instante de cualquier idea mezquina, de cualquier idea... Ji... Ji... Ji... Parece mentira... La compra significa para usted un porvenir brillante. No sólo son las tierras y los indios de que hemos hablado. No... En la montaña queda todavía gente salvaje, como el ganado del páramo. Gente que no está catalogada en los libros del dueño, a la cual, con prudencia y caridad cristianas, se le puede ir guardando en nuestro redil. ¿Me comprende? Yo... Yo me encargo de eso... ¿Qué más quiere?

—¡Ah! Gracias. ¿Pero no será una ilusión?

—Conozco, sé, por eso digo. Y como usted es un hombre de grandes empresas... Entre los dos...

—Naturalmente...

La niña chiquita dio a luz sin mayores contratiempos. Dos comadronas indias y doña Blanca asistieron en secreto a la parturienta. El problema del recién nacido se inició cuando a la madre se le secó la leche. Don Alfonso, que a esas alturas era dueño y señor de Guamaní y sus gentes, salvó el inconveniente gritando:

—Que vengan dos o tres longas con cría. Robustas, sanas. Tenemos que seleccionar.

El mayordomo cumplió con diligencia y misterio la orden. Y, esa misma tarde, arreando a un grupo de indias, llegó al corredor de la casa de la hacienda que daba al patio. Los patrones –esposa y esposo– miraron y remiraron entonces a cada una de las longas. Pero doña Blanca, con repugnancia de irrefrenable mal humor que arrugaba sus labios, fue la encargada de hurgar y manosear tetas y críos de las posibles nodrizas para su nieto.

—Levántate el rebozo.

—Patronitica...

—Para ver no más.

—Bonitica...

La india requerida, con temor y humildad de quien ha sufrido atropellos traicioneros, alzó una esquina de la bayeta que le cubría. Envuelto en fajas y trapos sucios como una momia egipcia, un niño tierno de párpados hinchados, pálido, triste, pelos negros, olor nauseabundo, movió la cabeza.

—¿Tienes bastante leche?

—Arí, niña, su mercé.

—No parece. Enteramente está el chiquito.

—Hay que proceder con mucho cuidado –intervino Pereira.

—Veremos el tuyo –siguió doña Blanca, dirigiéndose a otra de las indias que esperaban.

Después de un examen prolijo de las mujeres y de los niños –lleno de comentarios pesimistas del mayordomo y del patrón–, fue preferida una longa que parecía robusta y limpia.

—¿Qué te parece? –consultó la esposa, mirando a Pereira.

—Sí. Está mejor. Pero que se bañe en el río. Si alcanza. No es muy tarde. ¡Ah! Y que deje al hijo en la choza.

—No se puede, patrón –intervino el mayordomo.

—¿Por qué?

—Solita vive, pes.

—Fácil remedio. Tú te haces cargo del muchacho hasta que la india se desocupe.

—¿Yo? Ave María. ¿Con quién, pes...?

—¿No tienes una servicia de la hacienda de tu casa?

—Sí. Así mismo es. ¿Qué dirá la gente? Ji... Ji... Ji... El Policarpio apareció no más con guagua tierno... Como si fuera guarmi[83]...

La nodriza, bien bañada –a gusto del patrón– y con una enorme pena oculta y silenciosa por la suerte de su crío, se instaló desde aquella noche al pie de la cuna del «niñito». Desgraciadamente no duró mucho. A las pocas semanas el mayordomo trajo la noticia de la muerte del pequeño.

---

83   *Guarmi* (*huarmi*): mujer; esposa. Mujer hacendosa. (Opuesto de *carishina*).

—La servicia no sabe, pes. Bruta mismo... Yo no tengo la culpa. ¿Qué también le daría? Flaco estaba... Chuno[84] como oca[85] al sol... Mamando el aire a toda hora... Con diarrea también... Hecho una lástima...

La india, al oír aquello de su hijo, no pudo pronunciar una sola palabra —todo en su cuerpo se había vuelto rígido, estrangulado, inútil—, bajó la cabeza y se arrimó a la pared de la cocina donde se hallaba. Luego, como una autómata hizo las cosas el resto de la tarde y a la noche desapareció de la casa, del valle, del pueblo. Nadie supo después lo que hizo ni a dónde fue.

Sin pérdida de tiempo el latifundista ordenó de nuevo al mayordomo:

—Tienes que traer otras longas.

—Sí, patrón.

—Las mejores.

—Así haremos.

El cholo Policarpio buscó y halló a las mujeres que necesitaba en una sementera de papas. Al notar la presencia del hombre —para ellas cruel, altanero e intrigante— hundieron con fingido afán sus rústicas herramientas entre las matas de los surcos, miraron de reojo...

—¡Eeeh! —gritó el cholo desde la cerca.

Nadie se tomó el trabajo de responder. Era mejor que él crea...

—¿Dónde dejaron a los guaguas? ¡Quiero verles! —insistió el mayordomo.

Ante aquel raro requerimiento, desacostumbrado, absurdo, se enderezaron las mujeres, y, boquiabiertas, miraron hacia el hombre que gritaba.

—¿No me oyen?

—No.

—Digo que ¿dónde dejaron a los guaguas?

Las indias volvieron la cabeza hacia un matorral del cajón donde terminaba el campo del sembrado.

—Bueno... Dejen así no más eso. Vamos a ver lo otro, pes —concluyó el cholo, dirigiendo su mula hacia el lugar que habían denunciado con los ojos las longas.

---

84   *Chuno*: del quechua *ch'uñu*, patata helada y secada al sol. En Sur América: Fécula de papa.

85   *Oca* (quechua *oqa;*): Planta oxalidácea que tiene unos tubérculos feculentos llamados del mismo modo, de sabor parecido al de la castaña.

A medida que se acercaba a la sombra del chaparro el grupo de mujeres fue creciendo un ruido como de queja —aleteo de fuga entre la hojarasca, misterio de monólogo infantil que interroga y da vida de amistad y confidencia a las cosas, llanto cansado de hipo roto—, un ruido que se tornaba claro y angustioso. Eran los niños abandonados por las indias a la orilla del trabajo —tres, cuatro, a veces cinco horas. Los más grandes, encargados de cuidar a los menores, al sentirse sorprendidos, precipitáronse —sin tino, con torpeza de denuncia— a cumplir las recomendaciones a su cargo: «Darás al guagua la mazamorra cuando se ponga a gritar no más... Cuidarás que no ruede al hueco... Quitarás si come tierra, si se mete la caca a la boca...». Y como esa vez era siempre. Sólo en el último momento y a la vista del posible castigo, los grandulones —tres o cuatro años— cumplían al apuro la orden superior de los padres metiendo en la boca desesperada y hambrienta de los pequeños, con tosca cuchara de palo, la comida fría y descompuesta de una olla de barro tapada con hojas de col.

Desde la inquieta tropa infantil esparcida por el suelo —larvas que tratan de levantarse desde la tierra con recelosa queja—creció un murmullo exigente a la vista de las indias, de las indias que reprocharon cada cual a su modo.

—Longos mala conciencia.

—Ave María.

—Como chivos, como diablos.

—Taitico ha de matar no más.

—Con huasca he de amarrar.

—Bandidos.

—¡Mama! ¡Mama! ¡Uuu... Uuu...!

—¿Qué dicen, carajo? —inquirió el mayordomo siempre en guardia de su autoridad ante los runas.

—Nada pes, su mercé.

—Hambre.

—Frío.

—Gana de joder.

—¡Enséñame a los más tiernos! —terminó el cholo tratando de imitar al patrón.

La orden del hombre —trueno de Taita Dios para el miedo infantil– abrió una pausa de espanto entre los muchachos, y todo, absolutamente todo se hizo claro en el cuadro que se extendía a la sombra del chaparral y en el desnivel del terreno que formaba la zanja. La angustiosa momificación de las primeras audacias vitales en la cárcel de bayetas y fajas –arabesco de vivos colores tejido en el huasipungo–. Sí. La momificación indispensable para amortiguar el cólico que produce la mazamorra guardada, las papas y los ollucos[86] fríos, para alcahuetear y esconder la escaldada piel de las piernas y de las nalgas –enrojecida hediondez de veinticuatro horas de orinas y excrementos guardados–. También resaltaba hacia el primer plano de la emoción la gracia y el capricho de los más grandes, quienes se habían ingeniado una exótica juguetería de lodo y chambas de barro en el molde –abstracto y real a la vez– de la verdad subconsciente de sus manos. Objetos que se disputaban a dentelladas y mordiscos, entre lágrimas y amenazas. En síntesis de dolor y de abandono, un longuito de cinco años, poco más o menos –acurrucado bajo el poncho en actitud de quien empolla una sorpresa que arde como plancha al rojo–, después de hacer una serie de gestos trágicos, enderezó su postura en cuclillas, y, con los calzones aún chorreados, volteó la cabeza para mirar con fatiga agónica una mancha sanguinolenta que había dejado en el suelo. Luego dio unos pasos y se tumbó sobre la hierba, boca abajo. Trataba de amortiguar sus violentos retortijones de tripas y de nervios que le atormentaban.

El mayordomo –inspirado en el ejemplo y en la enseñanza de los patrones– revisó cuidadosamente a los muchachos.

—Ni uno robusto. Toditos un adefesio. La niña Blanquita no ha de querer semejantes porquerías.

—¿Porquerías? –repitió una de las indias.

Con una sonrisa entre ingenua e idiota trataron de recibir la opinión del mayordomo los pequeños interesados que alcanzaban a darse cuenta, pero toda expresión de alegría o de burla tropezaba en ellos con el temblor de un calofrío palúdico, o con la languidez de una vieja anemia, o con el ardor de unos ojos lagañosos, o con la comezón de una sarna incurable, o con la mueca de un dolor de estómago, o con...

El cholo, sin saber qué hacer, insistió en sus lamentaciones:

---

86 *Olluco*: *ulluku*, Melloco; Planta baselácea de las regiones frías de la montaña ecuatoriana, cuyos tubérculos, llamados del mismo modo, son feculentos y comestibles.

—¿Por qué no dan pes de mamar a los guaguas? ¿Acaso no les sienta leche, indias putas?

—Jajajay. Indias putas ha dichu el patrún mayordomu —murmuró el coro de mujeres. Y una, la menos joven, comentó:

—Mañosus misu[87] sun los guaguas, pes.

—Mañosos, pendeja.

—Acosu comen el cucayu que una pobre deja? Mazamurra, tan[88]... Tostaditu, tan...

—Todu misu.

—Carajo. ¿Y ahora qué recomiendo, pes? El niñito hecho un mar de lágrimas quedó por mamar. Buena comida, buena cerveza negra, buen trato a las nodrizas. Mejor que a las servicias, mejor que a las cocineras, mejor que a las güiñachishcas[89], mejor que a los huasicamas[90]. Uuuu... Una dicha, pes. Pero siempre y cuando sea robusta, con tetas sanas como vaca extranjera. El comentario del mayordomo y la fama que había circulado sobre la hartura y el buen trato que dieron a la primera longa que sirvió al «niñito» despertó la codicia de las madres. Cada cual buscó apresuradamente a su crío para exhibirle luego con ladinería[91] y escándalo de feria ante los ojos del cholo Policarpio.

—Vea, patroncitu.

—Vea no más, pes.

—El míu...

—El míu tan...

—El míu ga[92] nu parece flacu del todu... –gritó una india dominando con voz ronca la algazara general. Sin escrúpulos de ningún género y con violencia alzó a su hijo en alto como un presente, como un agradito, como una bandera de trapos y hediondeces. Cundió el ejemplo. La mayor parte imitó de inmediato a la mujer de la voz ronca. Otras, en cambio, sin ningún rubor, sacáronse los senos y exprimiéronles para enredar hilos de leche frente a la cara impasible de la mula que jineteaba el mayordomo.

—¡No se ordeñen en los ojos del animal, carajo!

---

87   *Misu*: mismo
88   *Tan*: también
89   *Güiñachischca:* Persona que ha sido criada por quienes no han sido sus padres.
90   *Huasicama (huasi*: casa; *camaj*: cuidador): indio sirviente que se turna en las haciendas para atender diversos menesteres domésticos en la casa del patrón.
91   *Ladinería*: Con astucia y disimulo.
92   *Ga o Ca:* Sólo sirve para dar fuerza a la frase.

—Patroncituuu.

—Taiticuuu.

—Bonituuu.

—Vea, pes.

—A lo peor muere con espanto de cristiano la pobre mula —observó el cholo encabritando con las espuelas a la bestia para ponerla a salvo de la desesperación de las mujeres.

—Demoniu seremus pes.

—Brujas seremus, pes.

—Leche de Taita Diositu.

—¡Esperen! ¡Esperen! –gritó Policarpio.

—A mí!

—A mí, tan...!

—¡Uuuu...!

—¡Mi guagua!

—¡Mis chucos![93]

—¡Vea, pes!

—¡Vea bien!

Las voces de las solicitantes mezclándose con el llanto de los niños y las protestas del mayordomo se extendieron por el campo en algazara de mercado.

—Yo mismo sé a cuál, carajo. ¡Esperen he dicho! ¡Indias brutas! Vos, Juana Quishpe. Vos, Rosario Caguango. Vos, Catota... Vamos... Que la niña grande diga no más lo que ella crea justo... –ordenó el jinete e hizo adelantar a las mujeres que había seleccionado.

Desde la sorpresa de su mala suerte, con voz amarga y llorona, el coro de longas desechadas interrogó:

—¿Y nosotrus, ga?

—¡A trabajar, carajo!

—Uuuu...

—Si no acaban la tabla de ese lado verán lo que es bueno. ¡Indias perras!

—Indias perras... Indias putas... Sólo esu sabe taita mayordomu... –murmuraron en voz baja y burlona las mujeres, reintegrándose perezosamente a la dura tarea sobre el sembrado, mientras en la sombra del chaparral y en el desnivel del zanjón hormigueaban de nuevo el

---

93   *Chuco* (quechua, *chuchu*): seno materno.

llanto, la angustia, el hambre y el bisbiseo fantaseador de los pequeños. A mediodía la tropa de longas dio respiro al bochorno de su trabajo –descanso de las doce para devorar el cucayo de maíz tostado, de mashca, y tumbarse sobre el suelo, alelándose con indiferencia animal en la lejanía del paisaje donde reverbera un sol de sinapismo[94]–. Felices momentos para la voracidad de los rapaces: la teta, la comida fría, la presencia maternal –quejosa, omnipotente, llena de reproches y de amenazas, pero tibia, tierna y buena.

La compra de Guamaní y los últimos gastos –unos necesarios y otros inútiles– de los últimos meses en la hacienda terminaron con el dinero que el tío entregó a don Alfonso Pereira, el cual, día a día fue tomándose nervioso y exigente con el mayordomo, con los huasicamas y con los indios. Al saber que la leña y el carbón de madera tenían gran demanda entre los cargueros que iban con negocios a los pueblos vecinos, ordenó iniciar la explotación en los bosques de la montaña, a varios kilómetros de la casa de la hacienda.

—Veinte indios se ha de necesitar, patrón –informó Policarpio.

—Veinte o cuarenta. Los que sean.

—Y un capataz también, pes.

—¿Un capataz?

—El Gabriel Rodríguez es bueno para estas cosas. Desmontes, leña, corte, hornos de carbón.

—¿Entonces? Manos a la obra.

—Así haremos, su mercé.

El cholo Rodríguez, conocido como el Tuerto Rodríguez –chagra picado de viruela, cara de gruesas y prietas facciones, mirada desafiante con su único ojo que se abría y se clavaba destilando cinismo alelado y retador al responder o al interrogar a las gentes humildes– fue contratado para el efecto. Por otra parte, Policarpio, a su gusto y capricho, seleccionó a los runas huasipungueros para el trabajito.

—Veee... ¡Andrés Chiliquinga! Mañana al amanecer tienes que ponerte en camino al monte de la Rinconada.

—¿De la Rinconada? –repitió el indio requerido, dejando de cavar una zanja al borde de un sembrado.

---

94 *Sinapismo*: Cataplasma. Metáfora de ardiente, quemante, pesado. De *Sinapis*, mostaza, que se utilizaba para las mismas,

—Donde antes cortábamos la leña, pes. Otros también van.

—Aaah.

—Ya sabes. No vendrás despúes con pendejadas.

—Arí, patrún... –murmuró Chiliquinga y se quedó inmóvil, sin un gesto que fuera capaz de denunciar su amarga contrariedad, mirando hacia un punto perdido en el cerro más cercano.

El mayordomo, que por experiencia conocía el significado de aquel mutismo, insistió:

—¿Entendiste, pendejo?

—Arí...

—Si no obedeces te jodes. El patrón te saca a patadas del huasipungo.

Ante semejante amenaza y apretando la furia siempre inexpresiva de sus manos en el mango de la pala donde se hallaba arrimado, el indio trató de objetar:

—¿Y la Cunshi ga, patrún? Largu ha de ser el trabaju, pes.

—Has de venir los domingos a cainar[95] en la choza.

—¿Y la Cunshi?

—Runa maricón. ¿Qué tiene que ver la guarmi con esto?

—La...

—La Cunshi tiene que quedarse para el ordeño. No puede ir a semejante lejura[96]. Enfermizo es todo ese lado. Ha de morir con los fríos la pobre longa.

—Dius guarde...

—Hacete el pendejo, rosca[97] bandido. Todos tienen, pes, guarmi, todos tienen, pes, guaguas, y ninguno se pone a moquear... ante una orden del patrón. ¿Qué, carajo?

—Por vida de su mercé.

—Nada de ruegos.

—Semejante lejura.

—Y eso?

—Mejor en chacracama[98] póngame, patroncitu.

—Indio vago. Para pasar todo el día durmiendo, no...

---

95   *Cainar* (quichua, *caynana*): pasar el tiempo en la ociosidad; holgazanear. Pasar el tiempo en alguna ocupación.

96   *Lejura:* Muy lejos.

97   *Rosca:* Tratamiento despectivo para el indio.

98   *Chacracama* (quichua, *chagra:* cultivo, sementera; *camac:* cuidador): Indio cuidador de sementeras.

—Boniticu.

—Nada, carajo.

Sin esperar nuevas razones el cholo se alejó, dejando clavado al indio en una amarga desesperación de impotencia. ¿Cuántos meses? ¿Cuántos tendría que pasar metido en los chaparros del monte? No lo sabía, no podía saberlo. Sin plazo, sin destino. ¡Oh! Luchar con la garúa, con el pantano, con el frío, con el paludismo, con el cansancio de la seis de la tarde, bueno. ¿Y la prolongada ausencia de su longa y de su guagua? Imposible! ¿Qué hacer? El mayordomo le había advertido terminantemente: «Si no obedeces te jodes. El patrón te saca a patadas del huasipungo». Eso... Eso era lo peor para él. Ninguno de los suyos hubiera sido capaz de arrancarse de la tierra. En un instante de esperanza, de claridad, de consuelo, pensó: «La Cunshi, cargada el guagua, puede acompañar al pobre runa al monte. Al montee...» Pero de nuevo golpearon en su corazón las palabras del cholo, hundiéndolo todo en un pantano negro: «Tiene que quedarse... Tiene que quedarse para el ordeñooo...» No pensó más, no pudo pensar más. Sentimientos, voces y anhelos se le anudaron en el pecho. El resto de la tarde trabajó con furia que mordía y arañaba, hundiendo criminalmente la pala o la barra. Y al llegar a la choza no dijo nada. Fue al amanecer, cuando llenó la bolsa del cucayo, recogiendo toda la mashca y todo el maíz tostado que había, que ella le preguntó:

—Ave María. Taitiquitu... ¿Lejus mismu es el trabaju?

—Ari.

—Por qué no avisaste a la guarmi, pes, entonces?

—Purque nu me diú la gana, caraju –chilló el indio, desatando su cólera reprimida desde la víspera. Siempre era lo mismo, un impulso morboso de venganza le obligaba a herir a los suyos, a los predilectos de su ternura.

—Nu será, pes, de acompañar?

—De acompañar, de acompañar... Pegada comu perru mal enseñadu.

—Así mismu es, pes –insistió la mujer, acercándose al hombre en afán de subrayar su decisión.

—Nu, caraju ¿Y ordeñu, ga? –exclamó Chiliquinga con reproche y amenaza que no admitían razones. Luego apartó con violencia a la longa, con violencia de quien no quiere ver lo que hace– y salió de la choza.

—Por esos mismos días doña Blanca –enloquecida por su postiza maternidad– volvió a quejarse:

—La leche de esta india bruta le está matando a mi hijito. No sirve para nada.

—No sirve –repitió don Alfonso.

Y hasta la patrona chiquita, repuesta, alelada e inocente como si nunca hubiera parido, murmuró:

—No sirve.

Con gesto agotadísimo de perro que ha hurgado todas las madrigueras sin dar con la presa suculenta para el «niñito», el mayordomo dijo:

—Difícil ha de ser encontrar otra longa.

Pero don Alfonso Pereira, convencido –los consejos del tío y la experiencia de los meses de campo– de que toda dificultad puede solucionarse con el sacrificio de los indios, gritó poniendo cara y voz de Taita Dios colérico:

—¡Carajo! ¿Cómo es eso?

—No hay, pes. Flacos los críos. Flacas las longas.

—¡Qué vengan aun cuando se mueren

—Así haremos, patrón.

—¡Pronto!

—Ahora que me acuerdo. La india Cunshi que vive amañándose con el Chiliquinga está con guagua –anunció el cholo Policarpio con ojos iluminados por el grato encuentro.

—Que venga.

—Es la longa del Chiliquinga, pes. Uno de los indios que fue al trabajo del monte. Y como el rosca aceptó de mala gana, dicen que se viene toditicas las noches a dormir un rato por lo menos con la longa carishina.

—¿Qué se viene?

—Para ellos es fácil. Por los atajos, por los chaquiñanes del cerro. Pero donde le trinque[99] al rosca verá lo que le pasa.

—Bueno. Que venga la india es lo positivo.

—Así haremos, su mercé.

---

99   *Trincar:* Apresar a alguien. Sorprender a alguien en algo que le convenía que no fuera descubierto.

Anochecía temprano en el silencio gris del chaparral selvático de
la Rinconada. Y el olor de la garúa que amasaba sin descanso el lodo
y el fango de los senderos —desesperante puntualidad de todas las
tardes— y el aliento del pantano próximo, y el perfume del musgo
—verdosa y podrida presencia— que cubría los viejos troncos, saturaba
el ambiente de humedad que se aferraba al cuerpo y al alma con porfía
de ventosa.

Con la sombra espesa del atardecer —imposible calcular la hora,
desordenadamente, chorreando agua y barro por todas partes, los
indios seleccionados por el mayordomo de Cuchitambo para el trabajo
de la leña y del carbón, llegaban al único refugio posible de aquel lugar
—arquitectura desvencijada de palos enfermos de polilla, de adobones
carcomidos, de paja sucia, junto al muro más alto de la falda del cerro—.
Y, unos en silencio, otros murmurando en voz baja su mala o buena
suerte en la tarea del día, se acurrucaban por los rincones, dejándose
arrullar por la música monótona de las goteras, por la orquesta in-
completa de los sapos y de los grillos, por el ruido del viento y de la
lluvia en el follaje. Y la noche se volvía entonces más negra, y la angustia de la impotencia más profunda, y los recuerdos afiebrados en
el silencio más vivos. Pero la modorra del cansancio, compasiva hasta
el sueño embrutecedor, sorprendía y tumbaba con mágica rapidez a
toda la peonada —fardos cubiertos por un poncho, donde los piojos,
las pulgas y hasta las garrapatas lograban hartarse de sangre—. El
tiempo corría al ritmo de un pulso acelerado de ronquidos.

Echado junto a una de las paredes carcomidas del galpón, atento
al menor indicio que pudiera obstar su proyecto de fuga, Andrés Chiliquinga apretaba contra la barriga el miedo sudoroso de que alguien
o de que algo... Sí. Apretaba con sus manos —deformes, callosas, agrietadas— el ansia de arrastrarse, de gritar, de... Nadie responde ni se
mueve a su primer atrevimiento. Gatea con precaución felina, palpando sin ruido la paja pulverizada del suelo. Se detiene, escucha,
respira hondo. No calcula ni el tiempo ni el riesgo que tendrá que utilizar por el chaquiñán que corta el cerro —dos horas, dos horas y media
a todo andar—, sólo piensa en la posibilidad de quedarse un rato junto
a la Cunshi y al guagua, de oler el jergón de su choza, de palpar al
perro, de...: «Despacito... Despacito, runa bruto», se dice mentalmente

al pasar bajo el poyo[100] donde duerme el capataz –único lugar un poco alto del recinto–. Y pasa, y gana la salida, y se arrastra sinuoso por el lodo, y se pierde y aparece entre las cien bocas húmedas del chaparral, y gana la cumbre, y desciende la ladera, y cae rendido de cansancio y de bien ganada felicidad entre la longa y el hijo. Pero vuela la noche en un sueño profundo de cárcel sin dar al fugitivo tiempo para que saboree sus ilusiones amorosas. Y, mucho antes del amanecer, siempre acosado por la amenaza del mayordomo. –«Si no obedeces te jodes. El patrón te saca a patadas del huasipungo»–, vuelve a la carrera por el chaquiñán del cerro hasta el bosque de la Rinconada.

Como los domingos –a pesar de las ofertas– sólo les dieron medio día libre a los peones del negocio de la leña y el carbón, menudearon las fugas de Andrés Chiliquinga. Por desgracia, una noche –más inclemente en las tinieblas y la lluvia–, al llegar al huasipungo y cruzar el portillo de la cerca de cabuyos, notó algo raro –el perro humilde y silencioso como después de un castigo se le enredó entre las piernas, y lo fúnebre e indiferente de la choza se destacó sin recelo en la oscuridad–. Lleno de una violenta inquietud, el indio se precipitó entonces sobre la puerta de su vivienda. Estaba amarrada con un cordón de trapo sucio.

—Cunshi... Cunshi... –murmuró mientras abría.

Al entrar, un aliento como de queja y vacío se le prendió en el alma. Palpó sobre el jergón. Buscó en los rincones. Empuñó las cenizas frías.

—¡Cunshiii! –gritó en desentono enloquecido.

Las voces sin respuesta y sin eco –la noche y la lluvia lo aplastaban todo–, convencieron al amante. Su Cunshi no estaba. El guagua tampoco. ¿Quién podía haberles llevado? ¿Quién podía arrancarles de allí? ¿Quién? ¡No! Ella no era capaz de huir por su propia voluntad. El mayordomo de entrañas de diablo. El patrón de omnipotencia de Taita Dios. En la casa de la hacienda... ¿Cómo ir? ¿Cómo golpear? ¿Cómo disculpar su presencia? ¡Imposible! Con un carajo remordido cayó Andrés sobre el jergón. Se hallaba solo, tan solo, que creyó palpar a la soledad. Sí. Era un sudor viscoso que le cubría la piel, que le fluía de los nervios. Trató de formular una queja para aliviarse la asfixia, para consolarse de...

---

100 *Poyo:* Banco de obra de albañilería o de piedra que se construye junto a la pared en las casas de los pueblos.

—Cunshi... Cunshi...

De pronto —loco atrevimiento de su fantasía y de su impotencia—, se vio que golpeaba con los puños en alto las paredes invulnerables de la casa de la hacienda. Nadie respondía. ¿Por qué? Voló ante el señor cura y de rodillas le contó su historia. El santo varón le pidió dinero para otorgarle consejos cristianos. Cansado de vagar por los caminos, por los chaquiñanes, por... Cansado de verse llamando a todas las puertas sin ninguna esperanza, murmuró de nuevo:

—Cunshi... Cunshi...

Su voz se había vuelto suave como una queja, pero en su pensamiento estallaban a ratos ideas tontas, infantiles: «La guarmi carishina... La guarmi... El guagua... ¿Pur qué ladu se juerun, pes? ¿Quién les robú? ¿Patrún grande, su mercé, tan...? ¿Cholu tan...? ¿Cualquiera, tan...? Cuidandu las sementeras... Cuidandu las vacas, los borregus, las gallinas, los puercus... Cuidando todu, pes... Carajuuu... ¿Quién? ¿Quién les mandú, pes? Taita runa soliticu... ¿Quién?» Y el indio insistía en sus preguntas a pesar de su profundo convencimiento de que... El patrón, el mayordomo, el capataz, el teniente político, el señor cura, la niña Blanquita. Sí. Cualquiera que sea pariente o amigo del amo, cualquiera que tenga la cara lavada y sepa leer en los papeles.

Y así se deslizaron las horas sobre una modorra angustiosa. Una modorra que brindó al indio esa conformidad amarga y reprimida de los débiles. ¿Quién era él para gritar, para preguntar? ¿Quién era él para inquirir por su familia? ¿Quién era él para disponer de sus sentimientos? Un indio. ¡Oh! El temor al castigo —desde todos los rincones del alma, desde todos los poros del cuerpo— creció entonces en su expiación de secretas rebeldías de esclavo.

Por la temperatura, por el olor, por la dirección del viento que silbaba en el techo, por los ruidos casi imperceptibles —para él claros y precisos— que llegaban del valle y de los cerros, Chiliquinga calculó la hora —cuatro de la mañana.

—Ave María —exclamó a media voz con terror de atrasado.

Debía volver al trabajo. Le pesaban las piernas, los brazos, la cabeza. Pero algo más fuerte —la costumbre, el miedo le arrastró hacia afuera. Había calmado la lluvia y un aire frío jugueteaba con leve murmullo entre los maizales de la ladera. Al trepar por el chaquiñán, en el oscuro amanecer, más tétrico que de ordinario. Andrés descubrió de pronto que alguien –dialogar de peones en marcha– iba por el desfiladero alto del monte. Puso atención, escondiéndose entre unas matas. ¿Le buscaban? ¿Le perseguían? ¡No! Al escuchar se dio cuenta. Eran los indios que iban a la minga de la limpia de la quebrada grande –veinte o treinta sombras arreadas como bestias por el acial[101] del mayordomo–. El conocía aquello. De tiempo en tiempo –sobre todo en los meses de invierno– el agua se atoraba en los terrenos altos y había que limpiar al cauce del río. De lo contrario, los fuertes desagües de los deshielos y de las tempestades de las cumbres romperían el dique que se formaba constantemente con el lodo, las chambas y las basuras de los cerros, precipitando hacia el valle una trágica creciente turbia. Una trágica creciente de fuerza diabólica, ciega, capaz de desbaratar el sistema de riego de la hacienda y arrastrar con los huasipungos de las orillas del río.

Andrés llegó tarde al trabajo. El tuerto Rodríguez –espuma de ira en la comisura de los labios–, después de conocer la verdad gracias a la eficacia pesquisante de sus patadas y puñetazos, amonestó al indio:

—Rosca bruto. Rosca animal. ¿Cómo has de ir, pes, a cainar en la porquería de la choza en lugar de quedarte aquí? Aquí más abrigado, más racional. ¡Pendejo Ahora tienes que esperar que cure a los runas que les ha sacudido los fríos para que vayas con ellos al desmonte de los arrayanes.

A media mañana, una vez dosificados con brebajes –secretos brujos del capataz– y repuestos los palúdicos, Chiliquinga entró en el chaparral con ellos. Aturdido por una rara angustia se prendió a su tarea con la sensación de haber estado allí siempre. Siempre. La herramienta como una víctima, las astillas –blancas unas, prietas otras– como sangre y huesos para agravar la humedad podrida de la hojarasca, la vegetación de ramas y troncos enredándose como la alambrada de una cárcel, los golpes de las hachas y de los machetes de los compañeros como latigazos en los nervios y, de cuando en cuando, un recuerdo vivo, doloroso, que parece volver a él después de una larga ausencia: «Cunshiii... Longa bruta... ¿Cómo has de dejar, pes, el hua-

---

101   *Acial*: instrumento consistente en un palo de media vara de largo en cuya extremidad hay un agujero por el cual se atan los dos extremos de una cuerda. Por ese lazo se mete el labio o parte superior del hocico de las bestias, y retorciéndole se las controla. Látigo para estimular el trote de una caballería.

sipangu abandonadu... Las gallinitas, el maicitu, las papitas... Todu mismu... El perru soliticu tan... El pobre André Chiliquinga soliticu tan...?» Pensamientos que exaltaban más y más la furia sin consuelo del indio abandonado, del indio que manejaba en esos instantes el hacha con violencia diabólica, con fuerza que al final despertó la curiosidad de los compañeros:

—Ave María. ¿Qué jue, pes?

—¡Oooh!

—¿Morder? ¿Matar?

—¡Oooh!

—Si es cosa de brujería hemus de salir nu más corriendu.

—¡Oooh!

—Sin lengua?

—¡Oooh!

—¿Con dolur de shungo?[102]

—¡Oooh!

El «Oooh» de los golpes sobre la dureza del tronco, sobre el temblor de las ramas, sobre la imprudencia de los bichos y de las sabandijas, fue la única respuesta de Andrés Chiliquinga a las preguntas de los indios que trabajaban en su torno. ¿Qué podían ellos?

—¡Oooh!

«¡Longa carishina! ¡Carajuuu! ¡Toma, runa, puercu, runa bandiduuu! ¡Sacar el shungu, sacar la mierda! ¡Mala muerte, mala vida! ¡Ashco[103] sin dueñu! ¡Toma, toma, carajuuu!», se repitió más de una vez el runa. Y saltaban las astillas como moscas blancas, como moscas prietas, y el corazón de la madera resistía a la cólera sin lograr aplacarla. Al tomar aliento con respiración de queja y de profunda fatiga, Andrés se limpió con las manos el sudor que le empapaba la cara. Luego miró en su torno con recelo de vencido. ¿Qué podía salvarle? Arriba el cielo pardo, pesado e indiferente. Abajo el lodo gredoso, sembrándole más y más en la tierra. Agobiados como bestias los leñadores en su torno. Al fondo el húmedo olor del chaparral traicionero. Y encadenándolo todo, el ojo del capataz.

—¡Oooh!

Rodó una hora larga, interminable. Con doloroso cansancio en las articulaciones, Chiliquinga se dejó arrastrar por una modorra que le

---

102 *Shungo* (quichua, *shungu*): corazón.
103 *Ashco* (quichua, *allcu*): Perro.

aliviaba a ratos, pero que al huir de su sangre y de sus músculos —sorpresiva, cruel, violenta— le estremecía de coraje y le obligaba a discutir y a insultar a las cosas —con los hombres le era imposible:

—Nu... Nu te has de burlar de mí, rama manavali[104], rama puta, rama caraju. Toma... Toma, bandida.

En uno de aquellos arrebatos, al asegurar con el pie el tronco que patinaba en el fango y descargar el hachazo certero —endemoniada fuerza que flagela—, la herramienta transformada en arma —por acto fallido— se desvió unas líneas y fue a clavarse en parte en la carne y en los huesos del pie del indio.

—¡Ayayay, carajuuu!

—¿Qué... qué...? —interrogaron todos ante el alarido del Chiliquinga.

—¡Ayayay, carajuuu!

La tropa de indios leñadores rodeó al herido. Felizmente sólo una punta del hacha había penetrado en el empeine, pero manaba mucha sangre y era necesario curar. Un longo, sin duda el más hábil en recetas caseras, exclamó:

—Me mueru. Ave María. Jodidu parece. Augunu que baje nu más a la quebrada a conseguir un poquitu de lodu podridu para que nu entre el mal en la pierna.

—Vos, guambra[105].

—Corre.

—Breve regresarás, pes.

El aludido —un muchacho de diez años, descalzo y con la cara de idiota— se hundió por un desnivel del terreno.

—Una lástima.

—Pobre natural.

—Yaguar[106] de Taita Dios.

—Y en la luna tierna, pes.

—Ojalá nu le agarre el cuiche.[107]

---

104 *Manavali* (quichua, *mana*: no, nada): Híbrido de quichua-castellano para denotar que una persona o cosa es inútil, o no sirve.

105 *Guambra* (quichua, *huabra*): niño/a, joven; mozo/a; muchacho/a; púber; adolescente.

106 *Yaguar* (quichua, *yahuar*): Sangre .

107 *Cuiche*: (quichua, *cuichi*): Arco iris. También: Mal, enfermedad. «Cogerle, darle a uno el cuichi»: inflamarse o irritarse los tejidos como la tumoración causada por una muela infectada. Es dicho de la gente de campo, la que con sencillez e ignorancia atribuye la presencia de ciertos males, no a causas patológicas naturales, sino a maleficios como éste de ser víctima de la acción maléfica del arco iris.

Entre los comentarios de los indios apareció el rapaz, que fue por la medicina —lodo fétido y verdoso se le escurría de las manos.

—Buenu está.

—Arí, taita.

—Bien podriditu —afirmó el curandero improvisado.

En ese mismo instante llegó al grupo el tuerto Rodríguez e interrogó furioso:

—¡Carajo! ¿Qué pasa, pes? ¿Qué están haciendo, runas puercos?

—Nada, patroncitu.

—¿Cómo nada?

—El pie del Andrés que se jodió nu más. Toditicu hechu una lástima.

El cholo se agachó sobre el herido y, luego de examinar el caso, murmuró con voz sentenciosa —ejemplo y advertencia para los demás:

—Ya decía yo. Algo le ha de pasar al runa por venir con mala gana al trabajo. Taita Dios te ha castigado, pendejo.

—Jesús, María...

—Pobre natural, pes.

—La desgracia...

Los comentarios compasivos de la peonada fueron interrumpidos por el capataz:

—¿Qué le iban, pes, a poner?

—Esticu.

—¿Lodo? ¿Qué es, pes? Ni que fueran a tapar un caño. Ahora verán lo que hago. ¡José Tarqui!

—Taiticu.

—Consígueme unas telitas de araña en el galpón. Bastanticas traerás, no...

—Arí, taiticu.

—Eso es como la mano de la Divina Providencia... —concluyó el capataz. Luego, en espera de la medicina, dirigiéndose al herido, dijo:

—Y ahora vos no has de poder pararte, pes. Pendejo...

—Me he de parar nu más, patroncitu.

—Eso... No es así no más la cosa.

—Poder. Poder... —murmuró el indio Chiliquinga con angustia supersticiosa por la sangre, su sangre que manchaba la tierra.

—Ya te jodiste.

—Nu. Nuuu.

—Ya te quedaste del cojo Andrés –opinó el cholo con sadismo burlón.

En murmullo, de voces y risas disimuladas comentaron los indios leñadores el chiste del tuerto, que tenía fama de ingenioso y dicharachero.

—Esticu nu más, pes.

—Esticu... Esticu... –respondió el cholo tomando las telarañas de las manos del indio.

—Arí, taiticu.

—Es como la mano de Dios. Sólo esto te ha de sanar, pendejo –opinó el tuerto Rodríguez, mientras colocaba, con seguridad y cuidados de hábil facultativo que venda una herida con gasas y desinfectantes, las sucias telarañas sobre la boca sanguinolenta del pie de Chiliquinga. Del indio que mordía quejas y carajos a cada aplastón del curandero. Cuando el capataz creyó que todo estaba listo alzó a mirar en busca de una tira o trapo que envuelva y sujete la preciosa medicina.

—¿Qué, pes, taiticu? –inquirió uno de los peones.

—¿Dónde hay un guato?[108]

—¿Un guatu?

—Para amarrar, pendejos.

—Nu hay...

—Nu hay, pes, patroncitu.

—¡Carajo! No hay... Nu hay... Roscas miserables... Por un trapito se dejan conocer. Cuando estén muriendo y caigan en la paila grande del infierno también: «Nu hay... Nu hay misericordia», ha de decir Taita Dios.

—Ave María.

—Jesús.

—De dónde para sacar, pes.

Sin esperar más razones, el tuerto Rodríguez se abalanzó al longo más próximo, el cual, arrimado al mango de su hacha había contemplado la escena como alelado y sonámbulo y no pudo esquivar el manotazo del cholo que le arrancó una tira de la cotona pringosa aprovechando su desgarrón.

---

108 *Guato* (quichua, huatu): cordel, soga delgada, hilo, tira, trapo, venda.

Un revuelo de risas y de medias palabras por la cara que puso el agredido al sentirse despojado del trapo que la cubría la barriga se elevó entre la indiada.

—Auu...

—Adefesiu.

—Caraju.

—Ve, pes.

—Pupo[109].

—Pupo al aire –concluyó alguien refiriéndose al ombligo desnudo del indio que sufrió el desgarrón de la cotona.

—¡Pupo al aire! –corearon todos.

En ese mismo momento el tuerto Rodríguez había terminado la curación y, sin esperar más, con fuertes chasquidos de un látigo que le reintegraba a su oficio de capataz, impuso orden entre la peonada.

—¡Basta de risas! ¡A trabajar, longos vagos!

—Uuu...

—Todavía faltan lo menos dos horas para que oscurezca.

De inmediato todo volvió a la monotonía del trabajo hacia lo ancho, hacia lo largo y hacia lo profundo del chaparral.

—Como vos no has de poder hacer fuerza con el hacha, entra no más por la quebrada a recoger hojas. Hacen falta para tapar el carbón que hemos de quemar mañana –ordenó el cholo dirigiéndose al indio Chiliquinga que permanecía aún recostado en el suelo.

—Patroncitu. Patroncituuu –murmuró el longo tratando de levantarse. Pero como no pudo –le faltaba coraje y le sobraba dolor–, el capataz le ayudó con tremendos gritos y ciegos fuetazos.

—Ya te vas a quedar como guagua tierno o como guarmi preñada, nooo.

—Aaay.

—Indio maricón. ¡Arriba, carajo!

—Ayayay.

A la mañana siguiente el herido sintió como si el corazón y todos sus pulsos se le hubieran bajado al pie. Además le molestaba en la ingle un dolor de fuerte calambre, de... La fiebre en la cual ardía su cuerpo evaporaba la humedad del poncho, de la cotona y del calzón de liencillo pringosos y sudados. Mas, la costumbre que impulsa in-

---

109 *Pupo* (quichua, *pupu*): ombligo.

conscientemente, el capataz que vigila, el trabajo que espera, arrastraron al herido.

A los tres días de aquello, Chiliquinga quiso levantarse. Se movió
con enorme pesadez. Dos, tres veces. Luego, ante el fracaso de la voluntad, se quedó tendido en el suelo, quejándose como un borracho.
Y cuando llegó el capataz la eficacia del acial fue nula.

—¡Carajo! Hay que ver lo que tiene este indio pendejo. Indio
vago. De vago no más está así. Se hace... Se hace... –gritó el tuerto Rodríguez tratando de justificar su crueldad con el herido–latigazos, patadas que nada consiguieron.

Fue entonces cuando el coro de leñadores que rodeaban la escena,
se atrevió a opinar:

—Pobre Andrés.

—Como brujiadu.

—Con sueñu de diablu.

—Ave María.

—El Cuichi.

—Taiticu.

—La pata.

—La pata sería de verle.

Y uno de los indios, el más caritativo y atrevido, se acercó al enfermo y le abrió cuidadosamente la venda del pie. El trapo sucio manchado de sangre, de pus y de lodo al ser desenvuelto despidió un olor
a carroña.

—Uuu.

—¡Oh!

Cuando quedó descubierta la herida, sobre la llaga viscosa, todos
pudieron observar, en efervescencia diabólica, un tejido palpitante de
extraños filamentos.

—Gusanu de monte.

—Ha caído gusanu de monte en pata de natural.

—Arí, pes.

—Agusanadu comu cascu de mula.

—Comu animal.

—Gusanu de monte

—Taita Dios guarde.

—Ampare y favorezca, pes.

—Runa bruto. Tienen... Tienen que bajarle no más a la hacienda. Aquí ya no sirve para nada. Para nada... –ordenó el tuerto Rodríguez ante la evidencia.

Dos indios cargaron al enfermo y se perdieron en el monte dejando atrás el eco de los gritos y de las maldiciones del cholo Rodríguez.

La primera visita que tuvo el herido fue la del mayordomo de Cuchitambo. El cholo quería cerciorarse de la verdad. «A mí no me hace nadie pendejo. Menos un runa de éstos...», se dijo al entrar en la choza del huasipungo de Andrés Chiliquinga. Tras él iba un indio curandero –mediana estatura recogida bajo el poncho, de cara arrugada y prieta, de manos nerviosas y secas.

Con misteriosa curiosidad, luego de tomar confianza en la penumbra del tugurio, Policarpio y el curandero se agacharon sobre el bulto que hacía en el suelo el cuerpo inconsciente y afiebrado del enfermo. Y, después de examinar la pierna hinchada y olfatear la llaga, el indio de manos nerviosas y secas opinó en tono y ademán supersticiosos:

—Estu... Estu... Brujiadu parece. Brujiadu es.

—¿Brujiado?

—Arí, patroncitu.

—Carajo. Indio mañoso. Por verse con la guarmi todas las noches. Toditicas. A mí no me hacen pendejo.

—Nu, patroncitu. Pisadu en mala hierba. Puestu por manu de taita Cuichi Grande.

—¡Qué carajo!

—Estu ca, malu es en cristianu. Puede saltar como pulga.

—Bueno. Tienes que curarle. Es la orden del patrón grande, su mercé.

—Arí, taiticu.

—Y tienes que quedarte aquí en la choza cuidándole.

—Uuu...

—Nada de uuu... La Cunshi no puede venir. Está dando de mamar al niñito de la ña Blanca.

—Lueguitu vuy a sacar la brujería con chamba de monte, con hojas de cueva oscura. Un raticu nu más espere aquí patroncitu hasta volver. Con señal de la cruz es bueno defenderse.

—¡Ah! Te espero. Vuelve pronto.

—Arí, patroncitu.

Cuando se quedó solo el mayordomo con el enfermo –con el enfermo que se quejaba cual rata de infierno– sintió que un miedo meloso le subía por las piernas, por los brazos. «Brujiado... Brujiado...», pensó evocando el tono misterioso y los gestos dramáticos del curandero. «Puede saltar, puede saltar como una pulga, carajo», se dijo, presa de pánico y salió corriendo en busca de su mula. A él no le jodían así no más. Y cuando se halló sobre la bestia, trotando por uno de los senderos que conducen a la casa de la hacienda, murmuró a media voz:

—Brujiado. ¿Quién hubiera creído? Ni taita cura sabe de dónde viene eso. Como los runas son hijos del diablo...

De las voces que alcanzaron a llegar al subconsciente del enfermo a través de su fiebre y de su dolor, sólo una le quedó prendida como un puñal en la sangre, como un cuchillo bronco raspándole en el corazón: Cunshi... Cunshiii.

Al volver el curandero cargado de hierbas encontró a Chiliquinga revolcándose en el suelo pelado de la choza mientras repetía:

—¡Cunshiii! ¡Carishinaaa! ¡Shungooo!

—Carishinaaa, shungooo. Taita Dios ampare. Taita Dios defienda –repitió el indio de cara arrugada y prieta echándose sobre el enfermo para sujetarle con fuerza y raras oraciones que ahuyenten y dominen a los demonios que tenían embrujado a Chiliquinga. Luego, cuando Andrés se apaciguó, hizo en el fogón una braza con boñigas, con ramas secas y, en una olla de barro –la que usaba Cunshi para la mazamorra– preparó un cocimiento con todos los ingredientes que trajo de la quebrada. Mientras atizaba el fuego, y apenas el agua inició su canto para hervir, el runa, hábil desembrujador, se puso trémulo y congestionó su arrugado e inmutable semblante con mueca de feroces rasgos. Pronunció unas frases de su invención, se frotó el pecho, los sobacos, las ingles y las sienes con una piedra imán y un trozo de palo santo que llevaba colgados del cuello. Cuando el agua misteriosa estuvo a punto, arrastró como un fardo al enfermo junto al fogón, tomó el pie hinchado, le arrancó la venda y, en la llaga purulenta repleta de gusanillos y de pus verdosa, estampó un beso absorbente, voraz, de ventosa. Gritó el herido entre vehementes convulsiones, pero los labios que chupaban del curandero se aferraron más y más en su trabajo, no obstante sentir en las encías, en la lengua, en el paladar y hasta en la garganta, un cosquilleo viscoso de fetidez nauseabunda, de sabor a espuma podrida de pantano. Las quejas y espasmos del enfermo desembocaron pronto en un grito ensordecedor que le dejó inmóvil precipitándole en el desmayo. Entonces la succión del curandero se hizo más fuerte y brilló en sus pupilas un chispazo de triunfo. Él estaba seguro, él sabía que en todos los posesos era lo mismo: al salir los demonios estrangulaban la conciencia de la víctima.

De un escupitajo que echó sobre las candelas del fogón el hábil desembrujador vació su boca. Humo negro y hediondo trepó por la pared tapizada de hollín.

—Clariticu está el olur de rabu chamuscadu de diablu –opinó el curandero mirando en el fuego cómo hervían saliva, pus sanguinolenta y gusanos, mientras se limpiaba con el revés de la manga de la cotona residuos de baba viscosa que se le aferraban a la comisura de los labios. Luego, aprovechando el estado inconsciente de Chiliquinga, hundió –sujetándole con las dos manos– el pie herido en la olla del cocimiento que todavía humeaba. Feliz de su tarea murmuró al final:

—Conmigu ca se equigüeyca[110] taita diablo colorado. Y ahora he de estar chapandu[111] hasta que mejore.

Con el maíz, con la harina de cebada, con el sebo de res y unas patatas –cuchipapa– que halló en la choza se alimentó el curandero y alimentó a la vez al enfermo y al perro.

Fueron necesarios ocho días de repetir la misma operación para que se desinfecte la herida y otros ocho de vendajes para que empiece a cicatrizarse. No obstante, André Chiliquinga quedó cojo como había anunciado el tuerto Rodríguez. Aquel defecto le desvalorizaba enormemente en el trabajo, pero la caridad de don Alfonso Pereira y los buenos sentimientos de ña Blanquita consintieron en dejar al indio

---

110 *Equigüeyca:* equivoca
111 *Chapar* (quichua, *chapana*): mirar; observar una persona a otra con interés ; vigilar; cuidar; servir de vigía o centinela.

\

en el huasipungo. Y lo más recomendable y generoso de parte de los patrones fue que le dieron trabajo de chacracama para la convalecencia.

—Sólo tendrá que pasar el día y la noche cuidando la sementera grande. Es cosa que hacen los longos de ocho años. Pero ya que le ha pasado semejarte desgracia al runa tendremos que soportarle hasta que se componga o hasta ver qué hacer con él. Ojalá...

—Cojo no más ha de quedar, patrón –intervino el mayordomo.

—Entonces...

—¡Ah! Y sobre todo hay que conservarle hasta que la india críe a mi hijito. Le ha sentado bien la leche. Para qué se ha de decir lo contrario. Después de tanto sufrir. Buena... Buena es la doña[112] –concluyó la esposa de Pereira.

—Sí. Muy buena... –dijo don Alfonso disimulando un hormiguear burlón de su deseo sexual por la india de su deseo que lo mantenía oculto y acechante– los senos pomposos, la boca de labios gruesos, los ojos esquivos, ¡oh!

Sobre una choza zancuda clavada en mitad de una enorme sementera de maíz –donde el viento silbaba por las noches entre las hojas con ruido metálico–, Andrés Chiliquinga, elevándose unas veces sobre su pie sano, con los brazos en cruz como un espantapájaros, arrastrándose otras veces sobre el piso alto de la choza como un gusano, ejercitaba a toda hora sus mejores gritos, roncos unos, agudos otros, largos los más, para ahuyentar el hambre de las aves y de las reses.

—¡Eaaa...!

—¡Aaaa...! –respondía el eco desde el horizonte cabalgando en el oleaje del maizal.

Una noche, debía ser muy tarde, los indios de los huasipungos de la loma más próxima oyeron un tropel de pezuñas que pasaba hacia el bajío. Sí. Era el ganado de la misma hacienda que, al romper la cerca de la talanquera, se había desbordado en busca de un atracón de hojas de maíz.

Surgieron entonces del silencio y de las tinieblas, largos y escalofriantes gritos:

---

112   *Doña*: Por raro trueco semántico, el tratamiento respetuoso y elevado que se da a la mujer de categoría, pasó entre nosotros (ecuatorianos) a algo así como degradar la condición, porque la intención aquí es peyorativa.

—Dañuuu...

—¡Dañuuu de ganaduuu!

—¡En sementera grandeee!

—¡Dañuuu jaciendaaa!

—Dañuuu...

En tumbos de escalofrío y puñalada rodaban sin cesar las voces tras el ganado. Llegaban desde la loma, desde el cerro chico, desde todos los rincones.

Andrés Chiliquinga, enloquecido ante el anuncio, se tiró entre los surcos. Su cojera le impedía correr, le ataba a la desconfianza, al temor.

—Caraju... Caraju... –repetía para exaltar su cólera y para amortiguar el dolor de su invalidez.

Larga y desesperada fue su lucha –arrastrándose unas veces, saltando otras, esquivando como un harapo nervioso su cuerpo de las ciegas embestidas, ayudándose con palos, con piedras, con puñados de tierra, con gritos, con juramentos, con maldiciones, con amenazas para echar al ganado esparcido por la sementera.

Aquel escándalo extraño despertó a don Alfonso, el cual, con la arrogancia y el heroísmo de un general en campaña, se echó un poncho sobre los hombros y salió al corredor a medio vestirse.

—¿Qué pasa? –interrogaron desde el lecho la hija y la esposa.

—Nada. Alguna tontería. Ustedes no se levanten. Yo iré donde sea... Yo...

Una vez en acción despertó a la servidumbre y al enterarse de lo que ocurría ordenó la movilización de toda la gente de la hacienda en ayuda de las chacracamas, en ayuda de Andrés Chiliquinga.

—El cojo ha de estar sin poder moverse. Pendejada. Yo decía que es pendejada.

Cuando se quedó solo, perdida la vista y la imaginación en la oscuridad infinita, arrimado a uno de los pilares del corredor, don Alfonso Pereira pensó muchas cosas de ingenuo infantilismo sobre lo que él creía una hazaña. Sí. La hazaña que acababa de realizar. Le parecía inaudito haberse levantado a medianoche sólo para salvar sus sementeras –cosa y trabajo de indios–. ¡Ah! Pero su espíritu de sacrificio... Tenía para vanagloriarse en las charlas de su club, en las reuniones de taza de chocolate, en las juntas de la Sociedad de Agricultores. ¿Y qué contaría en definitiva? Porque realmente él... Bueno... Lo opresor y desconcertante de la oscuridad de la noche campesina —reino de las almas en pena—. Exagerarla en su provecho la bravura de las bestias y lo angustioso de las voces de los hombres.

—No... No hay como enredarse mucho en estas cosas profundas porque uno se pierde —murmuró por lo bajo. Mas su orgullo y su omnipotencia pensaron a la vez: «Soy la cabeza de la gran muchedumbre. La antorcha encendida. Sin mí no habría nada en esta tierra miserable...».

Y al volver a su cuarto en busca de una recompensa de un descanso feliz, sabroso, evocó con asco el cuerpo desnudo, deforme, y pesado de doña Blanca. «Cuando era joven. ¡Oh! Año de... Mamita... Tanto joder. Tanta sacristía.» De pronto recordó a la india nodriza que dormía en el cuarto del rincón, a dos pasos de él. «Carajo... Cierto... Puedo...», se dijo acercándose y pegando la oreja en la cerradura codiciada. Un leve roncar y un olorcillo a ropa sucia le inyectaron vehemencias juveniles. Estremecido y nervioso se frotó las manos. «Nadie... Nadie sabrá...», pensó entonces. «Y si se descubre? ¡Qué vergüenza! ¿Por qué? Todos lo han hecho.» Además, acaso no estaba acostumbrado desde muchacho a ver y comprobar que todas las indias servicias de las haciendas eran atropelladas, violadas y desfloradas así no más por los patrones. El era un patrón grande, su mercé. Era dueño de todo, de la india también. Empujó suavemente la puerta. En la negrura del recinto, más negra que la noche, don Alfonso avanzó a tientas. Avanzó hasta y sobre la india, la cual trató de enderezarse en su humilde jergón acomodado a los pies de la cuna del niñito, la cual quiso pedir socorro, respirar. Por desgracia, la voz y el peso del amo ahogaron todo intento. Sobre ella gravitaba, tembloroso de ansiedad y violento de lujuria, el ser que se confundía con las amenazas del señor cura, con la autoridad del señor teniente político y con la cara de Taita Dios. No obstante, la india Cunshi, quizás arrastrada por el mal consejo de un impulso instintivo, trató de evadir, de salvarse. Todo le fue inútil. Las manos grandes e imperiosas del hombre la estrujaban cruelmente, le aplastaban con rara violencia de súplica. Inmovilizada, perdida, dejó hacer. Quizás cerró los ojos y cayó en una rigidez de muerte. Era... Era el amo que todo lo puede en la comarca. ¿Gritar? ¿Para ser oída de quién? ¿Del indio Andrés, su marido? «Oh! Pobre cojo manavali», pensó Cunshi con ternura que le humedeció los ojos.

—Muévete, india bruta –clamó por lo bajo Pereira ante la impavidez de la hembra. Esperaba sin duda un placer mayor, más...

—Aaay.

—Muévete.

¿Gritar? ¿Para qué le quiten el huasipungo al longo? ¿Para que comprueben las patronas su carishinería? ¿Para qué...? ¡No! ¡Eso no! Era mejor quedarse en silencio, insensible.

—Muévete.

—Aaay.

Debía frenar la amargura que se le hinchaba en el pecho, debía tragarse las lágrimas que se le escurrían por la nariz.

Al desocuparse el patrón y buscar a tientas la puerta, comentó a media voz:

—Son unas bestias. No le hacen gozar a uno como es debido. Se quedan como vacas. Está visto... Es una raza inferior.

Y al juzgar al otro día el daño del ganado en la sementera grande, ante el informe del mayordomo, don Alfonso interrogó:

—¿Cuántas cañas han tumbado?

—Conté unas doscientas, patrón.

—Eso será...

—Treinta sucres poco más o menos.

—Que se le cargue a la cuenta del indio bandido.

—Así haremos, su mercé.

Cuando volvió la india Cunshi, al huasipungo, Andrés miró varias veces de reojo la barriga de su hembra. ¿Será? ¿No será? Ella, en cambio, al comprender el amargo recelo del hombre, trató de infundirle confianza mostrándole al disimulo su vientre enflaquecido.

Hacia mediados de verano, buenos los caminos, las patronas –doña Blanca y Lolita– resolvieron volver a la capital. Para ellas todos los problemas estaban solucionados: volvía a brillar inmaculado el honor de la familia, despertaba más tierna e inquieta la maternidad de ña Blanquita. Sólo para don Alfonso las cosas se hallaban aún un poco verdes. No sabía cómo formular sus disculpas al tío y a las empresas con quienes había tratado y contratado la explotación de la madera, del petróleo, de... cuanto sea...

—No te apures tanto –consoló la esposa cuando él le comunicó sus escrúpulos.

—¿Y qué digo?

—La verdad. No se podía hacer más con lo poco que te dieron.

—Tan poco...

—Compraste las montañas del Oriente.

—¿Y el carretero?

—Que hagan ellos.

—Mujer. Bien sabes que tengo que hacer yo.

—Que te den más dinero.

—Más...

—Lógico.

—Y después los huasipungos.

—Eso es más fácil.

—Fácil.

—Claro, hombre. Nos acompañas. Hablas con esos señores. Les dices así. Más no se podía hacer. Bueno... Y si aceptan te vuelves solo y empiezas esos trabajos. Nosotras...

—Sí. Comprendo.

—Quieres sepultarnos en este infierno? Lolita tiene que empezar de nuevo...

—Empezar de nuevo.

—Y mi guagua. Su crianza, su educación.

—Es verdad. Sí... No hay más...

—Nada más.

Lo que ansiaba en realidad doña Blanca era volver a la ciudad, volver a la chismografía de sus amigos encopetados –maña de un cholerío[113] presuntuoso y rapaz–, volver a las novenas de la Virgen de Pompeya, volver a las joyas, volver al padre Uzcátegui. Y así se hizo. Desgraciadamente a don Alfonso no le dejaron disfrutar a gusto de la capital. Los consejos y las amenazas del tío Julio por un lado y los proyectos y el dinero de los gringos por otro –generosidad con cuentagotas– le hundieron de nuevo en el campo.

---

113 *Cholerío*: Populacho, muchedumbre de cholos y cholas.

Don Alfonso Pereira entró en Tomachi al atardecer. Al llegar a la casa del teniente político, Juana expendía como de costumbre en el corredor guarapo[114] y treintayuno[115] a una decena de indios que devoraban y bebían sentados en el suelo. Al ver al patrón de Cuchitambo, la mujer exclamó:

—Ve, pes. Ha llegado.

—Mi querida Juana.

—Buenas tardes.

—¿Y cómo les va?

—Bien no más. ¡Jacintooo! ¡El patrón Alfonsito está aquí!

—Otra vez...

—¿Solito vino?

—Solito.

—Solterito entonces.

—Ahora sé, pes. Me muero.

En ese mismo instante Jacinto Quintana asomó por una de las puertas del corredor, dejó la colilla de su cigarrillo sobre uno de los poyos y con gesto baboso y servil –especialidad de su cara ancha, sebosa y bobalicona–, invitó al recién llegado:

—Desmóntese no más, pes, patrón.

—¡Oh!

—Tómese un canelacito[116]. Es bueno para que no le agarre a uno el páramo.

—Un ratito –intervino la mujer.

—Gracias. Muchas gracias –murmuró Pereira mientras desmontaba. Luego continuó:

—Sería bueno mandar con alguien a donde el señor cura a decirle que venga, que quiero charlar con él, que se tome una copita.

—Bueno, pes.

—Lo que usted diga, patrón. Ya mismito –afirmó el cholo tratando de entrar en la casa, pero la mujer intervino quejosa y zalamera:

—Qué es, pes? Que entre primero a sentarse, a descansar...

—Cierto. Venga... Venga, patrón.

El cholo Quintana instaló a don Alfonso en el cuarto que servía de dormitorio a la familia. Una pieza penumbrosa, con estera, con ilus-

---

114 *Guarapo:* Bebida resultante de la fermentación del jugo de la caña de azúcar que se usa principalmente como caldo para la destilación de aguardiente.

115 *Treintayuno:* Potaje de intestinos de res.

116 *Canelazo:* Bebida caliente endulzada, jugo de limón y canela.

traciones de periódicos y revistas amarillas de vejez tapizando las paredes. A la cabecera de una cama de peligrosa arquitectura y demasiado amplia –toda la familia dormía en ella–, prendido con clavos y alfileres, un altar a la Virgen de la Cuchara –adornos de festones y flores de papel de color, estampas de santos con anuncios de farmacia–. Un tufillo a chuchaqui tierno y montura vieja saturaba el ambiente. La suciedad agazapábase por los rincones y debajo de los muebles.

—Siéntese no más, patrón –invitó el cholo mientras limpiaba con la esquina de su poncho un banco de rústica apariencia.

—Aquí... Aquí mejor –propuso la chola acariciando un puesto de la cama.

—Sí. Aquí mejor –concluyó don Alfonso dando preferencia a la mujer.

—Bueno. También.

—Con eso... Si me emborracho no hay necesidad de nada. –De nada.

—Pero con qué para chumarse[117], pes? –interrogó la hembra.

—¡Ah! Nadie sabe –dijo Pereira con una sonrisita de suculentas perspectivas.

—¡Jesús! –exclamó llena de picardía Juana y salió por la puerta que daba al corredor.

—Perdoncito. Voy a decir al guambra que vaya por el señor cura –afirmó Jacinto desapareciendo a su vez.

A los pocos minutos, la chola volvió con un plato lleno de tortillas de papa, chochos y mote[118], todo rociado de ají y picadillo de lechuga. Y con fingida humildad, ofreció:

—Para que se pique un poquito, pes.

—¡Estupendo! –exclamó el propietario de Cuchitambo ante el suculento y apetitoso manjar.

—¿Quiere un poquito de chicha? Le pregunto porque como usted...

—¡Oh!

—No, pes, la de los indios fermentada con zumo de cabuya. De la otra. De la de morocho[119].

—Prefiero la cervecita. Unas dos botellas.

---

117 *Chumarse*: emborracharse.
118 *Mote* (quichua, *muti*) : maíz desgranado y cocido, sea tierno, o maduro, con cascara, o pelado.
119 *Morocho* (quichua, *muruchu*): Maíz amarillo duro.

—Sólo tenemos de la marca Mona. La otra fermenta prontito.

—La que sea. Con esta dosis de ají...

—Una copita para abrir la boca también ha de querer.

—Un cuarto. Ya mismo llega el cura.

El párroco llegó una media hora más tarde. Su aparición puso una nota familiar y bullanguera en la conversación —diálogo desigual entre el patrón latifundista y el cholo teniente político.

—¿Qué de bueno dejó por nuestro Quito, don Alfonso?

—Nada.

—¿Qué hay de bullas? ¿Ya cayó el Gobierno?

—No. ¿Qué va...?

—¿Y de guambritas? —insistió el sotanudo cínicamente.

—Lo mismo —dijo Pereira, y con voz de chacracama llamó a la mujer del teniente político para pedirle otro cuarto de botella de aguardiente, la cual objetó:

—Ahora ha de ser entera, pes, con taita curita.

—Bien. Entera.

Apenas llegó la botella, don Alfonso, con generosa pomposidad, repartió el licor entre sus amigos, llamando de cuando en cuando a Juana para que se tome una copita. Ella no intervenía nunca en las conversaciones serias y profundas de los hombres, pero le gustaba beber sin exceso.

En alas del alcohol fue creciendo la sinceridad, el coraje y la fantasía del diálogo de los tres hombres —patrón, sacerdote y autoridad—. Don Alfonso, el gesto imperioso, la voz trémula, la mirada dura, firme y amenazante la mímica de las manos, propuso y planteó a sus amigos el problema del carretero:

—Nosotros somos los únicos capacitados para hacer esa gran obra que espera desde hace muchos siglos.

—¿Nosotros? —dijo el cura con interrogación que denunciaba impotencia.

—Eso...

—Y quién más, carajo? Muchos son los llamados, pocos los escogidos verdaderamente. Usted desde el púlpito, señor cura, y tú, Jacinto, desde la tenencia política.

—¿Cómo, pes? —se atrevió a interrogar el cholo.

—El asunto es comenzar cuanto antes esa obra titánica. ¡La Patria la reclama, la pide, la necesita! —chilló el dueño de Cuchitambo poniendo en sus palabras un fervor irrefutable.

—¡Ah! —exclamó el sotanudo.

—Síii, pes —se desinfló el teniente político.

—Hay que unir todos los brazos del pueblo. ¡Todos! Yo daré los indios. Con una minga de cuatro o cinco semanas tendremos el mejor carretero del mundo, carajo. El Ministro... El señor Ministro me ha ofrecido personalmente enviar a un ingeniero y proporcionar algunos aparatos si el asunto se lleva a efecto.

—Entonces la cosa está resuelta —opinó el fraile.

—Sólo así, pes —comentó el cholo.

—Sólo así este pueblo dará un paso definitivo hacia la civilización y el progreso.

—Sólo así —comentaron todos.

—Tomemos... Tomemos un traguito por nuestra feliz iniciativa —dijo Pereira, emocionado ante la perspectiva de una victoria.

—Salud.

—Salud, taita curita. Salud, Patrón.

—¡Salud!

Luego de una breve pausa, el latifundista continuó rubricando con un movimiento brusco de su mano la frase que debió haber oído en boca de algún político demagogo:

—¡Ha llegado la hora de dar vida y cultura a los moradores de esta bella región! Los caminos... Los caminos son la vida de los pueblos y los pueblos deben abrir sus caminos.

—¡Qué lindo! —exclamó el cholo teniente político embobado por las palabras.

—Sí. Está bien. ¿Pero será posible hacer veinte kilómetros de carretera, que es lo que nos falta, sólo con mingas? —objetó el cura ladeándose el bonete hacia la oreja.

—Entonces usted no sabe, mi querido amigo, que el camino de San Gabriel fue hecho con mingas en su mayor parte.

—¿Sí?

—Así es, pes.

—Y hoy por hoy, estas regiones han ganado un cincuenta por ciento en todo. Por una pequeña hacienda, un pedazo de tierra sin agua, sin nada, le acaban de ofrecer cincuenta mil sucres a un pariente mío.

—Así mismo es, pes.

—Y subirían de importancia con el carretero los curatos de toda esta región –murmuró el sotanudo como si hablase a solas.

—De la provincia.

—Y las tenencias políticas se volverían socorridas, pes.

—¡Claro!

—Salud, taita curita. Salud, patrón.

—¡Salud!

—¿Ayudarán entonces ustedes a esta gran obra?

—¡Ayudaremos!

—Ojalá el patriotismo de ustedes no sea sólo cuestión de copas –dijo amenazador don Alfonso Pereira.

—¿Cómo cree usted semejante cosa? –respondió indignado el cura.

—¿Cómo, pes? –afirmó Quintana.

Una idea le obsesionaba al sotanudo: «Al iniciarse los trabajos de las mingas organizaré una fiesta solemne con cinco o seis priostes[120], con vísperas, con misa cantada, con sermón... ¡carajo! Y otra en acción de gracias al terminar...».

—Podemos empezar lo más pronto posible –propuso el dueño de Cuchitambo.

—En verano. Después de la fiesta de la Virgen de la Cuchara.

—Lo que usted diga, señor Cura. Cuando usted quiera –concluyó don Alfonso guiñando el ojo con picardía.

—No. No es por nada personal. Lo decía porque así los indios y los chagras se sentirán protegidos por la Santísima Virgen y trabajarán con mayores bríos.

—Hasta echar los bofes –interrumpió con torpe sinceridad el cholo Jacinto.

Sin tomar en cuenta la opinión nada oportuna de la autoridad, don Alfonso embromó:

—Cura bandido. Lo que quiere en primer término es que no se le dañe la fiesta grande.

—¿Y entonces? –interrogó el fraile con cinismo inesperado.

---

120 *Prioste*: El que preside una fiesta religiosa costeando los gastos.

—Comprendo. Uno o dos meses de recuperación, ¿eh? Así... Así puede hacer otra con el pretexto de las mingas.

—No estaría mal.

—Mal, no. Cien sucres a cada prioste por la misa.

—Nada se hace en esta tierra de memoria, en el aire.

—Nada... Es verdad. Con tal de que los priostes no sean de mi hacienda.

—¡Oh! Tendría que importarles.

—Ya me jodió, carajo.

—No se puede hacer el carretero de memoria, mi querido amigo.

—No. Claro...

—Con esta obrita sus propiedades ganarán un ciento por ciento.

—Más –concluyó Pereira usando el mismo cinismo que había escudado al sotanudo.

La pausa alelada del teniente político en esos breves instantes –observación llena de curiosidad y de fe patrióticas ante la sabia charla de los dos hombres –estalló en urgencia de reclamo –puesto de lucha o puesto de pequeñas ventajas.

—¿Y yo? ¿Y yo cómo he de ayudar, pes?

—Serás... Serás el recolector.

—¿Qué es, pes, eso?

—Cosechar lo que el señor cura siembra.

—No entiendo.

—Reunir las gentes preparadas por los sermones en la iglesia.

—¡Ah! Yo creí que era algo para mí.

—Como la autoridad máxima del pueblo.

—Como el hombre de confianza.

—Como el patriota...

—Sí. Ya sé...

—Obligar al trabajo colectivo de buenas o de malas.

—¿Solito?

—Tenemos que buscar el momento oportuno. Una feria por ejemplo.

—Al salir de una misa.

—Salud, taita curita. Salud, patrón.

—¡Salud!

Cuando la chola Juana entró con la última botella de aguardiente que halló en su tienda, don Alfonso Pereira interrogó a sus aliados:

—Cuántos creen que irán voluntariamente al trabajo?

—Bueno...

—Irán...

—¿Cuántos, carajo? –insistió el dueño de Cuchitambo con ojos inquisidores que denotaban una peligrosa obsesión alcohólica.

—Bastante, pes.

—Muchos, don Alfonsito.

—¿Cuántos?

—Todos lo que usted quiera.

—Todos...

—¡Carajo! Eso no es una respuesta. ¿Cuántos?

—Salud, patrón Alfonsito. Salud, taita cura.

—¡Salud!

En ese instante la mujer del teniente político alumbró la borrachera de los hombres con una vela de sebo clavada en un botella vacía.

—¿Cuántos? ¡Tienen que contarme!

—Bueno. Más de ciento.

—Eso. Más de ciento, pes.

—¡Cuéntenme, carajo! –exigió el latifundista estirando la boca en mueca de burla y de coraje.

El señor cura y el cholo teniente político, al notar que la cosa podía descomponerse, buscaron la mejor forma de calmar aquella enloquecida obsesión de Pereira enumerándole los posibles mingueros[121], los que debían ir, los que... En recuerdo atropellado, caótico –atinado unas veces, absurdo otras– surgieron las gentes conocidas de la comarca. El viejo Calupiña, Melchor Santos y sus dos hijas buenas mozas, el Cuso del chozón de la ladera, el telegrafista, Timoteo Mediavilla, el maestro de escuela –burla y azote de los gallos del señor cura–, el mono[122] gritón que sufría de dolor a la paleta, el tejedor de alpargatas, el longo que fue chapa[123] en Quito y tuvo que volver porque se vio metido en no sé qué lío con la cocinera del señor Intendente, el manco Conchambay, el cojo Amador, el tuerto Rodríguez, Luis Mendieta, los hermanos Ruata...

---

121 *Minguero*: cada uno de los que componen una minga.

122 *Mono*: Mote con el que designa el serrano al oriundo de la Costa; costeño.

123 *Chapa*: (quichua, *chapana*): vigilante; policía civil, policía municipal.

—¿Cuáles más? —insistió el borracho latifundista.

—Salud, patrón Alfonsito. Salud, taita cura.

—¡Salud!

—¿Cuáles más?

—La chola del guarapo con sus hijos —exclamó el párroco en tono de feliz hallazgo.

—Cierto...

—¿Cuáles más?

—El Ojos de gato con la mujer y el primo zambo[124] que ha llegado con mercadería de tierra arriba.

—De tierra arriba, pes.

—¿Cuáles más?

—El agüelo Juan... Los indios del páramo de Caltahuano.

—¿Cuáles más, digo? —Los niños de la escuela.

—¡Los guambras!

—¡Falta, carajo! —insistió don Alfonso dando un manotazo en la mesa. Saltaron las botellas, las copas, la vela —hipo de susto de las cosas–. Inaudita actitud que prendió el temor en las solapas del representante de Taita Dios y en el poncho del representante de la ley.

—Pero don Alfonso...

—Patrón...

—He dicho que faltan, carajo —machacó de nuevo el señor de la comarca encarándose a la situación embarazosa de sus amigos, de sus aliados —miedo y prudencia a la vez–, los cuales se esforzaron por sonreír.

—¿Ah?

—Ji... Ji... Ji...

Se abrió una pausa peligrosa. Don Alfonso echó sobre la mesa —como un ascua retadora–, frente a la cara esquiva del sotanudo y a la sonrisa humilde del cholo teniente político una muda y autoritaria interrogación que ardía en sus ojos de amenazante brillo alcohólico. Le desesperaba al latifundista la estupidez de sus aliados. ¿Cómo no podían adivinar a quiénes él se refería? ¿Cuáles eran en realidad los personajes decisivos para realizar su plan, para horadar los montes, para desecar los pantanos, para vencer al páramo, para llevar a buen término algo que no pudo ni el mismísimo Gobierno —unas veces

---

124 *Zambo*: mestizo de raza negra e india

aliado con los curas de Taita Dios y otras con los demonios de los liberales–. Aburrido de esperar una respuesta, el dueño de Cuchitambo gritó:

—¿Y ustedes? ¿Y ustedes no se cuentan? ¡Ricos tipos, carajo!

—Naturalmente.

—Claro, pes.

—Iremos a la cabeza.

—¡Eso! Eso es lo que quería oír... Oírles... Se hacían los pendejos... Pero... –concluyó el terrateniente con aire de triunfo sobre un juego que se iba volviendo nada grato.

—Dábamos por descontado aquello –afirmó el fraile respirando con tranquilidad.

—Por descontado, pes.

Con alegría eufórica, luego de observar que se había terminado el aguardiente de las botellas, don Alfonso Pereira se puso de pie y gritó a la dueña de casa:

—¡Juanaaa!

—¿Qué quiere, pes, patrón? –intervino servicial Jacinto.

—Más trago. Una botellita más.

—Ya no hay, patrón. Todito... Todito nos hemos acabado, pes –informó el teniente político.

—Cerca de dos botellas –comentó el cura.

—Pero... No. No podemos quedarnos así picados –protestó el latifundista en tono irreductible.

—Bueno... Eso...

—Eso digo yo también pero ya no hay más, pes. Casi siempre dos botellas no más tenemos en la tienda. Sólo en las fiestas o algo así... Ahora cerveza, chichita...

—¡Oh! Pendejada. Yo puedo. ¡Yo! Ve, Jacinto... Tiene que hacerme un favor.

—Diga no más.

—Agarra mi mula que debe estar afuera.

—¡Aaah!

—En un trote puedes llegar a la hacienda. Dile al Policarpio en mi nombre, debe estar esperándome, que te dé unas dos botellas que tengo en el armario del comedor.

—¿Dos?

—Sí, dos. Que me mande. Son de coñac.

—¡De coñac! –repitió el párroco abriendo grandes ojos de apetito.

—Voy en un brinco.

Cuando salió disparado el teniente político y se quedaron solos el cura y el dueño de Cuchitambo, ambos, mirándose con una extraña sonrisita cómplice, escucharon con deleite cómo se alejaban en la noche los pasos de la mula. Luego, con un gesto más franco –mutuo entendimiento– se denunciaron su vil propósito. Era el mismo: «Cerca de una hora en ir y volver. La chola es buena, generosa, amiga de hacer favores... ¿Qué esperamos?» Don Alfonso, el más audaz, guiñó libidinosamente el ojo al cura indicándole la dirección de la puerta por donde se podía llegar a la cocina donde se hallaba Juana. Se pusieron de pie como buenos caballeros –sólo una nota de burla bamboleante y cómica subrayó la borrachera sobre la afanosa seguridad y la ardiente intención de los dos hombres–, dieron uno, dos pasos. No... No había para qué precipitarse como buitres sobre la presa. Todo tiene su límite, su forma... «Atropellarnos por semejante pendejada? Imposible. Somos amigos, aliados...» se dijo don Alfonso cediendo el camino al sotanudo con una reverencia cortés y galante que parecía afirmar: «Pase usted primero... Pase usted...» Con una sonrisa babosa de beatífica humildad respondió el sacerdote: «De ninguna manera. Usted... Usted, don Alfonsito...».

En la cocina, a la luz de una vela agarrada a una pared –con la pega de su propio sebo–, la chola cabeceaba sentada junto al fuego de un fogón en el suelo. En sus cachetes rubicundos y en sus ojos semiabiertos el reflejo de las candelas ponía una especie de caliente temblor en la piel. El ilustre borracho se acercó a ella dando traspiés.

—Ave María. Casi me asusto –murmuró la mujer frotándose perezosamente los ojos.

—¿Por qué, cholita? –interrogó mimoso el latifundista tirándose al suelo.

—¿No empezará con sus cosas, no? El Jacinto... –dijo ella en tono de amenaza que trataba de ocultar un viejo adulterio.

—No está. Le mandé a la hacienda –concluyó don Alfonso metiendo las manos bajo los follones de la hembra.

—¿Qué es, pes? –protestó Juana sin moverse del puesto, dejando que...

—Ha de ser lo mismo que otras veces.

—Lo mismo?

—Hasta pasar el gusto no más. Ofrece... Ofrece... No, tontita. Espera... Espera... –balbuceó el dueño de Cuchitambo acariciando con manos temblorosas las formas más recónditas de la chola olor a sudadero y a cebollas.

—Entonces... ¿Qué fue lo que dijo, pes? ¿Qué fue lo que prometió, pes?

—¡Ah! –exclamó Pereira y murmuró algo al oído de la mujer que a esas alturas del diálogo amoroso se hallaba acostada en el suelo, boca arriba, los follones sobre el pecho, las piernas en desvergonzada exhibición.

—Así mismo dice y... –alcanzó a comentar ella ahogándose entre los besos babosos y las violentas caricias del ilustre borracho. Siempre ella fue débil en el último momento. ¿Cuántas veces no se prometió exigir? Exigir por su cuerpo algo de lo mucho que deseó desde niña. Exigir al único hombre que podía darle: lo que le faltaba para sus hijos, para su casa, para cubrirse como una señora de la ciudad, para comer... Él nunca cumplió... ¡Nunca! No obstante le hizo soñar. Soñar desde la primera vez. Siempre recordaba aquello. Ella dio un grito y se defendió con los puños, con los dientes. ¡Ah! Pero él... Él le estrujó los senos, el vientre, le besó en las mejillas, en las orejas, en el cuello, sin importarle los golpes. Luego le tumbó al suelo sobre un campo de tréboles y le hundió las rodillas entre las piernas. Ella... Ella podía seguir la defensa, quizás vencer, huir. Mas, de pronto, él le dijo con ternura apasionada que sonaba a verdad cosas que nadie le había dicho antes: «Cuando me separe de mi mujer me casaré contigo. Te regalaré una vaca. Te llevaré a Quito. Serás la patrona». Ante semejante cariño –perspectiva de un paraíso inalcanzable– todos los escrúpulos femeninos se derrumbaron en el alma de la chola, y toda la furia se desangró en un llanto como de súplica y gozo a la vez. Dejó hacer. Algo narcotizante le había postrado en dulces esperanzas.

En cuanto se desocupó el latifundista entró el cura. También a él –ministro de Taita Dios– nunca pudo la mujer del teniente político negarle nada. A Juana le gustaba ese misterioso olorcito a sacristía que en los momentos más íntimos despedía el tonsurado. Y aquella noche, con picardía y rubor excitantes, al ser acariciada y requerida, ella objetó:

—Jesús. Me han creído pila de agua bendita.

—Sí, bonitica... –alcanzó a murmurar el fraile aturdido por el alcohol y el deseo.

Cuando los ilustres jinetes le abandonaron, Juana probó a levantarse sin muchos remordimientos –quizás pecado con patrón y con cura no era pecado–. Pero luego, al cubrir sus desnudeces bajándose los follones, arreglándose la blusa, y notar que desde un rincón velado por la penumbra, el menor de sus hijos había estado observando la escena con ojos de asombro doloroso, sintió una vergüenza más profunda que el posible remordimiento, más pesada que la venganza que podía hallar en su marido.

Desde la conversación con el tío Julio y desde que en el campo sintió cómo se iba y llegaba el dinero, don Alfonso Pereira abrió su codicia sobre los negocios –grandes y pequeños–, sobre los proyectos de explotación agrícola, sobre todo cuanto podía asegurarle en su papel de «patrón grande, su mercé». Era sin duda por eso que cuando montaba en su predilecta mula negra para ir por las mañanas al pueblo a sus intrigas y trabajos pro minga del carretero, enredaba su imaginación en largas perspectivas de suculentos resultados económicos: «Puedo... Puedo exprimir a la tierra, es mía... A los indios, son míos... A los chagras... Bueno... No son míos pero hacen lo que les digo, carajo.» Luego pensaba llevar las cosechas a la capital por el carretero nuevo, por el tren. Su fantasía adelantaba los acontecimientos: perforada la montaña, domada la roca, seco el pantano, y en la ladera y en el valle gigantescos sembrados. También saboreaba a veces el orgullo de pagar la deuda al tío Julio, de quedarse de único socio –activo y efectivo– de los señores gringos, o de hacer el negocio solo... «¡Pero solo! No. Imposible. Ellos saben. Ellos tienen práctica, experiencia, máquinas», reaccionaba mentalmente ante aquella tentación atrevida. Y cuando tenía necesidad de ir a la capital –proyectos, contratos, firmas, herramientas, dinero, plazas, técnicos, recomendaba a Policarpio:

—A mi regreso tengo que encontrar todas las laderas aradas y sembradas.

—Las yuntas no entran en esa inclinación del terreno, pes.

—Ya sé. Rodarían los pobres animales en esa pendiente. Pero para eso son los indios. Con barras, con picas.

—¿Indios en toditico eso?

—¡Claro!

—Pero la semana que viene no ha de ser posible, patrón.

—¿Por qué?

—Tengo que ir a limpiar el cauce del río. Yo en personas, pes. Lo menos veinte runas...

—Eso podrás dejar para más tarde.

—Imposible. ¿Y si se atora? Peligroso es.

—¡Oh!

—No hay que jugar con las cosas de Taita Dios.

—¡Carajo! Eso se hará después, he dicho.

—Bueno, pes.

—Yo me demoraré en la ciudad unos quince días. Tengo que arreglar en el Ministerio la cuestión de los ingenieros para el camino.

—Así he oído patrón. La cosa parece que está bien adelantada en el pueblo.

—Ojalá.

—En cuanto a los sembrados que su mercé dice... Sería mejor aprovechar el terreno del valle, pes.

—También. Pero es muy poco. En cambio las lomas...

—¡Púchica[125]!

En un arranque de confidencia amistosa –inseguridad y duda en los primeros pasos de una empresa gigantesca como la suya–, don Alfonso concluyó:

—Estoy hasta las cejas con las deudas. Nadie sabe lo de nadie, mi querido Policarpio.

—Así mismo es, patrón.

—Y estos indios puercos que se han agarrado para sus huasipungos los terrenos más fértiles de las orillas del río.

---

125 *Púchica*: Exclamación análoga a pucha. *Pucha*: Exclamación voluble, de contento, asombro, disgusto, cólera.

—Eso desde siempre mismo.

—Carajo. Para el otro año que me desocupen todo y se vayan a levantar las chozas en los cerros. No es la primera vez que digo, no es la primera vez que ordeno.

—¿Y quién les quita, pes?

—¡Yo, carajo!

—Uuu.

—¿Cómo?

—No. Nada, su mercé –se disculpó el cholo comprendiendo que había llegado demasiado lejos en su confianza.

—Se han creído que yo soy la mama, que yo soy el taita. ¿Qué se han creído estos indios pendejos?

—Todo mismo, pes.

—Carajo.

—El difunto patrón grande también quiso sacarles. Acaso pudo. Los roscas se levantaron.

Una amarga inquietud se apoderó del dueño de Cuchitambo al intuir con bilioso despecho el fracaso de su omnipotencia de señor latifundista. El había previsto lo difícil de cumplir las exigencias de los señores gringos y del tío Julio. Despojar a los indios de sus viejos y sucios tugurios era igual o peor que arrancar de raíz una selva. Y en afán de aplastar futuros inconvenientes y contradicciones, exclamó:

—¡Mierda! ¡Conmigo se equivocan!

—Así mismo es, su mercé –murmuró el mayordomo lleno de temor y de sorpresa ante la cólera del amo.

«Se equivocan... Se equivocan.... ¿Pero cómo? ¿Cómo, carajo?», pensó cual eco de sus propias palabras don Alfonso. Felizmente aquella ocasión –donde siempre fue tinieblas insolubles– algo se abrió golpeando en la esperanza. Dios era bueno con él. Sí. Le murmuró al oído:

—¡Carajo! Ya... Ya está.

—¿Qué, pes, patrón? –interrogó el cholo Policarpio sin entender definitivamente al amo.

—Debemos olvidarnos de limpiar el cauce del río, ¿eh? Olvidarnos. ¿Entendido? Hay cosas más prácticas y lucrativas que realizar –dijo el dueño de Cuchitambo con brillo diabólico y alelado en las pupilas.

—Sí, patrón –murmuró el mayordomo sin atreverse a creer que...

—Así se subsanan todos los problemas. ¡Todos, carajo!

—Así, pes.

Los hermanos Ruata, por orden del señor cura –su guía espiritual–, organizaron una junta patriótica en favor de la minga del carretero. Las reuniones se efectuaban todas las noches en la trastienda
del estanco[126] de Jacinto Quintana. Muchas veces las charlas –sesiones
informales– del cholerío entusiasmado terminaban en borracheras de
violentos perfiles. Borracheras que en vez de desacreditar la seriedad
de la junta le dieron prestigio y popularidad entre los moradores de
toda la región. Los chagras acudieron entonces sin recelo –tierra
arriba, tierra abajo, meseta, valle, manigua[127]–, se gastaron sus rea-
litos en aguardiente y su experiencia en dar consejos para el trabajo
de la minga. Casi siempre las primeras copas se apostaban a la baraja.
El cuarto «del cuarenta[128]» se armaba de ordinario con los dos hermanos Ruata, Jacinto Quintana y algún pato[129] fácil que a veces re-
sultaba gallo de tapada.

También el señor cura, después de cada misa, hablaba largo a los
fieles sobre la gigantesca obra que era urgente realizar y ofrecía sin
pudor generosas recompensas en la bienaventuranza:

—¡Oh! Sí. Cien, mil días de indulgencia por cada metro que
avance la obra. Sólo así el Divino Hacedor echará sus bendiciones mayores sobre este pueblo.

Los oyentes –tanto los chagras, cholos amayorados[130] por usar zapatos y ser medio blanquitos, como los indios cubiertos de suciedad y
de piojos– estremecíanse hasta los tuétanos al saber lo de las bendiciones mayores y lo de las indulgencias. Luego ellos... Ellos eran personajes importantes ante Taita Dios. Él se preocupaba. Él sabía...
¿Qué era el trabajo de la minga? Nada. Una costumbre, una ocasión
de reunirse, de ser alguien. Generalmente las pláticas del sacerdote
terminaban evocando todo aquello que descubría su interés personal:

—Como la fiesta de la Virgen no resultó muy buena haremos otra
antes de la minga. Por el pueblo será prioste don Isidro Lugo y por el

---

126 *Estanco*: Aguardentería, sitio donde se vende aguardiente.
127 *Manigua*: selva, maleza.
128 *Cuarenta*: Juego de naipes, *caída*; especie de tute.
129 *Pato*: Víctima de burlas y groserías.
130 *Amayorado*: Insolente, atrevido, alzado, presuntuoso, altanero, con aires de superioridad.

campo los naturales: Juan Cabascango de la orilla del río, Melchor Montaquisa de Cerro Chico y Manuel Chimbayacu de Guanujo.

Y la misa fue de a cien sucres, con banda de pueblo, con camaretas[131], voladores y globos a la puerta de la iglesia, con cholas pinganillas[132], con chagras de poncho de dos caras, con ángeles de alas de hojalata, rizos chirles y zapatos ajustados, con mucho humo de incienso, con flores en chagrillo[133], con sermón de largo metraje, con asfixiantes olores.

Ese mismo día, desde las cuatro de la mañana, las gentes se desbordaron sobre la plaza por todas las calles para enredarse confiadas en la feria —moscardón prendido en una enorme colcha de mil retazos de colores: —Pongan en papas. —Pongan en maíz. —Pongan en morocho. —Pongan en mashca.

—Helaqui, pes, caseritaaa[134].

—Helaqui.

—Vea las coles.

—Vea el mote.

—Vea la chuchuca[135].

—Vea los shapingachos.[136]

—¡Compadrito! ¿Qué se ha hecho, pes?

—Queriendo morir, comadre.

—Morir.

—Caseritaaa. Tome la probana.

—Rico está.

—Sabroso está.

—Guañugta[137] está.

—Venga, pes.

—Venga no más.

—Yapando[138] he de dar.

---

131   *Camareta*: Especie de cañoncito que se dispara en las fiestas de los indios.

132   *Pinganilla*: Elegantón sin dinero; pisaverde.

133   *Chagrillo* (quichua, *chagruma*: mezclar*)*: Mezcla de pétalos de flores usada en algunas ceremonias religiosas, como en las procesiones de un Santo o una Virgen.

134   *Casero*: Cliente habitual con respecto a vendedor. Proveedor habitual con respecto al comprador.

135   *Chuchuca* (quichua, *chuchuca*): Maíz algo tierno, secado al sol y quebrantado para prepararlo en forma de sopa. El plato o guiso hecho de esta preparación de maíz.

136   *Shapingachos* (quichua, *llapingachu*): Torta de patatas, queso, huevos, manteca y especias.

137   *Guañugta* (quichua): mucho, bastante.

138   *Yapar*: Ñapa; dar un poco más de la medida al comprador.

—Tres yapitas.

—Venga no más.

—Caseritaaa.

—Dejen que vea.

—Dejen que pruebe.

—Dejen que compre.

—Claro está.

—Barato está.

—¿Cómo cree, pes? Nada hay regalado.

—Nada.

—¿Regalado?

—Sudando para conseguir.

—Sudando para tener.

—La yapita buena.

—La yapita no más.

Los gritos de la oferta y de la demanda se encrespaban confusos sobre un oleaje de cabezas, de sombreros, de ponchos, de rebozos, de bayetas de guagua tierno, de toldos de liencillo. De cuando en cuando, un rebuzno, el llanto de un niño, la maldición de un mendigo, surgían en desentono en medio de aquel rumor indefinido.

Desde el pretil de la iglesia, el señor ingeniero –un hombre joven de piel curtida, de manos grandes, de saco de cuero y de botas de tubo–, don Alfonso Pereira –en traje de trabajo campesino: polainas negras, calzón de montar, fuete a la diestra, sombrero de paja–, el señor cura, los hermanos Ruata, Jacinto Quintana y los tres policías de la tenencia política –un poco en segundo término–, acechaban a la multitud de la feria saboreando el extraño placer de seguros cazadores frente a la mejor pieza. Conversaban de todo para hacer tiempo, pero de cuando en cuando se recomendaban algo mutuamente sobre su plan:

—Llegado el momento hay que ubicarse en las cuatro esquinas de la plaza para que no se nos escape ni uno.

—Ni uno.

—Así mismo es, pes.

—Más de quinientos indios vendrán ahora según me dijo el Policarpio.

—¿Sólo para esto?

—Sólo para esto.

—Irán más. Muchos más.

—Claro.

—Todos los que yo he conquistado desde el púlpito.

—Toditos, pes.

—Y los que yo ponga.

—Uuu.

Cerca del mediodía, de acuerdo con lo convenido por aquel estado mayor que se pasó más de una hora y media discutiendo en el pretil de la iglesia, policías, mayordomos, teniente político, cura, miembros de la junta patriótica de los hermanos Ruata, don Alfonso y el señor ingeniero, entraron en funciones.

—¡Por aquí! –anunció uno de los hermanos Ruata abriéndose paso entre la muchedumbre, y, con dos policías a sus órdenes, bloqueó una de las esquinas. Lo mismo hicieron Jacinto Quintana, el señor cura y don Alfonso.

Embotellada la plaza por tan ilustres personajes y sus amigos nadie se negó a ir a la obra patriótica y cristiana. Por el contrario, hubo entusiasmo, alegría. La negación hubiera significado un crimen inaudito. No obstante, las mujeres recelaban, se escabullían. Pero, después de tomarse un pilche[139] de chicha o una copa de aguardiente puro –primer obsequio de don Alfonso Pereira–, las gentes se desangraron por la calle principal del pueblo en un desfile de ingenuas prosas [140]y pequeños orgullos heroicos. A la cabeza de la gran serpiente que se organizaba avanzaban los niños de la escuela, seguidos por los niños sin escuela –muchachas y rapaces haraposos, flacos, ventrudos, tratando de ocultar bajo una angustiosa sonrisa su anemia y su ignorancia–. Luego un grupo de viejos setentones portando banderines patrios y luciendo cintillo tricolor[141] en el capacho de paja. Lógicamente, aquella cabeza sentimental del desfile –niños y ancianos–, saturada de ternura, de ingenuidad, de adustez, de sacrificio, de mueca de extraña alegría, de prosas marciales de víctimas inocentes, produjeron una emoción, un estremecimiento de inquietud alada en el ánimo de las cholas que observaban el espectáculo de un corredor

---

139 *Pilche* (quichia, *pilchi*): Árbol que da una especie de calabaza; se la usa en el campo como recipiente.

140 *Prosa*: Garbo, elegancia apostura; arrogancia.

141 *Cintillo tricolor*: Cinta amarilla, azul y roja; colores de la bandera ecuatoriana.

o una puerta en apretados racimos. Alguna de ellas se sonó en ese momento las narices en el revés del follón, y aquel ruido fue suficiente para prender en todas un llanto histérico, incontenible, que fluía entre pequeños hipos como de placer y de orgullo. Aquel ejemplo edificante arrebató a la gente. Todos siguieron al desfile.

—¿Ve usted que yo tenía razón? —murmuró ante el éxito el señor cura dirigiéndose al dueño del Cuchitambo.

—Sí. Es verdad —alcanzó a decir don Alfonso Pereira, ahogándose en una tibieza de gratitud imprudente que le bañaba el pecho. Su rol de hombre fuerte no debía ablandarse por semejante pendejada.

—Nuestro pueblo posee grandes calidades humanas —opinó con enorme sinceridad el ingeniero.

—Calidades que hay que aprovechar. Sentimientos con los cuales se podría poner freno a tantos desórdenes, a tantas revoluciones, a tantos crímenes que andan sueltos por el mundo.

—En eso tiene razón.

—Está visto. Soy un rayo para mover a mi antojo las cuerdas del corazón de los demás —afirmó orgulloso el sacerdote.

—Algo da el oficio. La práctica... —embromó el latifundista que había logrado serenarse.

—Oficio que a veces utilizan mis amigos.

—Gracias.

Al llegar la muchedumbre al partidero donde termina la calle principal del pueblo y se abren chaquiñanes y senderos hacia diversos destinos, el hermano mayor de los Ruata, aprovechando una pausa del desfile que se arremolinaba sin saber por dónde dirigirse, y encaramándose a una elevación del terreno, gritó a toda voz.

—¡Nosotros! Nosotros vamos a realizar solitos el anhelo de nuestra vida: el carretero. No... No tenemos que pedir favor a nadies. A nadies. ¿Me oyen? Con nuestras propias manos, con nuestros propios corazones hemos de hacer no más. Y claro... Con la ayuda de nuestro buen maistro... De nuestros buenos maistros: el señor curita y don Alfonsito de Cuchitambo. Ellos... Ellos serán más tarde los grandes de nuestra historia del Ecuador... Ellos por habernos indicado que hagamos estas cosas buenas... Serán tan grandes como Audón Calderón[142], como Bolívar, pes.

---

142 *Abdón Calderón:* Nació en Cuenca en julio de 1804 y murió heroicamente luego de sufrir múltiples heridas en la Batalla de Pichincha el 24 de mayo de 1822.

La muchedumbre, ante el pico de oro de Ruata, el mayor, levantó al cielo sus banderas, sus herramientas, sus palos, sus palmas y sus voces emocionadas:

—¡Bravooo!

—¡Vivaaa!

Semejante éxito obligó al orador a gritar elevándose sobre las puntas de los pies:

—Como Bolívar que ha de estar sentado a la diestra de Taita Dios!

—Bravooo! ¡Guambritooo! –fue el alarido de las gentes en efervescencia delirante.

De nuevo subieron y bajaron por más de una vez los puños, las banderas, los picos, las palas, los brazos, las voces.

Ruata, el mayor, pensó entonces orgulloso: «Cuando vaya con mi hermanito a Quito les he de fregar [143] no más a los intelectuales con estas frases que yo sé».

—¡Vivaaa!

«Con esto me he ganado la confianza del señor Alfonsito. Tan regio que es. Ojalá me consiga un buen puesto en la capital... Y a mi hermano también...».

Después de cruzar estrechos senderos, de saltar cercas, de trepar chaquiñanes, con las banderas desgarradas por las zarzas y las cabuyas, lleno de polvo el entusiasmo, de cansancio la esperanza, la muchedumbre pudo asomarse al borde del desfiladero grande, desde donde se alcanzaba a mirar una indiada esparcida por el campo como una hilera de hormigas. Eran los huasipungueros de Cuchitambo que, como no necesitaban ser convencidos, fueron llevados desde el amanecer al trabajo. La muchedumbre comentó por sus cien bocas:

—Allá, pes.

—Allá mismo, están.

—Allá se ve a los indios.

—Al pie del cerro tenemos que ir.

—Allá.

—Corran, pes.

—Los indios son buenos.

—Nos adelantaron.

—Ciertito.

---

143 *Fregar*: molestar, fastidiar.

—Allá mismo

—Lejos del pueblo, cerca de la hacienda.

En efecto, los trabajos se hicieron —de acuerdo con las órdenes del estado mayor— a más de dos kilómetros de Tomachi y a pocas cuadras de la casa de Cuchitambo.

La muchedumbre —en torrentes de carretas viejas, de alaridos roncos, de nubes de polvo, de sudores de entusiasmo— se lanzó cuesta abajo, y al llegar donde estaban los indios, cada cual tomó su puesto con fe y con coraje en la obra que todos esperaban traería pan y progreso a la comarca.

La primera, la segunda, la tercera y hasta la sexta noche la mayor parte de los mingueros regresaron a dormir en el pueblo o en la choza. Pero a la segunda semana —como el retorno se volvía cada vez más largo—, muchos de ellos se quedaban a pernoctar a la intemperie. Y cuando caía la noche, el cholerío de Tomachi y de varios anejos de la región, en grupos que soldaban diversos intereses —la amistad, el paisanaje, el parentesco, el amor, el cucayo, algún proyecto para el futuro se congregaba en torno de pequeñas hogueras que prendían y atizaban las mujeres para ahuyentar los vientos helados de las cumbres. Luego, cholas y cholos buscaban el refugio de una zanja, de un hueco en la peña, de un árbol, de un matorral sobre el que colocaban una ropa cualquiera como paraguas y abrigo a la vez. Los indios, en cambio, envueltos en dos o tres ponchos, permanecían hasta el amanecer —inmovilidad de piedra milenaria— junto al rescoldo de los fogones. Pero a la tercera semana, como un virus contagioso que iniciaba su mal con síntomas de cansancio y maldiciones, muchos comentaron en voz baja:

—¿Cuándo también terminará esto?

—¿Cuándo también, cholito?

—La casa abandonada.

—Los guaguas con la vieja.

—Yo pensé que prontito...

—Prontito.

—Ni soñar.

—Uuu...

—¿Qué será de mi sembrado?

—¿Qué será de mis gallinitas?

—Con la guambra, pes.

—¿Qué también será?

—De ganas[144] dejamos.

—De puros noveleros.

—Los hombres como quiera, pes. Pero las hembras...

—Por carishinas.

—Todo fue por taita cura.

—Por don Alfonso.

—Por el Jacinto.

—Por los Ruata.

—Estar culpando a los otros. Uno es así mismo de mala cabeza.

—Ahora el cucayo también se acabó.

—Yo le he de dar un poquito. El guambra se fue al pueblo y me trajo para tres días.

—Bueno está, pes.

—Porque con la chicha y el picante que dan los señores no se llena la barriga.

—La barriga de uno pobre.

—El cucayo siempre hace falta.

—Servir con plata y persona.

—Así mismo es, pes, el patriotismo.

—Así mismo

—Ave María. Yo no entiendo.

—Jodido es entender estas cosas.

—De noveleros.

—De carishinas.

—Y venir con el guagua tierno.

—No había con quién dejarle, pes.

—Y yo, bruto, venir con la ropa nueva los primeros días. Hecho una lástima.

—Parecía fiesta.

—Fiesta para joderse.

Y aquellas murmuraciones crearon un clima de atmósfera pesada, biliosa, inconforme. Las charlas burlonas y alegres de las noches en torno a los fogones –cuentos verdes, aventuras de pícaros, historias de

---

144 *De gana*: Sin motivo, sin razón ni fundamento, por puro capricho.

aparecidos y alma en pena— cayeron en un silencio expectante, en una especie de modorra de olvido. Cual retablos en círculos de rostros mal iluminados por el fuego y enhebrados por la misma angustia se miraban de reojo los unos a los otros, o buscaban alelados en el capricho de las candelas un buen presagio, o se hurgaban los dedos de los pies con espino grande de cabuya para calmar las comezones de las niguas[145], o dormitaban acurrucados bajo el poncho. Y las mujeres, las que andaban con guagua tierno les daban de mamar sin rubor, las que iban solas acechaban taimadamente a los chagras jóvenes, y las que tenían marido o amante dormían junto a su hombre. Como los personajes del estado mayor de la obra y los de la junta patriótica se pasaban los días dando órdenes y las noches bajo tiendas de campaña, jugando a la baraja o bebiendo aguardiente y haciendo el amor a las cholas solteras, no fueron presa ni del cansancio, ni del aburrimiento. Tampoco los indios podían darse ese lujo. Ellos sabían —sangre de su taimada resignación que el patrón, el señor cura, el teniente político, mandaban en su destino, y que al final todo el trabajo y todo el sacrificio quedaría en sus manos. Había noches, sin embargo, endemoniadas e inquietas. Extinguido el fuego, en el misterio de la oscuridad, cuando todos roncaban en sus refugios —huecos en la ladera, cama de hojarasca bajo la fronda de chilcas[146] y moras[147], abrigo de zanja seca, caseta de trapos—, sombras extrañas se deslizaban amorosamente, besos, dulces quejas, respiración jadeante, rumor libidinoso, entre la hierba, entre el matorral, bajo la carreta que llegó del pueblo, muy cercano y apetitoso para los pocos desvelados que pensaban con envidia y reproche: «Están culeando[148] estos desgraciados. ¿Quiénes serán, carajo? A lo mejor es mi...» Lejanísimo para los que habían tronchado el cansancio en un sueño profundo.

Y esa noche, el viejo Melchor Alulema, del anejo del monte caliente de Cutuso —acurrucado y sin sueño por su fiebre palúdica—, percibió lleno de sospechas el murmullo baboso del demonio. Otras veces también oyó, pero sus malditos calofríos que le postraban en amarga

---

145 *Nigua:* Insecto sifonáptero, originario de América y muy extendido en África, semejante a la pulga; las hembras penetran bajo la piel depositando allí sus huevos, y las crías producen mucha picazón y úlceras graves.

146 *Chilca*: Vegetal que abunda en la Sierra, viste las bandas de los caminos y forma manchas y matorrales junto con otras malezas. Tiene su exuberante follaje olor pungente poco agradable.

147 *Moras*: (Morera) árbol moráceo ecuatoriano, de madera incorruptible.

148 *Culear*: Tener relación sexual, fornicar.

indiferencia le inmovilizaron. No... No pudo ir en busca de su mujer, de su hija que le faltaban a su lado. Además él nunca supo identificar a las hembras por la queja de su placer, un suspiro como de agonía las hermanaba. Y gritó desesperado:

—¡Rosaaa! ¡Doloritaaas!

—¡Calle, carajo!

—¡Deje dormir por lo menos!

—¡Hecho el quejoso!

—¡Viejo pendejo!

—¡Las hembras son así!

—Carishinas...

—¡Gozan lejos del dueño!

Siempre el mismo coro de voces elevándose desde el suelo, crueles y burlonas. Y él que insistía:

—¡Rosaaa! ¡Doloritaaas! ¡Contesten; carajo! ¿Dónde se han metido? ¡Hablen para saber que no son ustedes!

—¡Calle, carajo!

—¡Deje dormir por lo menos!

—Hecho el quejoso!

—Viejo pendejo!

—Doloritaas! Ella... Bueno... Pero la guagua, doncella...

Una noche se agravó el descontento en el cholerío. Era la naturaleza, ciega, implacable. Debía ser muy tarde —una o dos de la mañana—. Las tinieblas de espesa modorra parecían roncar al abrigo de la música monótona de los grillos y de los sapos. De pronto, sobre la plataforma negra del cielo rodó un trueno con voz de caverna. Sobresaltada e inquieta la gente se despertó aferrándose a su esperanza: «No... No es nada. Ya pasará... Cuando mucho truena poco llueve...». Pero volvieron las descargas de lo alto, más fuertes y atronadoras. La evidencia de la tormenta próxima obligó a los mingueros a buscar nuevos refugios. Las tiendas de campaña se llenaron con las cholas más audaces. Felizmente esa noche faltaron don Alfonso Pereira y el señor cura. También los indios, olfateando en las sombras la demanda instintiva de amparo, fueron de un lado a otro. Por desgracia, lo poco medio seguro había ocupado el cholerío.

—No alcanzan los roscas.

—Nooo.

—Que se vayan no más, carajo.

—Estamos completos.

—Completos.

—Esto es para el cristiano.

—Los piojos.

—La hediondez.

—¡Fuera, carajo!

Ráfagas de viento –helado, cortante–, arremolinándose sobre el campo de la minga –una ladera de peligroso declive–, esparció el primer chubasco de gotas gruesas.

—Nos fregamos, cholitos.

—Ahora sí.

—Llueve, carajo.

—Ni dónde para esconderse.

—Tenía que suceder.

—Semejante inseguridad de cielo.

—Semejante lejura del pueblo.

—Hemos hecho bastante.

—Bastante.

—Vengan. Vengan pronto.

—¿Dónde están, pes? No les veo.

—Aquí.

—El lodo.

—Las aguas, mama Nati.

—El aguacero, mama Lola.

—¡Qué haremos, pes, mama Miche?

—Aguantar.

—Aguantar, carajo.

—¡Taiticooo!

—Que hubiera romero y ramo bendito para quemar. Es bueno para que Taita Dios nos libre de los rayos.

—De los rayos.

—¿Y de las aguas?

—Nadie, pes.

—Ya nos jodimos.

—Nos jodimos.

—No se pondrán debajo de los árboles.

—Es peligroso. También los indios mascaron como tostado las maldiciones, las súplicas y los carajos:

—Taiticuuu.

—Boniticuuu.

—Mamiticaaa.

—Shunguiticaaa.

—Cómu, pes, morir cogidu del cuichi?

—Cómu, pes, morir cogidu del huaira?[149]

—Runa manavali.

—Runa pecadur.

—Runa brutuuu.

—Carajuuu.

Con las primeras gotas de lluvia el aire se puso olor a tierra húmeda, a boñiga fresca, a madera podrida, a perro mojado.

—¿Pasará?

—¿No pasará?

—¿Qué también será?

Pero la furia de la tempestad borró de un solo golpe todas las voces humanas. Cual sombras mudas y ciegas se palparon entonces las gentes en afán infantil de apartar de su corazón y de sus nervios la soledad y el miedo. Llovió con furia al parecer incansable, y, en rapidez de treinta o cuarenta minutos —un siglo para los empapados mingueros—, el agua flagelante sobre la tierra filtrándose por las gargantas del cerro, por las rajaduras de las peñas, por los sinuosos lechos de las quebradas, por las aristas de las rocas, mezclando su bullente algazara de camino —correr, trenzarse, desbordarse con los gritos, con las quejas y con los lamentos que volvieron a escucharse hacia lo largo y hacia lo ancho del campo:

—Todavía...

—Garúa fuerte.

—Peor, pes.

—Fuerte.

—Eso no pasa.

—Me siento bañadita. Ahora verán no más.

---

149 *Huaira* (quichua): Viento. En este contexto es un viento malo, demonio.

—Dios no ha de querer.

—Tápate con ese costal.

—Uuu. Hecho una lástima.

—El lodo, carajo.

—De malas mismo hemos estado.

—¿Y ahora?

—El agua corre a los pies.

—Más allacito.

—Lo mismo está.

—Más acacito.

—Lo mismo está.

—Nos jodimos.

—Esperar que pase.

—Esperar.

—La ropa hecha chicha.

—Hecha chicha.[150]

—La cabeza.

—La espalda.

—Acércate para calentarnos.

—El abrigo del cristiano.

—Lo mismo está.

—No hay más, pes.

—Carajo.

No obstante, las cholas y los cholos pegados a su refugio maltrecho —hueco, tabla, caseta improvisada, repliegue entre piedras y rocas— volvieron a agitarse con ansia de vivir.

De vez en vez, a la luz de un relámpago, se alcanzaba a divisar que los indios que quedaron bajo el cielo inclemente, sin abrigo, vagaban a tientas por el lodo, bajo la garúa, entre el agua que ocupaba todos los rincones, desbarataba todos los toldos, se abría paso por todos los declives.

Al poco tiempo, la lluvia volvió a arreciar. Flageló de nuevo a la tierra ciega, silenciosa, aterida de frío. Los mingueros, agobiados por aquella trágica constancia —monótona unas veces, fuerte a ratos—, estrangularon definitivamente sus comentarios, sus ruegos, sus carajos.

---

150 *Hecha chicha*: Dañarse, deslucirse algo como un vestido desplanchado.

En la misma forma perezosa y triste que se estiró el amanecer sobre los cerros se movilizaron los mingueros, se arrastró un vaho blancuzco de voluptuosas formas a ras de la tierra empapada, se inició el parloteo de los muchachos, los chismes quejosos de las cholas, las maldiciones y los carajos del machismo impotente de los hombres, el tiritar de los palúdicos, la tos de los tuberculosos, el llanto de los niños tiernos por la teta de la madre.

Poco a poco, tras unos matorrales cuyo follaje había dejado sin hojas la tempestad, aparecieron unos indios chorreando lodo, con temor y recelo de gusanos sorprendidos por la luz y para quienes los torpes movimientos de su cuerpo y hasta la misma vida eran una sorpresa después de una noche en la cual creyeron morir. Diez, veinte, toda una tropa que sacaba la cabeza del fango, que estiraba sus miembros con dolorosa pereza en las articulaciones entumecidas, que sacudía su ropa empapada —los ponchos, la cotona, el calzón de liencillo—, que parecía repetir mentalmente en tono de súplica: «Pasú, taiticu... Pasú, mamitica... Dios se lu pay[151]...» Y cuando pudieron pasarse el dorso de la manga de la cotona por la nariz que goteaba moco chirle, y cuando pudieron hablar, la queja fue tímida, en susurro impreciso:

—Achachay. Achachaycituuu.[152]

Las horas sin sol del amanecer —sin sol para secar el frío húmedo de la carne insensible, de los ojos llorosos, de la piel amoratada, de las mandíbulas de irrefrenable temblor, de la respiración difícil de soroche —subrayaron el murmullo:

—Achachay. Achachaycituuu.

El viento paramero, helado y persistente, en remolino de abrazo y de mordisco que adhería las ropas húmedas al cuerpo amortiguado, también silbaba junto al oído de las gentes:

—Achachay. Achachaycituuu.

Sin atreverse a tomar ninguna resolución antes del trabajo, con la cabeza caída sobre el pecho, los mingueros se miraron de reojo para murmurar:

—Achachay. Achachaycituuu.

Algo mayor a la gana de huir, algo que superaba en las entrañas los trágicos inconvenientes, algo que llegaba de lejos —manera de obrar de siempre, impulso sembrado en el ancestro por taita inca, or-

---

151   *Dius su lu pay*: Dios se lo pague.
152   *Achachay:* Exclamación. Expresa sensación de frío.

gullo de machismo patriótico del cholerío–, mantenía unidos y firmes en aquella ardua tarea colectiva a los chagras y a los indios.

De pronto antes de iniciarse el trabajo y de que caliente el sol, surgió un espectáculo asqueroso y urgente de atender. Uno de los runas, luego de levantarse precipitadamente del lodo del matorral, se puso a vomitar arrimado a un árbol entre quejas y convulsiones. Las gentes que se hallaban cerca de él, comentaron:

—Me muero. ¿Qué será, pes?

—Ave María.

—¿Y ahora?

—Pobre runa.

—Que le den un poquito de sal.

—Mejor es la panela.

—El chaguarmishqui[153].

—Una copa de aguardiente.

—El puro pasa no más como agua.

—¿Y dónde para hallar tanta cosa, pes?

—¿Dónde?

Los espectadores rodearon al enfermo –corona compasiva, temblorosa, de insistentes consejos:

—Sería de bajarle al valle.

—Sólo así.

—Y quién le lleva, pes?

—Hacerle rodar por la pendiente.

—De una vez que vaya al hueco.

—Al hueco, carajo.

—Ve, Lauro María. Agárrale al rosca del otro brazo –invitó uno de los cholos al minguero que se hallaba a su diestra adelantándose para socorrer al enfermo.

—¿Yo? –interrogó el aludido.

—¿Entonces?

—Carajo.

En el mismo momento que los dos cholos comedidos agarraban al indio –desencajado y convulso–, apareció el tuerto Rodríguez –importante minguero de los de la junta patriótica de los hermanos Ruata–, el cual interrogó:

---

153 *Chaguarmishqui* (quichua, *cháhuar*: penco; *mishqui*: dulce): Bebida dulce y lechosa extraída del tronco del cabuyo.

—¿Qué están haciendo, pes? ¿A qué le llevan?

—Al valle no más.

—Está enfermo.

—Con soroche.

—¿De dónde eres? –interrogó el tuerto capataz al enfermo.

—De donde patrún Alfonsu Pereira, pes –murmuró el indio con voz desfalleciente.

—Uuu. Entonces tienen que dejarle no más. Ordenado tiene el patrún que ninguno de los roscas se mueva de aquí.

—Pero parece que va a torcer el pico[154], pes.

—¿Torcer? Adefesio. Yo le he de curar no más –concluyó Rodríguez dándose importancia.

—¿Del soroche?

—Claro. Aquí tengo el acial que es taita y mama para las enfermedades de los runas –contestó el cholo tuerto exhibiendo con sádico orgullo el látigo que colgaba de su mano.

—Acial para buey parece.

—Para mula chúcara[155].

—Mejor quítenle no más el poncho y amárrenlo al mismo árbol donde devolvió el cucayo.

—¡Ah! ¿Sí?

—Sí.

—Bueno, pes.

Cuando todo estuvo a gusto y sabor del tuerto –el indio medio desnudo, amarrado al tronco–, el acial silbó como una víbora varias veces sobre el enfermo, el cual gritó:

—Taiticuuu.

—Veamos si hay soroche que resista, carajo.

—Taiticuuu.

—Toma. Toma.

—¡Ayayay, pes! Nu más. Ya está buenu.

—Veamos –murmuró el cholo Rodríguez dejando de flagelar. Luego examinó a la víctima.

—Ya... ya, taiticu...

—Sudando estás, carajo. ¿Te sientes mejor?

---

154 *Torcer el pico*: (loc.) morir.

155 *Chúcaro*: (quechua, chucru): duro, arisco; aplicado al ganado vacuno y caballar, sin domesticar.

—Arí, taiticu...

—¡Ah! Ya ven... –concluyó el tuerto dirigiéndose a los mingueros que observaban la cura.

—Así mismo ha sido.

—Le dejé bueno al runa. No es el primero. Más arriba, donde yo pasé la noche, les puse sanos a tres longos que les había agarrado duro el soroche. ¡Qué soroche, carajo! Bueno. Para mejor efecto de la calentadita que le propiné al indio sería aconsejado darle una copa doble de puro.

—Cómo no, pes.

—Consigan no más el aguardiente.

—El traguito de Taita Dios que llaman.

—Hasta este momento... No está muy jodido como yo creía... Sólo un longo ha amanecido tieso como mortecina, como pájaro acurrucado –informó el tuerto Rodríguez.

Llenas de morbosa curiosidad, las gentes corrieron hasta el pequeño barranco que había indicado el cholo. En el fondo, entre unas matas, semihundido en el barro, se veía el cadáver de un indio que guardaba intacta la actitud del momento de su muerte: las piernas recogidas hacia adelante, las manos crispadas sobre la barriga, una extraña sonrisa en los labios que exhiben una dentadura amarilla de sarro.

—Ve, pes, el pobre.

—¿De dónde será?

—De Guamaní parece. Por el poncho negro, por pelo largo...

—Por la hoshotas[156] también.

—Cómo se llamará?

—Uuu...

—Tendrá parientes?

—Pobre runa.

—Si no reclaman los deudos sería de aprovechar que está en el hueco para echarle tierra encima.

—Para que no vean los otros también.

—El indio ve sangre y se pone hecho un pendejo.

—Así es, pes.

—Quién para que averigüe del pobre?

---

156 *Hoshotas:* Alpargatas de indio.

—¿Quién?

Cerca del mediodía llegaron a la minga don Alfonso y el señor cura. Al saber lo que había pasado, fraile y latifundista buscaron la mejor forma de evitar –por cualquier medio– el debilitamiento de aquel gigantesco esfuerzo colectivo.

—¡Imposible! –insistió por cuarta o quinta vez Pereira paseando su despecho frente a la pequeña carpa de la junta patriótica de los hermanos Ruata, bastante maltrecha por la tempestad.

—Todo se arreglará con bien. Es indispensable convencer a los cholos –opinó el cura.

—¡Oh! Eso... La peor parte han sufrido los indios.

—Es que si un chagra de éstos llega a morirse estamos listos. Hay que dar gracias al Señor que sólo fueron los indios los que se jodieron –sentenció el sotanudo.

—La verdad es que la gente se encuentra cansada. No tiene ninguna satisfacción, ningún halago que le retenga. No hay que olvidar que todo se hace y se hará de buena voluntad, gratis. Completamente gratis –intervino el ingeniero.

—Gratis –repitió inquieto el latifundista.

—Bueno... En ese caso todos estamos en las mismas condiciones –afirmó con extraordinario cinismo el fraile.

—Y no hay que olvidar que gracias a esa fuerza, a ese impulso de la tradición que mantienen estos pueblos se logrará hacer algo.

—Sería vergonzoso para nosotros un fracaso a estas alturas. Todos saben... Todos conocen que nosotros... Yo... –chilló don Alfonso Pereira cancelando bruscamente su paseo.

—Un aliciente. Buscar una satisfacción para la materia, para la carne pecadora, para el estómago insaciable. ¡Oh! Si fuera algo espiritual. Bueno... Yo podría... –murmuró el sacerdote fruncido por el gesto adusto de quien busca la solución precisa al problema.

—Y no hay que olvidar tampoco que dentro de dos o tres días empezaremos el trabajo más duro, más arriesgado: el drenaje del pantano.

—¿Más arriesgado?

—¿Más duro?

—Sí, mis queridos amigos. Dos kilómetros. Eso no se hace de memoria. Eso no se improvisa – concluyó el técnico. Un impulso burlón de pequeña venganza y desquite por haber soportado sin sus compinches la tormenta de la noche pasada, obligaba al señor ingeniero a poner obstáculos y malas perspectivas ante Pereira y el sotanudo.

—¿Qué diría de nosotros la sociedad?

—¿La cultura cristiana?

—¿La Patria?

—¿La historia?

—¿Y las empresas y los grandes tipos interesados en el asunto? –concluyó en tono sarcástico el ingeniero.

—Un aliciente. Dijo usted un aliciente, Sí. ¡Eso! –exclamó el dueño, del Cuchitambo. No... No hallaba otro remedio. Tendría que embarcarse en gastos. En muchos gastos. Su aparente generosidad no debía flaquear. Su... «Maldita sea, carajo», pensó colérico mientras tragaba con gesto de triunfo el amargo proyecto por el cual resbalaba.

—¿Qué?

—Algo...

—Algo definitivo –chilló el latifundista.

—¡Ah!

—Más chicha y más picantes. Les daré aguardiente. Les daré guarapo...

—¡Qué bueno!

—Así cambia el problema.

—Además, cada semana repartiré una ración de maíz y de papas. ¿Qué..., qué más quieren? Yo... ¡Yo pago todo, carajo!

—¡Magnífico!

—¡Estupendo!

—Un hombre así.

—¿Está contento, señor ingeniero?

—Bueno... Ya veremos...

Los hermanos Ruata, Jacinto Quintana, el tuerto Rodríguez, regaron entre los mingueros la noticia, exagerando un poco, desde luego. A la tarde de ese mismo día llegaron al pueblo barriles de aguardiente y de guarapo.

El negocio fue para la mujer del teniente político. Con el dinero que le adelantó don Alfonso despachó sin demora dos arrieros y cinco mulas

a tierra arriba en busca de aguardiente y panelas. En cuanto al guarapo
para los indios echó en unos pondos[157] olvidados que tenía en el galpón
del traspatio buena dosis de agua, dulce prieto, y orinas, carne podrida
y zapatos viejos del marido para la rápida fermentación del brebaje.

Al llegar los trabajos al pantano, la minga había recobrado entusiasmo y coraje. Desde luego, el panorama que se extendía frente a los
mingueros no era muy halagador. Tétrica y quieta vegetación de totoras, de berros, de hierba enana. Ruidos extraños, burlones, agaza-
pándose de trecho en trecho hasta perderse en un eco débil en el horizonte. Y al amanecer la neblina traicionera envíalo todo con
largos jirones. Con largos jirones que más tarde disolvía el sol. Un
sol sofocante cargado de sudoroso vapor y nubes esqueléticas de zancudos y mosquitos.

Desde el primer momento, las gentes comentaron con orgullo pro-
vinciano sobre lo importante y mortífero de aquella región –la mejor
del mundo–. Pero el telegrafista, minguero ocasional –cuando no
tenía trabajo por los habituales desperfectos de la línea–, y que en sus
mocedades hizo viajes a la selva amazónica, opinó con burla e ingenuo
desprecio.

—Pendejada. Tembladera no más es. En el oriente hay pantanos
jodidos. En esos que yo vi cuando era guambra no había cómo entrar
así no más, pes. Son muy profundos y están repletos de unos animales
como cangrejos o qué diablo será, que cuando cae por desgracia un
animal o un cristiano que sea, en menos de cinco o diez minutos lo
dejan en huesos pelados. Eso es jodido. Esto, uuu... Guagua pantano
no más es.

—Y los güishigüishes[158] que hay por millones? intervino alguien
de la tropa de mingueros cholos que por costumbre se quedaba al
borde de la tembladera mirando con temor supersticioso aquel piso
lleno de tumores y baches de chamba empapada.

—Acaso hacen nada.

—Pero carajo. Jodido es entrar.

—Sí, pes.

---

157 *Pondo* (quichua, *pundu*): Vasija grande de barro cocido que se abulta en su parte central,
     estrechándose hacia el fondo y la boca y con dos asas para pasando una soga cargarla a
     las espaldas . Su empleo es para contener agua especialmente, o chicha.

158 *Güishigüishi:* Renacuajo.

—Eso de quitarse los zapatos o las alpargatas que sean y dejar en la orilla de la ciénaga para que cualquiera se lleve no más.

—Y alzarse el calzón hasta más arriba de las rodillas.

—Metido en el agua todito el día.

—Eso no, carajo...

—Eso sólo para los runas que ya están acostumbrados.

—Uno que al fin y al cabo es medio blanquito.

—Cómo, pes?

Efectivamente, fueron los indios –aptos para todo riesgo– los que se aventuraron, sembrados hasta cerca de las ingles, entre las totoras, entre los berros o a pantano abierto, a cumplir las órdenes del señor ingeniero –el cholerío, se ocupó en otros trabajos.

A veces, la persistencia de tres o cuatro horas en el agua helada y fangosa acalambraba a un runa, pero los milagros del aguardiente liquidaban pronto las dificultades. Jacinto Quintana y su mujer, encargados por don Alfonso Pereira para el reparto de la chicha, del guarapo, del alcohol y de los picantes, se pasaban todo el día y toda la noche –allí dormían bajo un cobertizo –arquitectura improvisada de palos y paja de páramo–, ocupados en atender a los mingueros. Y cuando un indio se acercaba en demanda de chicha o de guarapo tambaleándose más de la cuenta –embrutecimiento alcohólico, necesario para el máximo rendimiento–, el teniente político, adelantándose al ruego del solicitante, chillaba:

—¡No, carajo!. A trabajar primero. Cuando hace falta nosotros mismos...

—Nosotros mismos llamamos, pes, taitico... –consolaba la chola Juana.

Si era un vecino de Tomachi el que llegaba en ese estado, Jacinto Quintana embromaba entonces:

—Muy alegre has venido, pes, cholitooo. Bueno sería que sudes un poquito para curarte el chuchaqui.

—¿Curarme? Estoy curado.

—El chuchaqui digo.

—¡Aaah!

Si el minguero se ponía porfiado y baboso, intervenía inmediatamente Juana, ladina y coqueta:

—Bueno... Le voy a dar una copita de un puro que tengo yo.

—Eso. Así me gusta, carajo.

—Siempre que venga conmigo y se incorpore en el trabajo de los otros, pes.

—Con usted, vecinita, donde quiera.

—¿Vamos?

—Ya...

Cuando por cualquier circunstancia el teniente político y su mujer notaban que alguien permanecía por varias horas sin beber una copa, afanábanse de inmediato –obsequiosidad, bromas, caricias atrevidas– en dosificar convenientemente al extraño personaje, un desertor en potencia.

Por esos días, sobre todo en la indiada, se agudizó el paludismo. Junto al cobertizo de Juana y de Jacinto fueron acurrucándose los enfermos en retablo de pequeños bultos temblorosos bajo el poncho, de ojos encendidos por la fiebre, de labios resecos, de fatiga e inacción envenenadas, de voces sin voluntad:

—Agua, sha[159].

—Achachay.

—Taiticu.

—Shungo.

—Achachay.

—Caraju.

Cuando los enfermos se amontonaron en buen número, entró en juego el tuerto Rodríguez, alardeando siempre de su infalibilidad de curandero. Luego de beberse una copa de aguardiente con Jacinto Quintana y declarar orgulloso:

—Esta receta aprendí en Guallabamba. Los fríos de ese lado son cosa jodida. Hasta perniciosa[160] da, pes. A los indios de la rinconada de los hornos de carbón también les curé así.

Ordenó el tuerto a su ayudante –un longo menudo y silencioso:

—Ve, Tomás. Tráeme los cueros de borrego. Los cueros pelados que hice venir del pueblo. Las sogas y la olla con la medicina también.

—Arí, taiticu.

A los pocos minutos y cuando todo estuvo listo, Rodríguez y el

---

159   *Sha* (quichua, *lla*): es una expresión de queja; o también: lamento por algo distante o perdido.

160   *Perniciosa*: Fiebre grave.

longo menudo y silencioso ayudaron a los palúdicos a ponerse de pie, les cubrieron las espaldas con los cueros –coraza apergaminada, sin pelo– que hizo traer el tuerto, les formaron en círculo –uno tras otro–, les recomendaron aguantar lo que más les fuera posible, y correr como en juego de niños. Entonces el hábil curandero ocupó el centro de aquella rueda que giraba con pereza de ponchos viejos, de cuerpos temblorosos, de cabezas gachas. Indignado Rodríguez ante aquella lentitud de los enfermos, gritó levantando el acial que colgaba de su diestra:

—Tienen que correr hasta que suden.

—¡Oooh!

—¡Corran, carajo! ¡Corran!

La amenaza no fue suficiente. Entre brincos y tropezones la fiebre detenía a los palúdicos.

—¿Eso será, pes, correr? Si no meto látigo se hacen los pendejos y aquí nos quedamos hasta mañana. ¡Ahora verán! ¡Ahora, carajo! ¡Así...! – chilló el tuerto al ritmo del acial que se estiraba y se encogía en disparos silbantes.

—¡Oooh!

—¡Corran, carajo! ¡Corran!

El temor al látigo que al abrazar al más perezoso sonaba con escándalo de puñalada en los cueros apergaminados, aligeró en vértigo angustioso el girar de aquella rueda. Veinte, treinta, cien vueltas.

—¡Oooh!

—¡Corran, carajo! ¡Corran!

Agotados de cansancio los enfermos empezaron a caer al suelo. Pero el flagelador, fascinado – fascinación de efímero poder– por la música de su acial –sobre los pellejos secos de borrego unas veces, sobre la carne desnuda de las piernas o de la cara de los indios otras, en el aire de cuando en cuando–, redobló la fuerza de su brazo.

—¡Oooh!

—¡Corran, carajo! ¡Corran!

Al final, los tres o cuatro indios que aún permanecían en pie, dieron casi a gatas su última vuelta, y empapados de sudor y de fatiga cayeron al suelo con extraños temblores. Imposible exigirles más. Desencajados, con ronquido agónico en la respiración, secos los labios de temblor y de fiebre, miraron al curandero con ojos vidriosos de súplica –turbia y diabólica imploración que parecía estrangular algo como una amenaza criminal.

—¡Sudaron! ¡Sudaron, carajo! ¡Les saqué el sucio, longos puercos! –exclamó el tuerto Rodríguez ladeando la cabeza del lado del ojo sano para observar mejor su obra. Luego, con orgullo gritó, llamó a su ayudante:

—¡Ve, Tomás! ¡Trae la olla de la medicina y un pilche para terminar con estos pendejos!

A cada enfermo se le obligó a beber una buena ración de brebaje preparado por el tuerto – aguardiente, zumo de hierba mora[161], pequeña dosis de orina de mujer preñada, gotas de limón y excremento molido de cuy.

La lentitud con la cual avanzaban los trabajos de la minga en el pantano y el desaliento que había cundido en el cholerío –a esas alturas en desbandada la mayor parte, la otra, la menor, soportando de mala gana el peso de pequeños intereses personales–, obligaron a don Alfonso Pereira a sugerir al señor ingeniero:

—Debemos terminar esto en dos o tres semanas.

—Es muy fácil.

—Pero...

—La paciencia ante todo, don Alfonso.

—¡La paciencia!

—El terreno nos obliga a dar pinitos[162], muchos pinitos. Nos obliga a tantear...

—¡Oh! A usted se le ha metido en la cabeza que las zanjas hay que abrirlas desde la montaña. Y eso, mi querido amigo, requiere mucho trabajo..

—No conozco otra forma.

—¿No?

—Eso es lo aconsejado.

—¿Y un corte paralelo a veinte o treinta metros del trazo del camino? ¿Un corte que pueda realizarse en pocos días?

---

161 *Hierba mora*: (*Solanum nigrum*) Planta solanácea, de tallos vellosos, con flores blancas en corimbos, que se ha empleado en medicina como calmante.

162 *Pinitos*: Las primeras veces que un niño se tiene en pie o anda él solo, y, por extensión, a los primeros progresos que hace un convaleciente o a las primeras veces que se hace una cosa cualquiera que requiere práctica.

—¡Oh! Eso... Meter a la gente en la ciénaga, enterrarla en algún hoyo...

—¿Y para qué cree usted que he comprado a los indios? –interrogó el latifundista, con cinismo fraguado en la costumbre.

—¡Ah! Bueno, si usted desea desecar el pantano a punta de cadáveres.

—Yo no he dicho eso.

—¿Entonces?

—Ganaríamos un cincuenta por ciento de tiempo y de trabajo.

—No digo que eso sea imposible...

Don Alfonso Pereira agotó sus argumentos audaces. A él en realidad no le interesaba tanto los indios como tales. Era la urgencia de terminar el camino, era la necesidad de cumplir compromisos de honor, lo que le inquietaba. Diez o veinte longos, en realidad, no era mucho en su haber de muebles, enseres, semovientes[163]... Para eso había pagado harta plata por los runas. «Todo esfuerzo en bien del país requiere sacrificio, valor, audacia... Acaso en la guerra también no mueren los soldados...», se dijo para justificar en su conciencia el cinismo criminal de sus argumentos. Al final, el ingeniero murmuró:

—Siempre que usted esté dispuesto a perder unos cuantos peones.

—No ha de pasar nada, mi querido amigo.

—Mejor si usted cree.

—En caso de ocurrir por cualquier circunstancia algo malo haré traer las huascas de la hacienda.

—¿Las huascas?

—Claro. En el momento de peligro salvaríamos fácilmente al atrapado echándole el lazo para que se defienda.

—Nada ganamos con eso. Si no le mata el pantano al pobre runa, moriría al ser arrastrado.

—Haremos que entren los huasqueros muy cerca de la víctima.

—De todas formas sería hombre perdido.

—¡Oh!

—De un hoyo no le saca nadie.

—Mis huasqueros sí.

—Entonces... Al día siguiente se inició el trabajo al gusto y sabor de don Alfonso Pereira. Guiados por dos expertos en la materia

---

163 *Semovientes*: ganado

—Andrés Chiliquinga y un indio de Guamaní—, una tropa de runas entraron en el pantano.

—¡Con cuidado! ¡A cien metros de aquí empieza la zanja! —gritó el ingeniero que, desde la orilla de la tembladera, donde se hallaban también el señor cura dando bendiciones, don Alfonso, Jacinto Quintana, casi todos los miembros de la junta patriótica de los hermanos Ruata y algunos cholos y cholas mingueros, observaba cómo la tropa de indios iba entrando y afanándose en apartar chamba y lodo de sus pies hundidos hasta más arriba de los tobillos.

A la tarde de ese mismo día, muy cerca de la hora de abandonar el trabajo, desde unas totoras, a más de cien metros de la orilla, llegó una voz que pedía socorro. El grito abrió una pausa de sospecha y de temor en el ánimo de todos. Indios, cholos, caballeros, abandonaron sus ocupaciones y aguzaron el oído.

—¡Taiticuuus...!

—Por ese lado! —anunció alguien señalando hacia la derecha, en el corazón del pantano.

—¡Cierto!

—Uuu...

—Se le ve clarito en las totoras.

—La mitad del cuerpo no más.

—La mitad...

—Cómo ha de ir tan lejos, pes?

—¿Cómo...?

—Runa bruto.

—¿Y ahora?

—Carajo!

—Esperen...

A una cuadra y media de distancia, poco más o menos, oculta a ratos por el aliento penumbroso de la hora y por jirones de neblina que se arrastraban perezosamente por la superficie empapada, la silueta de un indio, cortada hasta la cintura, alzaba con trágica desesperación los brazos.

Entre la sorpresa de unos y la diligencia inútil de otros, el señor ingeniero se acercó a don Alfonso Pereira y en tono de orgullosa burla le dijo:

—Ve usted que yo tenía razón. Es el primer runa que cae en algún hoyo. No será el último.

—¡Oh! Pendejada. Ya verá como se arregla esto –respondió el terrateniente con marcada inquietud. Y dirigiéndose hacia el cobertizo de los esposos Quintana llamó a los huasqueros:

—¡Caiza, Toapanta, Quishpe!

—¡Patroncituuu!

—Vengan.

—Ya estamus preparandu.

—Vengan con las huascas!

Como por arte de magia surgieron tres indios ante el patrón, listos para desempeñar su papel –sin poncho, enrollados los calzones de liencillo hasta las ingles, portando largas huascas en una mano y el lazo en la otra.

—Hay que salvar a un pendejo que se ha metido en el fango –concluyó Pereira.

—Arí, su mercé. Peru Chiliquinga que conoce tiene que acompañar, pes.

—Que les acompañe. A pesar de la embriaguez que daba fuerza, resignación y esperanzas al cholerío de la minga, los gritos del náufrago despertaron un cúmulo de comentarios:

—De lo que nos escapamos, carajo.

—Esto está jodido mismo.

—Nadie sabe dónde puede dejar el pellejo.

—Y el pellejo es lo único que le queda al pobre.

—Lo único que no le quitan así no más.

—Lo único.

—Carajo.

—¿Qué dirá ahora el señor cura?

—Lo que dice siempre, pes. Castigo de Taita Dios.

—Castigo.

—Ojalá no llueva a la noche,

—Ojalá no me agarren a beber con el Jacinto.

—Ojalá puedan sacar al indio.

—Salvarle.

—Si desaparece no ha de estar bueno.

—No, pes.

—Uuu...

—Ave María.

—Mamitica

—Yo no...

Entretanto la silueta del longo atrapado en el hoyo seguía dando gritos y agitando con desesperación los brazos. Cautelosamente entraron en el pantano los huasqueros guiados por Chiliquinga, el cual hundía cada paso con lentitud y precauciones que desesperaban la paciencia de los mingueros de la orilla:

—¡Pronto! ¡Prontito, pes!

«¿Cómo, caraju? Primeru he de tantiar si está buena la chamba, si aguanta el pesu del natural o del cristianu que sea. Aquí primeru... Despuesitu acá, pes... Ahura entonces puedu adelantar la otra pata... Dedu grande avisa nu más cuando es lodu para pisar y cuando es agua para dar la vuelta. Uuuy... Por estar pensandu pendejadas casi me resbalu nu más...», se dijo Chiliquinga ante los gritos de las gentes.

—¡Pronto! ¡Pronto, Carajo! –ordenó don Alfonso.

«Ave María... Taiticu, amu, su mercé, también quiere... Nu hay comu, pes, más ligeru. La pata coja nu agarra bien, nu asienta bien...», respondió el indio experto mentalmente.

—¡Prontooo!

El náufrago entretanto se había hundido hasta el pecho. Sus brazos se agitaban con menos esperanzas y sus voces desmayaban poco a poco. Parecía un punto palpitante entre la neblina y las totoras.

—¡Pronto! ¡Pronto, carajoo!

Andrés Chiliquinga alzó la mano en señal de que le era imposible avanzar más, y con gran prudencia retrocedió unos pasos, mientras advertía a los huasqueros:

—De aquicitu... De aquicitu... Adelante ca jodidu está, pes.

A quince metros –poco más o menos– del indio atrapado rubricaron en el aire las huascas –con rasgos largos y ambiciosos–. Un ansia de temor y de súplica oprimió el corazón de los mingueros que observaban desde la orilla.

—Mamitica.

—Virgencita.

—Milagrosa.

—¿Qué te cuesta, pes?

—Pobre runa.

—Un milagro.

—¡Ya! ¡Yaaa!

La exclamación final como de triunfo tan sólo se debía a que dos de las tres huascas lanzadas lograron enlazar a la víctima, la una por la cintura la otra por el brazo y el cuello.

—¡Yaaa!

—Tiren! ¡Tiren pronto!

—¡Antes que desaparezca el runa!

—Sí, antes...!

—¡Ya desaparece, carajo!

—¡Tiren!

—¡Tireen!

—¡Pronto!

—¿Qué pasa que no tiran?

—¡Ahora!

Sin piso para poder afirmar el esfuerzo que exigía el rescate del náufrago, los huasqueros y Andrés Chiliquinga salieron de la ciénaga por la zanja del desagüe.

—¿Qué pasó, carajo? Dejan al indio que le trague el pantano –chilló don Alfonso.

—Patroncitu, taitiquitu. Nu había cómu hacer, pes. Las patas resbalaban no más en la chamba floja.

—Maldita sea. Bueno. Veamos si desde aquí.

—De aquí cómu nu, pes.

—Tiren entonces!

Los indios tiraron con decisión y coraje de las dos cuerdas que aprisionaban el fango. De las dos cuerdas que se negaron a correr. Todo esfuerzo parecía inútil. Pero el cholerío minguero creyó de su obligación ayudar y tiró también, quemándose los callos de las manos en las huascas negras y sucias. En aquella lucha que se tomó desenfrenada entre las gentes que pretendían salvar a la víctima –a esas alturas sumergida hasta los pelos– y el fango viscoso que detenía con avara crueldad al indio, sólo quedó al final, como un trofeo macabro, como un pelele desarticulado, el bulto del cadáver cubierto por un poncho viejo.

—Ya no respira, pes.

—La huasca en el cuello.

—La huasca húmeda corta como cuchillo.

—En la cintura.

—En el brazo.

—Una lástima.

—Muerto.

—No creo que tiene parientes.

—Nadie reclama.

—Nadie llora.

Entre comentario y comentario, los mingueros disimulaban su temor secreto y su amargo coraje que había sembrado la escena del rescate.

—Hubiera sido mejor dejarle bajo el lodo –comentó el ingeniero.

—Quién sabe –respondió don Alfonso, frunciendo el entrecejo.

A la noche, aprovechando las sombras y la pena que a todos embargaba, huyeron los primeros desertores del cholerío minguero. A los cuatro días se repitió el caso trágico. Murió otro runa. A la semana no quedaban en el trabajo colectivo sino una decena de cholos –los de la junta patriótica y los hermanos Ruata, el teniente político, la mujer–. Y hasta el señor ingeniero una mañana dio a entender que deseaba retirarse.

—No debemos agravar las cosas. El señor Ministro no vería con mucho placer que usted... Bueno... Que usted haga fracasar nuestros planes –opinó con venenosa ladinería don Alfonso Pereira.

—¿Los planes?

—Claro. Perderlo todo por infantiles sentimentalismos. El Gobierno necesita demostrar que hace cosas de aliento, que ayuda a la iniciativa particular.

—Yo...

—Pendejadas, mi querido amigo. Las grandes realizaciones requieren grandes sacrificios. Y si estudiamos detenidamente el caso... Ahora, el sacrificio es mío.

—¿Cómo?

—Los indios que mueren y morirán, pongamos cinco, diez, veinte, son míos... Estoy perdiendo un capital en beneficio de la propaganda que luego puede aprovechar usted y el Ministerio donde usted trabaja – concluyó el latifundista.

—Es verdad. Pero...

—No hay pero que valga. Más mueren en la guerra y, sin embargo, nadie dice nada.

—Nada –murmuró el ingeniero en tono y actitud de complicidad, de derrota.

—Y le diré en confianza. No debe inquietarse mucho por mis intereses. Los indios me costaron pocos sucres. No recuerdo si fueron a cinco o a diez cada uno.

—A...

—Sí. No tengo por qué inventar ningún cuento. En cambio, el carretero es el porvenir de toda esta región.

A pesar de que el señor cura dio misas campales a la orilla de los tembladeras –junto a los pondos de guarapo y a los barriles de aguardiente del cobertizo de la mujer del teniente político– y ofreció para los mingueros grandes descuentos en las penas del purgatorio y del infierno, el cholerío no volvió al trabajo. Fueron los indios, únicamente los indios, en ocho semanas de violentas amenazas y órdenes del patrón –parecía un demonio enloquecido– y del espectáculo macabro, casi cotidiano de los runas inexpertos que caían en la trampa de los hoyos y había que rescatarles, los que en realidad dominaron el pantano desecándolo y tendiendo sobre él un ancho camino.

Superada la etapa peligrosa, trágica, de nuevo el trabajo en tierra firme –ladera de cerros, potrero [164] de valles–, la junta patriótica de los hermanos Ruata exhortó al vecindario de los pueblos de la comarca –cholas y cholos– para unirse en una segunda minga que termine la obra. Aquel llamamiento no fue inútil, las gentes medio blanquitas volvieron a entregar su esfuerzo desinteresado. Además, fuera de la chicha, del guarapo, del aguardiente y de los picantes, don Alfonso organizó extraordinarias riñas de gallos –pasión de los chagras– que ocuparon todos los comentarios y las inquietudes.

—¿En plena pampa irán a topar [165], pes?

---

164 *Potrero*: Pasto o sitio destinado a la cría de ganado caballar.
165 *Topar*: Poner a pelear dos gallos para probarlos.

—En plena pampa.

—Tengo que traer entonces a mi pintado, que es un demonio.

—Uuu... Con eso se roba la plata, pes.

—¿Y mi colorado?

—Ya no vale.

—¿Qué es, pes? Está hecho un diablo.

—Yo también tengo unito.

—Lindos han de estar los topes.

—Lindos.

—No me pierdo, carajo.

—Apuren breve con la tarea.

—Brevecito.

—Dicen que vienen los de Callopamba con el pollo que ganó en el concurso.

—¿Cierto?

—Así conversan.

—Entonces se jodieron los del patrón Alfonso, pes.

—Se jodieron.

—Qué va...

—Apuren para ver.

—Apuren para preparar.

—Cuatro o cinco peleas en cada montón.

—Mi platica.

—Verán no más.

—Por novelero.

—Por pendejo.

Sólo los indios quedaban en el trabajo después de las cuatro de la tarde. El cholerío, rumboso e inquieto, se agrupaba por todos los rincones en círculos que encerraban sucesivas peleas de gallos. Las más importantes –los pollos campeones de la comarca, los de don Alfonso, los del señor cura, los de ciertos chagras amayorados– se realizaban junto al nuevo cobertizo de Juana y de Jacinto –improvisada arquitectura de palos viejos y paja verde al otro lado de la ciénaga, fiel al destino de la minga–. Un griterío que aturdía en hipnótica algazara se prolongaba entonces hasta la noche, sin permitir que la gente piense en cualquier otra cosa.

—Hay que buscar cotejas.

—¡Cotejas son!

—Doy tres a seis.

—¿Doble?

—¡Claro!

—Si tuviera le pagara para que no sea charlón.

—¡Yo pago, carajo!

—Se jodió.

—Así no más es la cosa.

—Valiente el pendejo.

—Valiente.

—Cómo será eso?

—¿Cómo?

—El negro de don Teófilo está aquí.

—El tuerto del compadre.

—El pintado del Abelardo.

—¡El tuerto!

—¡El negro!

—¡El pintado!

—Ahora verán no más.

—¡Levanta las patas, pendejo!

—¡Levanta!

—¡Aaay!

—Le dio en la nuca.

—En los ojos.

—Ya no puede.

—Agacha el pico.

—No cae.

—Mañoso.

—¿Qué gracia? De tapada.

—No parecía.

—Carajo.

—Acostumbrado a matar.

—Gallo fino, pes.

—De dos revuelos.

—De dos espuelazos[166].

---

166 *Espuelazo*: Espolonazo, golpe dado por el gallo de lidia con el espolón.

—Parece mentira. Mis cinco sucres.

—Tres perdí yo.

—Ave María.

—En esta otra me recupero.

—¡Doy doble!

—¡Pago doble!

—¿A cuál?

—Ya es tarde, pes.

—Bueno está el otro.

—¡El otro!

—Bravooo!

—Le tiene jodido.

—A tu mama.

—A la tuya.

—¿Cómo?

—¡Careo! ¡Careo! [167]

— Síii!

—Chúpale la cabeza.

—Para quitarle la sangre.

—La cresta.

—Échale aguardiente.

—Límpiale el pico.

—Un milagro sería.

—Un milagro.

—El juez...

A la sombra de ese entretenimiento narcotizante exaltado por el guarapo y por el aguardiente, nadie se preocupó por el derrumbe de la loma, donde murieron tres indios y un muchacho. Y así terminó la minga. Y así se construyó el carretero que fue más tarde orgullo de la comarca.

La publicidad había proporcionado muchas veces a don Alfonso Pereira satisfacciones y disgustos. Mas, nunca pensó que los desvelos y los gastos que tuvo que afrontar en la minga – todo a la medida de sus intereses secretos– le colmaron la fama de patriota, de hombre emprendedor e inmaculado. La prensa de todo el país engalanó sus páginas con elogios y fotografías que ensalzaban la heroica hazaña del terrateniente, del señor ingeniero, del cura párroco, del teniente po-

---

167 *Carear:* En la lidia de gallos, probarlos por parejas para conocer sus dotes de pelea.

lítico, del tuerto Rodríguez, de los hermanos Ruata y del cholerío minguero. ¿Y los indios? ¿Qué se hicieron de pronto los indios? Desaparecieron misteriosamente. Ni uno solo por ningún lado, en ninguna referencia. Bueno... Quizás su aspecto, su condición no encajaban en la publicidad. O no se hallaron presentes en el momento de las fotografías.

—Qué bien. ¡Qué bien, carajo! –murmuró don Alfonso al terminar de leer el último artículo que le había enviado su tío Julio. Hacia la parte final decía:

«El porvenir nacional, en cuanto significa un método seguro de acrecentar riquezas hasta ahora inexplotadas en las selvas del Oriente y sus regiones subtropicales como la de Tomachi, ha dado un paso definitivo en el progreso. Por lo que sabemos hasta ahora, parece que los miembros de las sociedades colonizadoras buscan, con toda razón, zonas adecuadas para su establecimiento. Zonas con caminos practicables, clima correcto, cercanía o centros poblados, extensión suficiente de tierras explotables, buena calidad de ésta, etc., etc. Si vamos a pretender que los colonizadores, por el hecho de ser extranjeros han de venir y penetrar inmediatamente a la mitad de la selva, desposeída de todo auxilio humano, para realizar milagros, persistiremos en un grave daño. Hay que dar a la expansión del capital extranjero todas las comodidades que él requiere –en sus colonias económicas–. Así lo exige la inversión de la plusvalía en la acumulación capitalista de las naciones patronas. En el caso actual, ya podrán tener ancho panorama de acción todos los hombres civilizados. Alguien afirmaba que el caso de las sociedades colonizadoras y la acción patriótica de don Alfonso Pereira se puede comparar al comercio de opio en China. Vil calumnia, afirmamos nosotros. Nosotros, que siempre hemos estado por la justicia, por la democracia, por la libertad».

Tancredo Gualacoto –huasipunguero de la orilla del río, el cual gozaba de fama de rico por su juego de ponchos de bayeta de Castilla para la misa de los domingos, por su gallinero bien nutrido, por su vaca con cría, por sus cuyes– había sido designado prioste para la fiesta final que en acción de gracias por el buen éxito de la minga del carretero debía celebrar el pueblo a la Virgen de la Cuchara.

Aquella mañana, Tancredo Gualacoto seguido por unos cuantos compañeros –José Tixi, Melchor Cabascango, Leonardo Taco, Andrés Chiliquinga– entraron en el corredor de la casa de Jacinto Quintana, donde la chola Juana vendía guarapo a los indios.

—Unos cuatru realitus del maduru dará pes, mama señora– solicitó el futuro prioste sentándose en el suelo con sus acompañantes.

Sin responder, maquinalmente, al cabo de pocos minutos, la chola puso junto a sus clientes un azafate de madera renegrida lleno de líquido amarillento, sobre el cual navegaba un pilche de calabaza.

Con el mismo pilche, generosamente, uno tras otro, Tancredo Gualacoto repartió el guarapo. Al final, agarró el azafate con ambas manos y bebió de una vez la sobra del brebaje. Luego pidió otros cuatro reales. Tenía que cargarse de coraje, tenía que tomar fuerzas, para ir a donde el señor cura a pedirle una rebajita en los derechos de la misa. Le había sido imposible juntar todo el dinero necesario. Por la vaca y por las gallinas le dieron setenta sucres. Cantidad que no cubría los gastos de la iglesia. El suplido que solicitó a la hacienda era para las vísperas, para el aguardiente, para la banda de música.

Al terminar el tercer azafate de guarapo, Torcuato Gualacoto, y sus amigos se sintieron con valor suficiente para encarar al sotanudo, para pedirle, para exigirle. La entrevista se realizó en el pretil de la iglesia, donde el santo sacerdote tenía por costumbre pasearse después del almuerzo –remedio para una buena digestión.

Con temor primitivo, solapadamente –como quien se acerca a una fiera para cazarla o para ser devorado por ella–, la tropa de huasipungueros se acercó al religioso:

—Ave María, taiticu.

—Por siempre alabado... ¿Qué quieren?

—Taiticu.

Gualacoto, con el sombrero en la mano, la vista baja, se adelantó del grupo, y, luego de una pausa de duda y de angustia que le obligaba a mover la cabeza como un idiota, murmuró:

—Taiticu. Su mercé. Boniticu...

—Habla. Di. ¡Dios te escucha!

Ante el nombre de «Taita Dios poderoso», el prioste futuro sintió que su corazón se le atoraba en la garganta. No obstante, murmuró:

—Un poquitín siquiera rebaje, su mercé.

—¿Eh?

—Un poquitu del valor de la misa.

—¿De la santa misa?

—Caru está, pes. Yu pobre ca. Taiticu, boniticu. De dónde para sacar. Pagar a su mercé, comprara guarapu, chiguaguas, chamiza... Pur vaquita y pur gashinita ca, solu setenta sucres diu el compadre.

—¡Oh! Puedes pedir un suplido[168] al patrón.

—Cómu no, pes. Lo pite[169] que diu para guarapu mismu está faltandu.

—Indio rico eres. Eso lo sabe todo el mundo.

—¿Ricu? ¿Qué es, pes?

—Entonces tienes que buscar en otra forma.

—Uuuu... –murmuraron a media voz Gualacoto y sus amigos con desilusión y despecho que molestó un poco al fraile.

—¿Cómo puedes imaginarte, y cómo pueden imaginarse ustedes también, cómplices de pendejadas, que en una cosa tan grande, de tanta devoción, la Virgen se va a contentar con una misa de a perro? ¡No! ¡Imposible! ¡De ninguna manera!

—Pero... Nu tengu, pes,..

—Taiticuuu –suplicó el coro.

—¡Miserable! Y no debes mezquinar más porque la Virgen puede calentarse, Y una vez caliente te puede mandar un castigo.

—Ave María,

—Boniticu,

—Nada, nada.

La embriaguez del guarapo chirle en la humildad fermentó entonces con burbujas biliosas, con calor en las manos, con ganas de gritar. Gualacoto insistió con voz un poco altanera:

—¡Nu tengo, pes!

—Para beber sí tienes, indio corrompido.

—Qué es, pes?

—Pero para venerar a la Santísima Virgen te haces el tonto. Por miserables cien sucres has caído en pecado. Dios es testigo de tu tacañería. Él,.. Él nos está viendo... Cuando te mueras te cobrará bien cobrado,

---

168 *Suplido*: Dinero adelantado, o especies que el patrón da al trabajador agrícola.
169 *Pite* (quichua, *piti*): Poco, muy poco, una pizca.

—Nu, taiticu.

—¡Sí!

—Peru,

—Nada de peros. Al infierno. A la paila mayor.

—Taiticu.

—Sin remedio.

Sintiéndose cada vez más acorralado, perdido, con las amenazas del sotanudo sobre las narices, el futuro prioste reaccionó, resbalando por su incipiente pero altanera embriaguez:

—¡Qué me importa, caraju!

—¿Qué? ¿Qué has dicho, rosca animal? —chilló el cura, crispando las manos en la cara del atrevido, con patetismo que trataba de aplastar toda posible réplica. Pero Gualacoto, en forma instintiva, insistió:

—Caraju.

Rápidamente, con versatilidad histriónica, el fraile comprendió que era más oportuno simular beatífica actitud. Levantó los brazos y la mirada al cielo con la fe de un personaje bíblico, e interrogó —charla amistosa, confidencial— a supuestos personajes de las alturas —todo de nubes grises, hidrópicas[170]:

—¡Dios mío! ¡Virgen mía! ¡Santos misericordiosos míos! Detened vuestra cólera. ¡No! No echéis vuestras maldiciones sobre estos desgraciados.

—Taiticuuu —murmuró el coro de los amigos del réprobo.

—No. Que no llueva fuego sobre este indio infeliz, sobre este indio maldito, sobre este indio bruto que se atrevió a dudar de Vos, a dudar de tu Santísima Madre, a dudar de mí. ¡No! No es justo el castigo y la pena a todo un pueblo sólo por la idiotez y la maldad de uno de sus hijos. El peor...

En ayuda oportuna al monólogo tragicómico del párroco, con esa precisión con la cual a veces sorprende la casualidad, rodó en el cielo un trueno —debía estar lloviendo en los cerros—. El pánico se apoderó entonces del futuro prioste y del coro de indios que le acompañaban. Taita Diosito había respondido con voz de caverna y látigo de relámpago. ¡Oh! Aquello era superior a todo coraje, a toda rebeldía. Huyeron con sinuosa cautela Tancredo Gualacoto y sus cómplices.

---

170 *Hidrópica*: Hinchada.

—¡Señor! Comprendo que vuestra cólera es justa, es santa. Pero...
Detened vuestro brazo airado en el castigo. El blasfemo... —continuó
el piadoso sacerdote y al bajar los ojos a la tierra a buscar a los runas
pecadores se encontró que ellos habían desaparecido.

—¡Pendejos!

Saturados de terror —inconsciencia de quienes se sienten perse-
guidos por fuerzas sobrenaturales— los indios malditos, luego de
cruzar como sombras silenciosas y diligentes el pueblo, entraron por
un chaquiñán que trepa la ladera. Quizás buscaban el huasipungo, o
una quebrada, o un hueco que les ampare. Pero Taita Dios... Taita
Dios es implacable... A medida que corrían y el cansancio aceleraba
el pulso y estrangulaba la respiración, se agigantaba el miedo, crecían
extrañas y amenazadoras voces a las espaldas:

—¡Bandidooos! ¡Malditos del cielooo! ¡Enemigos de Taita
Diooos! ¡De Mama Virgeeen!

—Nuuu.

—Aaay.

Cada fugitivo trataba de disculparse en voz baja, de evadir el
castigo, la condenación eterna:

—Nu, Taiticu.

—Pur el Gualacotu miserable.

—Miserable.

—Yu acompañante nu más.

—¿Qué culpa?

—Yu he de dar nu más misa de cientu, de dus cientus sucres
también.

—El Gualacotu. Así mismu es, pes, Taiticu.

—Perdúuun.

—Taiticuuu.

—Pur él.

—Bandidu. Miserable...

Aquel sentimiento tormentoso —mezcla de venganza y de temor—
que había surgido irrefrenable en los amigos de Gualacoto se debilitó
entre suspiros a la vista de las chozas de las orillas del río. Eran el refugio para todos los males. Allí esperaban los guaguas, la guarmi. Allí
se convivía amigablemente con la indiferencia y el desprecio a los

bienes de la tierra y del cielo. Allí... ¡Oh! Sintiéndose salvados, aunque jadeaban como bestias, los indios hicieron una pausa para mirar hacia el valle. Luego, instintivamente, buscaron la reconciliación... Pero de improviso —clamor ronco que rodaba por el río— despertó el paisaje, se estremeció el aire con olores a tierra húmeda. Sí. Un clamor infernal que llegaba del horizonte:

—¡Malditooo!

De nuevo atrapó el pánico a Gualacoto y sus compañeros. Con amenazante rumor, hinchado en olas lodosas, el río se precipitaba por la boca de la quebrada grande, extendiendo sobre las dos orillas un cúmulo de escenas de terror y desolación.

—La creciente —murmuró uno de los indios del grupo que rodeaba al futuro prioste.

Como un eco centuplicado llegó desde todos los rincones del valle el mismo anuncio:

—¡La crecienteee!

De las chozas acurrucadas a lo largo de la vega se desprendieron entonces en carrera despavorida —espanto que dispara sin lógica—, abandonándolo todo —el sembrado, los animales, la cama en el suelo, la olla de barro, el fogón, los trapos, los cueros de chivo—, mujeres alharaquientas, runas viejos dando traspiés de angustiosa impotencia, muchachos veloces como pájaros asustados, guaguas inexpertos en la fuga. Y aquel caótico clamor al mezclarse con la furia babosa de la naturaleza saturaba todo el aire de tragedia.

—¡La crecienteee!

Alarido que estallaba más alto y desesperante cuando el vientre adiposo de las aguas turbias se precipitaba voraz sobre la cerca de un huasipungo, arrasando con el sembrado y los animales, despedazando la choza en pajas y palos renegridos.

—¡La crecienteee!

—¡Uuu!

A ratos, al declinar el clamor confuso —sin novedad que lo alimente—, se dejaban oír los gritos de alguna india que había olvidado al guagua tierno en el jergón, al perro amarrado, a la vaca con cría, a las gallinas, a los cuyes, al abuelo paralítico:

—¡Ayayay! Mis cuicitos, sha.

—¡Ayayay! Mi taita, sha.

—¡Ayayay! Mi ashco, sha.

—¡Ayayay! Mis choclitos[171], sha.

—¡Ayayay! Mis cuicitos, sha.

—¡Ayayay! Mis trapitos, sha.

—¡Ayayay! Mis shungooo.

Entretanto, impasible, el aluvión seguía inundándolo todo, seguía su rodar que enhebra la tragedia a cada tumbo violento de sus olas, seguía orillando con una especie de desprecio humano restos de cosas y de vidas que arrebató en su camino. Sobre las pardas lomas de sus aguas enfurecidas se alcanzaba a distinguir –viaje macabro–: la puerta de un potrero, un árbol arrancado de raíz, un cerdo, un tronco, un trapo, el cadáver de un niño. A cuyo paso, el ingenuo atrevimiento de algunos indios apostados en las márgenes altas lanzaban el lazo de sus huascas sobre el torbellino.

—Mamiticu.

—Angelitu.

—¿De quién será, pes, el guagua?

—De quién también será.

—De taita José.

—De taita Manuel.

—Guagua de natural parece.

—¿Entonces?

—Y el puerquitu, que va comu zambu[172] negru?

—De lus Alulema será?

—Nu. Coloradu es ése, pes.

—Ave María.

—Ganadu de hacienda parece.

—¡Jesus! Cristianu es.

—O natural será.

—Vieju.

—Joven.

—O guambra será.

—Mayur parece.

—Taita Diositu. ¿Cómu, pes?

---

171 *Choclo* (quichua, *chugllu*): Mazorca de maíz tierno.

172 *Zambo*: Cucurbitácea de la Sierra, comestible ya en guisos de sal como también endulzados con raspadura especialmente; especie de calabaza.

—Echen las huascas.

—¡Las huascas!

—¡Oooh!

Cansados de ver, de comentar, de afanarse inútilmente, los grupos de indios y de longas de las dos orillas cayeron en una pausa de alelada pena. De pronto alguien propuso:

—Veamus si más abaju.

—¿En dónde, pes?

—En la pampa del vadu grande, pes.

—¡Aaah!

—Ciertu.

—Cierticu.

—Vamos, caraju.

—Vamus.

Con la esperanza de pescar alguna noticia, por mala que sea, la indiada se precipitó camino abajo. La duda con la cual avanzó en el primer momento estalló muy pronto en carrera desenfrenada. A cada cual le faltaba alguien o algo: el hijo, el abuelo, la mujer, el perro, el amigo más cercano, los restos de los huasipungos. En el vértigo de aquella marcha hacia una meta en realidad poco segura —entre caídas y tropezones—, con la fatiga golpeando en la respiración, a través de los maizales, salvando los baches, brincando las zanjas, cruzando los chaparros, las gentes iban como hipnotizadas. Hubieran herido o se hubieran dejado matar si alguien se atrevía a detenerles. Las vueltas y rodeos obligados avivaban la angustia de la marcha. No les importaba hundirse hasta las rodillas en el barro, dejarse arañar por las moras y por los espinos de las pencas de cabuya, resbalar de culo por las pendientes pedregosas, meterse en los remansos hasta las ingles.

Al llegar la muchedumbre al pequeño valle donde el río pierde sus riberas y se extiende como una sábana, todos entraron en el agua apartando los restos —basura de trapos, paja, palos, chambas y soguillas de las chozas que devoró la corriente para detenerse, llorando a gritos, junto al encuentro macabro del cadáver de un niño, de un anciano o de un animal.

—¡Mamiticu!

—¡Boniticu!

—¡Shunguiticu!

—¿Con quién ha de cainar, pes?

—Con quién he de trabajar, pes?

—¡Ayayay, Taitiquitu!

—Cadáver de cristianu cun cadáver de animal.

—Cun cadáver de choza y huasipungo.

—¡Ayayay, Taiticu!

Luego, cada cual rescató su cadáver querido y lo que pudo de su huasipungo.

Entretanto, los indios que acompañaban a Gualacoto, paralizados y enloquecidos de nuevo por ese sentimiento de culpa que sembró en ellos el sotanudo, no se dejaron arrastrar por la locura de la muchedumbre, permanecieron inmóviles, y saturados de desesperación, de odio, de venganza, buscaron contra quién irse.

—¡Caraju! –exclamó uno de ellos, mirando en su torno, buscando algo, alguien...

—¿Pur qué pes, caraju? –murmuró otro en el mismo tono.

—¿Pur qué pes, Taita Dius?

—¿Qué culpa tienen lus guaguas?

—¿Qué culpa tienen las guarmis?

—¿Qué culpa tienen lus animalitus?

—¿Qué culpa tienen lus sembradus?

—¿Qué culpa tiene la choza?

—¡Caraju!

Temblando de indignación, sin saber adónde podría arrastrarles la cólera, José Tixi, Melchor Cabascango, Leonardo Taco, Andrés Chiliquinga, miraron con recelo a Gualacoto. Y un demonio de extraña venganza despertó entonces en el pecho de cada uno con el grito insidioso: «Malditos! ¡Castigo de Taita Dios es...! ¡Por ustedes! ¡El santo sacerdote...!»

—Caraju.

—Taiticu.

—Nuuu.

Mentalmente, ciegos de terror supersticioso, se disculparon íntimamente los amigos del futuro prioste: «Por él... Porque es miserable con Mama Virgen... Taita cura dijo... Dijooo...».

—Runa mismu... Brutu... –exclamó Tixi encarándose en actitud de desafío con el maldito.

—¡Miserable con Taita Dius, con Mama Virgen! –aprobaron todos en eco libre de control y de compasión.

—¿Yu? –Pur qué, pes? –interrogó Gualacoto retrocediendo con pánico que desorbitaba sus ojos y desencajaba sus mejillas prietas.

—Así diju amu cura.

—Así diju.

—Pur vus nu más.

—¡Nu taiticus!

—¡Arí, caraju!

El marcado temor y las humildes palabras de Gualacoto exaltaron más y más la venganza confusa y ardiente de sus compañeros. Aletearon los ponchos, se elevaron los puños como garrotes.

—Yu... Nu tengu culpaaa...

—Miserable... Así, caraju –respondió el coro descargando salvajemente su furia.

Sintiéndose perdido, Galacoto cayó de rodillas implorando perdón, misericordia. Nadie escuchó las razones y los ruegos de aquel ser maldito, había de por medio una voz interior que enloquecía, que enajenaba hasta el crimen a las runas del coro: «Malditos por él. ¡Miserable con Mama Virgen! El castigo... La creciente... La muerte...» Y fue así como en el tumulto de una crueldad sin nombre, los ruegos de la víctima –Gualacoto tendido en el suelo– se transformaron en quejas y los quejas se transformaron a la vez en ronquidos dolorosos, agónicos.

—Tuma, caraju.

—Tuma, miserable.

—Tuma, condenadu.

Y cuando se cansaron de castigar, el indio Taco anunció la inmovilidad del caído:

—Ya creu que está jodidu.

—¿Jodidu?

—Arí, pes.

Fue a la vista de la sangre que manchaba la tierra, el poncho, la cara de la víctima y el garrote con el cual uno de ellos operó sin piedad, que los amigos y verdugos de Gualacoto huyeron desaforadamente.

Como la tragedia de la creciente era mayor, y cada cual se lamentaba de su pena, la desaparición del indio con fama de rico sólo inquietó a los parientes.

—Arrastradu pur la creciente –murmuró uno de ellos.

—Pur diablu coloradu —opinó alguien.

—Pur qué, pes?

—Pur miserable cun Mama Virgen.

—¿Eh?

—Así diju taita cura.

Y era verdad. El santo sacerdote, aprovechando la embriaguez de pánico y de temor que mantenía a los indios como hipnotizados, pregonaba en ejemplo del cielo aquel castigo frente a la tacañería de los fieles en las limosnas, en el pago de los responsos, de las misas, de las fiestas y de los duelos.

—¡Castigo del Señor! ¡Castigoo!

«Cuando él dice, así debe ser, pes», pensaban entonces los cholos e indios e íntimamente acoquinados por aquel temor se arrodillaban a los pies del fraile, soltaban la plata y le besaban humildemente las manos o la sotana.

Las fiestas, las misas y los responsos dejaron al señor cura las utilidades suficientes para comprarse un camión de transporte de carga y un autobús para pasajeros.

—No dejaré pelo de acémila –exclamaba el sacerdote cada vez que los chóferes le entregaban el dinero de su nuevo negocio. Y, en realidad, no eran exageradas sus afirmaciones. Poco a poco, caballos, mulas y borricos fueron quedando sin oficio ni beneficio, y el buen número de arrieros que había a lo largo y a lo ancho de toda la comarca perdieron su trabajo y fueron presa de las lamentaciones y de los recuerdos, mientras la pobreza y la angustia crecían en sus hogares. En cambio, en el campo, especialmente en la hacienda de don Alfonso Pereira, las cosas cambiaron en otro sentido. El patrón ordenó sembrar mucho más que de costumbre y la tierra fue generosa. Aquel año, a la vista de las sementeras maduras, los peones murmuraron:

—Ahura sí, pes. Guañucta cosechará el patroncitu.

—Guañucta.

—Ha de dar buenus socorritus para el pobre natural.

—Sin tener nada, pes, cun lu de creciente.

—Ave María. Cun lu de creciente.

—Sin maicitu.

—Sin papitas.

—Sin nada, pes.

—Comu perru sin dueñu.

—Comu terrún peladu de caminu.

—Muriendo de necesidad.

—De hambre también.

Al oír el mayordomo aquellas lamentaciones en un corte de cebada, murmuró con voz aguardentosa –había tomado mucho guarapo del que mandó el patrón para los peones:.

—Sólo en eso están pensando. Apuren breve, carajo.

—Uuu... Jajapay... –respondieron en coro los indios y las indias, semihundidos entre las espigas antes de inclinarse de nuevo sobre la tierra con esa pereza que muerde en los riñones enmohecidos de cansancio.

—Apuren... Apuren para darles un buen mate[173] de guarapo...

—Dius se lu pay, taticu.

—Primero terminen este lado.

—Uuu...

A la tarde, caballero en mula de buena alzada, malhumorado y nervioso –fermentaba la codicia por los buenos negocios que podía hacer por el carretero–, don Alfonso llegó hasta el lindero de la sementera donde se cosechaba, y con áspera voz llamó la atención del mayordomo que cabeceaba la modorra de una dulce embriaguez sentado sobre el barril de guarapo:

—¡Eaa! ¡Carajo! Linda manera de cuidar a los runas.

—Patrón... Yo...

—Véanle. No sabe lo que le pasa. ¿Durmiendo, no?

—Ahoritica no más, su mercé.

—¿Alcanzará el guarapo para todo el corte?

—Bastantes brazos han venido, patrón.

—¿Y quién se ha tomado casi todo el barril? –interrogó en tono acusador don Alfonso.

---

173 *Mate* (quichua, *Mati*): Cierta especie de calabaza de cuyos frutos maduros se obtienen recipientes caseros útiles.

—Verá, su mercé. Es que... —murmuró el cholo acercándose a la cerca por donde se asomaba el amo, para evitar que sus disculpas mentirosas sean escuchadas por los indios.

—¿Quién?

—Duro está el trabajo. Dos veces les he dado. —Debe alcanzar sólo con eso. No estoy dispuesto a gastarme un centavo más.

—Así haremos, pes.

Y al intentar retirarse don Alfonso, se volvió de improviso hacia el mayordomo como si un problema importantísimo le retuviera, para exclamar:

—¡Ah! Más de una vez he advertido. Ahora insisto. Si por casualidad viene alguna india o algún longo chugchidor[174] hecho el que ayuda para que le dejen hacer de las suyas, le sacan a patadas. ¿Entendido?

—Sí, patrón.

—En las otras sementeras también he ordenado lo mismo. Se acabó esa costumbre salvaje.

—Así mismo es, pes.

—Que compren. Que me compren. Para eso ganan... Para eso tienen plata... A los que todavía no han llevado suplido, les hemos de descontar no más.

—Uuu... Toditos tienen, pes, llevado más de la cuenta.

—Entonces que se jodan.

—Es que... Verá patrón... —intentó objetar el cholo, recordando al caballero que se trataba de una vieja costumbre enraizada en esa tendencia un poco patriarcal del latifundismo.

—¿Se han creído que soy taita, que soy mama de ellos? ¿Que se han creído? El chugchi[175], el chugchi! A robar las cosechas es a lo que vienen y no a recoger los desperdicios.

—No hable muy duro, patrón. Donde sepan los que están trabajando han de dejar no más sin terminar pes. No ve que siempre se les ha dado mismo.

—¿Ah, sí? Bonito. ¡Carajo! Se les hace terminar a palos. ¿Acaso no son mis indios?

—¿Cierto, no? —concluyó con sonrisa babosa el mayordomo,

---

174 *Chugchidor* (quichua, de *chucchi*) espigador, chalador. El que recoge los desperdicios de las cosechas.

175 *Chugchi*: Desperdicios recogidos en las sementeras después de una cosecha.

como si en ese instante descubriera aquella verdad. Era el temor a la indignación del amo lo que...

—A varias mujeres que llegaron del pueblo creyendo que voy a ser pendejo como en otros años dando el chugchi, también les despaché con viento fresco. Que vayan a buscar quien les mantenga.

En ese instante –interpretando mal la mímica altanera de don Alfonso contra el cholo –llegaron hasta la cerca, desprendiéndose de su trabajo, unos cuantos longos y algunas indias. Rápidamente, adelantándose a cualquier solicitud inoportuna, el amo, dirigiéndose al mayordomo, interrogó:

—¿Ya tomaron el guarapo? ¿Les diste bastante?

—Lo que...

—Aun cuando la Juana me sacó toda la plata por los veinte barriles que le compré para las cosechas, yo quiero que beban, que estén alegres mis indios.

—Patroncitu...

—Si no han tomado, que tomen.

—Dius su lu pay, taitaquitu –murmuraron los peones en coro, aplazando sin duda para más tarde o para otra ocasión la solicitud que llevaban.

—Así haremos, pes –dijo en tono de burla solapada el mayordomo.

—Que tomen no más otro mate. Siempre es bueno ser compasivo. Hay que ver cómo están los pobres: sudando, fatigados... –afirmó don Alfonso Pereira, como si reprendiera al cholo Policarpio, el cual, bajando la cabeza para esconder una sonrisa imprudente de cómplice, respondió en voz baja:

—Bueno, patrón.

Satisfecho de su hábil proceder –fingida generosidad–, el amo picó con las espuelas a su mula y se metió por el camino que lleva al pueblo, mientras el cholo mayordomo, hecho un verdadero lío en sus entendederas, tomaba como simple amenaza aquello de prohibir el chugchi, aquello de... «¡Oh! Nunca así. Él mismo. Antes no era tanto. Las cosechas no fueron tan buenas. No está, pes, justo. Lo de la creciente también por él mismo fue. Que no vaya a la limpia me dijo. El me dijo. ¿Entonces?... ¡Carajo! Por conciencia debe darles algo. Algo.

Uuu... Yo... Mejor es... Puede joderme... Joderme... Indios puercos, pobres, manavalis... En cambio él...» pensó el cholo, mientras volvía mecánicamente al barril de guarapo.

—Tomen. Tomen, runas facinerosos. Para eso tienen un patrón bueno. Bueno... –exclamó Policarpio al repartir el brebaje. Le parecía urgente que ellos, que él, que todos debían creer lo que afirmaba.

El viento al estrellarse en la puerta de la choza de Andrés Chiliquinga la abrió con imprudencia que dejó al descubierto sus entrañas miserables, sucias, prietas, sórdidas. En la esquina del fogón en el suelo, la india Cunshi tostaba maíz en un tiesto de barro renegrido –como el maíz era robado en el huasipungo vecino, ella, llena de sorpresa y de despecho, presentó al viento intruso una cara adusta: ceño fruncido, ojos llorosos y sancochados en humo, labios entreabiertos en mueca de indefinida angustia. Al darse cuenta de lo que pasaba, ordenó al crío:

—Ve longu, ajustá la tranca. Han de chapar lus vecinus.

Sin decir nada, con la boca y las manos embarradas en mazamorra de harina prieta, el pequeño –había pasado de los cuatro años– se levantó del suelo y cumplió la orden poniendo una tranca –para él muy grande– tras la puerta. Luego volvió a su rincón, donde le esperaba la olla de barro con un poco de comida al fondo. Y antes de continuar devorando su escasa ración diaria echó una mirada coqueta y pedigüeña hacia el tiesto donde brincaban alegres y olorosos los granos de maíz.

—Estu ca para taiticu es. Vus ya comiste mazamurra – advirtió la india, interpretando el apetito del pequeño.

—Uuu...

—Espera nu más. Unitus hemus de rubar a tatita. Probanita para guagua, pes.

A pesar de la esperanza el rapaz colgó la jeta y, sin más preámbulos, se acurrucó en el suelo, puso la olla entre las piernas y terminó su mazamorra.

Después de hablar con los compañeros de la ladera del cerro mayor, donde el hambre y las necesidades de la vida se volvían cada vez más duras y urgentes –en esa zona se amontonaban en cuevas o en chozas improvisadas las familias de los huasipungueros desplazados de las orillas del río–, el cojo Andrés Chiliquinga descendió por el chaquiñán. Es de anotar que los indios que quedaron sin huasipungo por la creciente y toda la peonada de la hacienda –unos con amargura, otros con ilusión ingenua– esperaban los socorros que el amo, o el administrador, o el arrendatario de las tierras –desde siempre– tenían por costumbre repartir después de las cosechas. «¿Será para el día de Santitu Grande?», «¿será para el domingu?» «¿será para la fiesta de Mama Virgen?», «¿será...? «para cuando también ser, pes», se preguntaban íntimamente los runas a medidas que pasaban los días. En realidad, los socorros –una fanega de maíz o de cebada–, con el huasipungo prestado y los diez centavos diarios de la raya –dinero que nunca olieron los indios porque servía para abonar, sin amortización posible, la deuda hereditaria de todos los huasipungueros vivos por los suplidos para las fiestas de los Santos y de las Vírgenes de taita curita que llevaron los huasipungueros muertos– hacían el pago anual que el hacendado otorgaba a cada familia india por su trabajo. Alguien del valle o de la montaña aseguraba que el patrón debía haberse olvidado de aquella costumbre, pero las murmuraciones que corrían por el pueblo eran distintas: «No... No dará socorros este año». «Se jodieron los runas.» «Se jodieron». «Está comprando para llenar las trojes.» «Está comprando como loco...» «Está comprando para imponer los precios más tarde cuando...» «Nos joderemos nosotros también, cholitos». «No dará un grano a nadie. Nooo...».

Cuando la espera se volvió insufrible y el hambre era un animal que ladraba en el estómago, gran parte de los runas y de las longas de las propiedades de don Alfonso –en manada prieta, rumorosa e incontenible– llegaron hasta el patio de la hacienda. Como era muy temprano y además garuaba, cada cual buscó su acomodo por los rincones hasta que el patrón se levante de la cama y decida buenamente oírles. Después de una hora de larga espera solicitaron de nuevo la ayuda del cholo Policarpio, que entraba y salía a cada momento de la casa:

—Por caridad, pes, amu mayordomu. Socorritus... Socorritus venimus a pedir.

—Socorritus.

—Amuy mayordomu mismu sabe.

Orgulloso y ladino el cholo por las súplicas de los indios y de las longas, repartía noticias de vaga esperanza:

—Ya... Ya se levantó el patrón, carajo.

—Ojalá, pes.

—Está tomando el café. No jodan tanto.

—Taitiquitu.

—Bravo está... Bravo...

—Ave María. Dius guarde.

Con el ceño fruncido y llevando un fuete en la diestra, don Alfonso se presentó en el corredor que daba al patio.

—¿Qué hay? ¿Qué quieren? —gritó con voz destemplada.

De inmediato los indios y las longas, con diligencia mágica y en silencio al parecer humilde se congregaron a prudente distancia del corredor. En los primeros segundos —incitándose mutuamente entre pequeñas empujones y codazos— ninguno quiso comprometerse para llevar hasta el patrón el ruego que urgía. Impaciente, dándose con el látigo en las botas, don Alfonso gritó de nuevo:

—¿Qué quieren? ¿Qué? ¿Se van a quedar callados como idiotas?

Algo turbado y con zalamería de perro adulón intervino el mayordomo —él también aprovechaba con unas cuantas fanegas en los socorros:

—Verá, patrón. Han venido a suplicar a su mercé que haga la caridacita...

—¿Eh?

—La caridad, pes.

—¿Más... más caridades de las que les hago, carajo? —cortó don Alfonso Pereira, pensando liquidar de una vez el atrevimiento de la indiada. El sabía...

—¡Lus socorritus, pes! Muriendu de hambre el pobre natural. Sin nada. Siempre mismu dierun, su mercé —atreviéronse a solicitar en coro los indios que formaban el grupo de los desplazados de las orillas del río. Y como si alguien hubiera abierto la compuerta de las urgencias físicas de aquella masa taimada y prieta, todos encontraron de inmediato algo que decir del hambre de los guaguas, de las enfermedades de los viejos, de la carishinería de las longas, de la tragedia de los huasipungos desaparecidos, de la miseria posible de otros años y de la imposible en que vivían. Rápidamente aquello se volvió un clamor de amenaza, caótico, rebelde, en donde surgían y naufragaban diversos gritos:

—¡Socorrus, taiticu!

—¡Siempre hemus recibidu!

—¡Siempreee!

—¡Guagua, también!...

—¡Guarmi, también!...

—Socorrus de maicitu para tostadu.

—Socorrus de cebadita para mazamurra.

—Socorrus de papitas para fiesta.

—¡Socorruuus!

Como encrespadas olas las súplicas invadieron el corredor de la casa de la hacienda, envolviendo al amo, cada vez más nervioso, cada vez más empapado en esa amargura fétida de las voces de la peonada. Pero don Alfonso, sacudiendo la cabeza, pudo gritar:

—¡Basta! ¡Basta, carajo!

—Taiticu.

—¡Ya he dicho una y mil veces que no les he de dar! ¿Me entienden? ¡Es una costumbre salvaje!

—¿Cómu pes, patroncitu?

—Para eso les pago... Para eso les doy el huasipungo...

—Socorritus también, pes.

—¿Y siguen, carajo? ¡Fuera de aquí! ¡Fuera!

Silenciaron de inmediato las quejas, pero la multitud permaneció inmóvil, petrificada, dura. Por la mente del amo cruzaron cálculos mezquinos: «Tengo que ser fuerte. Cuarenta o cincuenta quintales sólo para regalar a los roscas. ¡No! Se puede vender a buen precio en Quito. Para pagar el transporte. Para... Si no soy fuerte no participaré en los negocios de los gringos. ¡Oh! Han tropezado conmigo. ¡Con un hombre!» Maquinalmente Pereira dio uno, dos pasos hacia adelante hasta ponerse en el filo de la primera grada de piedra del corredor. Arqueó luego con las dos manos el cabo flexible del látigo y, rompiendo el silencio, exclamó:

—¿Qué? ¿No han oído, carajo? Como un muro impasible permaneció la indiada. Ante semejante testarudez don Alfonso no supo qué decir por largos segundos. En un instante quizás se sintió perdido. ¿Qué hacer con ellos? ¿Qué hacer con su cólera? Casi enloquecido bajó las tres gradas de piedra y dirigiéndose al grupo más próximo pudo agarrar a un longo por el poncho, sacudiéndolo luego como a un trapo sucio, mientras murmuraba maldiciones rotas. Al final, el indio zarandeado rodó por el suelo. El mayordomo, temeroso por lo que podía acontecer —era demasiado turbia la furia congelada en los ojos de los indios—, levantó al caído mientras reconvenía en alta voz para que se enteren todos:

—No sean rústicos. No le hagan tener semejantes iras al pobre patrón. Se ha de morir. Se ha de morir no más. ¿Qué pasa, pes, con ustedes? ¿No entienden o no tienen shungo?

A la sombra de las palabras del cholo, don Alfonso se sintió mártir de su deber, de su destino. Con voz gangosa de fatiga alcanzó a gritar:

—Estos... Estos me van a llevar a la tumba... Yo... Yo tengo la culpa, carajo... Por consentirles como si fueran mis hijos...

—Pobre patrón —insistió el mayordomo e instintivamente —defensa contra cualquier posible ataque de la indiada enloquecida— montó en su mula.

El latifundista, en cambio, inspirado en el ejemplo del señor cura, alzó los ojos y los brazos al cielo y con voz que exigía un castigo infernal para sus crueles enemigos, chilló:

—¡Dios mío! ¡Mío! Tú que ves desde las alturas... Tú que muchas veces me has dicho que sea más enérgico con estos runas salvajes... Ampárame ahora. ¡Defiéndeme! ¿No me oyes? Un castigo ejemplar... Una voz...

La actitud y el ruego de don Alfonso consternaron a la peonada. Era peligroso para ellos cuando el sotanudo o el patrón se ponían a discutir con Taita Dios. Sí. Era algo superior a sus fuerzas de hombres atrapados en la trampa del huasipungo, de hombres sucios, humildes, desamparados. Olvidaron los socorros, olvidaron por qué estaban allí, olvidaron todo. Un ansia de huir se apoderó de ellos y, de inmediato, unos sigilosamente, otros sin disimulo, empezaron a desbandarse.

—¡Carajo! Suelten a los perros. ¡A los perros bravos! —gritó entonces el mayordomo, transformando con diabólico cinismo sus bondades y sus temores en gritos y actitudes de verdugo.

Los perros bravos y los aciales de los huasicamas y del mayordomo, más bravos todavía, limpiaron el patio en pocos minutos.

Cuando volvió Policarpio junto al patrón le anunció con sinuosidad babosa:

—Verá, su mercé. Ahora cuando perseguía a los runas les alcancé a oír que juraban y rejuraban volver a la noche a llevarse de cualquier forma los socorros.

—¿Cómo?

—Están hambrientos. Pueden matar facilito.

—Eso podrán hacer con algún pendejo, no conmigo. Tengo la fuerza en mis manos.

—Asimismo es, pes –murmuró el cholo por decir algo.

—Vuélate donde el teniente político y dile que me mande a los dos chagras que tiene de policías. Armados...

—Bueno, patrón.

—¡Ah! Y dile que telefonee a Quito. Que hable con el señor intendente en mi nombre y que le pida unos cuantos policías para dominar cualquier intento criminal de los runas. No te olvides: en mi nombre. Él sabe bien...

—Sí. Cómo no, pes.

Salió disparado el mayordomo, y don Alfonso, al sentirse solo –los huasicamas son indios y podían traicionarle, la cocinera y las servicias son indias y podían callar– fue presa de un miedo extraño, de un miedo infantil, torpe. Corrió a su cuarto y agarró la pistola del velador y, con violencia enloquecida, apuntó a la puerta mientras gritaba:

—¡Ya, carajo! ¡Ahora, indios puercos!

Como sólo le respondió el eco de su amenaza se tranquilizó un tanto. No obstante, dio algunos pasos y miró receloso por los rincones. «Nadie... Soy un maricón...», se dijo y guardó el arma. Luego, agotado por ese nerviosismo cobarde que le dejaron las impertinencias de los indios, se echó de bruces sobre su cama como una mujer traicionada. No lloró desde luego, pero, en cambio, evocó sádicamente escenas macabras que comprobaban el salvajismo de los runas. ¿Cómo mataron a don Víctor Lemus, el propietario de Tumbamishqui? Obligándole a caminar por un sendero de cascajos con las manos y los pies previamente despellejados. Y a don Jorge Mendieta, echándole en la miel hirviente de la paila del trapiche. Y a don Manuel Ricardo Salas

Jijón, abandonándole en la montaña en un hueco de una trampa. «Todo... Todo por pendejadas... Que no se les da lo que ellos quieren... Que se les gana algún pleito de tierras o de aguas... Que las longas carishinas han sido violadas antes de hora... Que... Pequeñeces... Pendejadas...», pensó don Alfonso.

A la noche, la presencia de los dos chagras armados y de Policarpio, tranquilizó al latifundista. No obstante, una vez en la cama, se dijo: «Estos criminales se levantarán algún día. ¡Ah!, pero para ese entonces no se les podrá ahogar como ahora... Como ahora... Entonces yo...» Una voz clemente pulsó en la esperanza del gran señor de la comarca: «Que se jodan los que vienen atrás».

—Sí. Que se jodan —murmuró con sonrisa de diabólico egoísmo don Alfonso en la oscuridad.

Entretanto, afuera en el corredor, envueltos en el misterio de la noche campesina, los dos chagras armados, comentaban sus urgencias cotidianas y sus temores presentes:

—¿Qué viste?

—Algo se mueve.

—Son las sombras de los árboles, pendejo.

—He oído algo por ese lado.

—Están viendo y oyendo visiones.

—¿Hasta cuándo nos tendrán aquí?

—Uuu... Mi mujer está pariendo.

—¿Oíste de nuevo?

—No hay nadie.

—Nadie.

Año angustioso aquel. Por el valle y por la aldea el hambre —solapada e inclemente— flagelaba a las gentes de las cosas, de las chozas y de los huasipungos. No era el hambre de los rebeldes que se dejan morir. Era el hambre de los esclavos que se dejan matar saboreando la amargura de la impotencia. No era el hambre de los desocupados.

Era el hambre que maldice en el trabajo agotador. No era el hambre con buenas perspectivas futuras del avaro. Era el hambre generosa para engordar las trojes de la sierra. Sí. Hambre que rasgaba obstinadamente un aire como de queja y llanto en los costillares de los niños y de los perros. Hambre que trataba de curarse con el hurto, con la mendicidad y con la prostitución. Hambre que exhibía a diario grandes y pequeños cuadros de sórdidos colores y rostros de palidez biliosa, criminal. Hambre en las tripas, en el estómago, en el corazón, en la garganta, en la saliva, en los dientes, en la lengua, en los labios, en los ojos, en los dedos. ¡Oh! Hambre que se desbordaba por los senderos lodosos de los cerros y las estrechas callejuelas del pueblo en forma de manos pedigüeñas de mendigos, de llanto de rapaces, de cínicos comentarios de la vieja Matilde, quien a la puerta de su choza daba a mamar por las mañanas su teta seca, floja, prieta, a un crío de flacura increíble, que en vez de succionar voraz su alimento boqueaba con pereza de agonía. Las mujeres que pasaban junto a aquella escena, comentaban:

—¿Por qué no le da al guagua mazamorra de mashca?

—Uuu...

—Va a morir.

—Así parece.

—Un pite aunque sea.

—No hay pes, mama señora.

—Y leche de cabra?

—Peor.

—Algo que sustituya al chuco seco, manavali.

—¿Así estamos todos, mama señora. ¿Acaso ustedes...?

—Eso también es cierto. Si yo tuviera algo... Da pena ver al chiquito... Pero para mis guaguas me está faltando.

—Ni maicito, ni cebadita, ni la ayuda del compadre que tenía el huasipungo en la orilla del río. Nada.

—Hambre de brujeado tiene.

—No quiere mamar.

—¿Qué, pes? Si sólo le está saliendo sangre.

—Así mismo sale, mama señora.

—Hambre de brujado.

—Uuu...

—El guagua de la india Encarnación también ha muerto.

—Sí, pes.

—Y el de la longa Victoria.

—Parece epidemia.

La epidemia de los niños también atacó a los mayores. La chola Teresa Guamán encontró a su conviviente, el costeño que le llamaban el Mono, acurrucado sobre la cama —actitud uterina, tieso, con un hilillo de baba sanguinolenta que le chorreaba de la boca. Las gentes comentaron:

—Castigo de Taita Dios por vivir amancebado.

—Tísico también creo que era el pobre. Aquella mañana llegó el cholo Policarpio a la hacienda con una consulta urgente al patrón:

—Ahora que fuimos al rodeo. Verá... Verá no más... Encontramos, pes, su mercé.

—¿Qué? ¿Más reclamos? –interrogó nervioso Pereira. Desde que negó los socorros y alcanzó a leer en la actitud taimada de los indios una venganza que podía estorbar sus planes no lograba librarse plenamente de un temor malsano, indefinido.

—Que el buey pintado se ha muerto, pes.

—¿El grande?

—No. El viejo.

—¿Y cómo ha sido?

—Cómo también sería, pes? En un hueco de la loma le encontramos tendido. Parece que ya son varios días porque apestando está. Rodado sería... El mal sería... ¿Qué también sería?

—Bueno. ¿Qué le vamos a hacer?

—Así mismo es, patrón. Pero verá... Me tardé porque con algunos runas estuve haciendo sacar a la mortecina de la zanja.

—Bueno...

—Y ahora los indios quieren...

—¿Qué?

—Como la carne está medio podridita... Quieren que les regale, su mercé. Yo les ofrecí avisar. Avisar no más, patrón –concluyó el mayordomo al notar que don Alfonso se arrugaba en una mueca como de protesta y asombro.

—¿Que les regale la carne?

—Así dicen...

—¡La carne! No estoy loco, carajo. Ya... ya mismo haces cavar un hueco profundo, y entierras al buey. Bien enterrado. Los indios no deben probar jamás ni una miga de carne. ¡Carajo! Donde se les dé se enseñan y estamos fregados. Todos los días me hicieran rodar una cabeza. Los pretextos no faltarían, claro. Carne de res a los longos... ¡Qué absurdo! No faltaba otra cosa. Ni el olor, carajo. Así como me oyes: ni el olor. Son como las fieras, se acostumbran. ¿Y quién les aguanta después? Hubiera que matarles para que no acaben con el ganado. Y de lo peor, de lo más trágico, siempre hay que buscar lo menos malo. Entierra lo más profundo que puedan a la mortecina.

El mayordomo, que se había dejado arrastrar por el claro e inteligente argumentar de don Alfonso, después de limpiarse la nariz chata y perlada de sudor con el revés del poncho, procurando mantener oculto un espeso acholamiento, murmuró:

—Así mismo es pes, patrón. Yo sabía desde antes eso... Pero como ellos...

—¡Sabía!

—Es que...

—Basta de pendejadas –chilló el latifundista. Y para desviar aquel asunto finiquitado, interrogó: —¿No te han vuelto a hablar de los socorros?

—No, su mercé. Pero mal andan los roscas. Algo han de estar tramando.

—¿Algo?

—Sí, pes. Como son tan brutos.

—¿Y qué sería?

—No sé; pes, patrón.

—¡Carajo! Y tanto alboroto de las cosechas. En treinta viajes que ha hecho el camión del señor cura ya no queda ni para semilla en las trojes –se quejó con afán de extraña disculpa Pereira.

—Sí, pes.

—¿Ahora qué dirán? ¿Ahora qué pretenderán?

—Nada, pes, ya.

—Bueno. Corre a enterrar el buey. ¿No ha bajado del monte algún nuevo toro?

—Ese que le mató al Catota no más. El que le mató en la fiesta de la Virgen. Dicen los cuentayos [176]que le han visto rondando otra vez por la talanquera.

—¿Cuántas cabezas tendremos ahora?

—Unas seiscientas, patrón.

De acuerdo con las órdenes dadas por don Alfonso, el mayordomo se metió por la loma arreando a seis indios. La apatía que desde la falta de socorros caracterizaba al trabajo de la peonada, en aquella ocasión parecía haber cedido el puesto a la agilidad, a las bromas y a las risas. En realidad a los indios que iban con Policarpio no les esperaba la embriaguez del guarapo, ni el hartazgo de un prioste, pero ellos sabían y les inquietaba la esperanza de oler carne de res, de hurtar una lonja y llevarla bajo el poncho hasta la choza.

Uno de los perros de la hacienda que había seguido al mayordomo, al descubrir de pronto en el aire ese olor inconfundible de la carne descompuesta, corrió hacia adelante con el hocico en alto. Instintivamente los indios se lanzaron entre risas y empujones tras el animal. Como el mayordomo adivinara la intención de los peones espoleó a su mula, y, enarbolando el acial, gritó:

—¿Dónde corren, carajo?

Nadie le hizo caso. Tuvo que echar mano a la huasca enrollada sobre una de las alforjas. Al disparo del lazo, uno de los longos cayó al suelo. El caído, al sentirse bajo las patas de la bestia trató de defenderse cubriéndose la cara con las manos y el poncho.

—¡Te trinqué, bandido! –chilló el cholo en tono de triunfo.

—Taiticu.

—Y ahora verán los otros, carajo.

Mas de pronto, al descender un chaquiñán, asustados por el perro y la algazara de los runas, levantaron el vuelo una veintena de gallinazos[177]. Todos dieron entonces con el espectáculo de la mortecina del buey. Surgieron de inmediato los comentarios:

—Ave María.

—Hechu una lástima la comidita de Taita Dius.

—Una lástima.

---

176 *Cuentayo*: Cuentario. Es de sospechar que esta voz vino de la corrupción de cuentario: el que cuenta.

177 *Gallinazo*: Ave de rapiña.

—Han empezadu nu más lus gashinazus.

—Guañucta la carne.

—Guañucta el mondongu.

—Guañucta.

—Olur de ricurishca como para poner la carne en el fogún.

—¡Nada de guañucta ni nada de fogón. ¡A cavar un hueco profundo, indios vagos!

—¿Un huecu?

—Sí. Para enterrar al animal.

—Ave María.

—Taiticu.

—¿Enterrar comu a cristianu?

—Es orden del patrón.

—Taita Dius castigandu, pes.

—Eso no es nuestra cuenta. Allá entre blancos.

—Castigandu porque nu es de hacer así.

—A ustedes les ha de castigar porque se vuelven unas fieras cuando huelen carne.

—¡Acasu todus mismu... cavar el hueco, carajo!

Cuando los peones arrastraron a la mortecina para echarla en la fosa –abierta con prontitud inusitada–, cada cual procuró ocultar bajo el poncho un buen trozo de carne fétida. También Andrés Chiliquinga que se hallaba entre los enterradores hizo lo que todos. El buey, con las tripas chorreando, con las cuencas de los ojos vacías, con el ano desgarrado por los picotazos de las aves carnívoras, cayó al fondo del hueco despidiendo un olor nauseabundo y dejando un rastro de larvas blancas y diminutas en las paredes de aquella especie de zanja.

—¡Nadie se mueve. ¡Un momento, carajo! –exclamó el mayordomo bajándose de la mula. Un estúpido sentimiento de culpa paralizó a los peones.

—Taiticu...

—A devolver la carne que robaron. ¡Yo vi, carajo! ¡Yo vi que escondían bajo el poncho!

—Patroncitu, mayordomu –alcanzaron a murmurar los indios en tono de súplica que era una verdadera confesión.

—Ajajá. ¡Saquen no más! ¡Devuelvan lo que robaron! ¡Devuelvan he dicho! A mí no me vienen con pendejadas –insistió el cholo, y, sin más preámbulos,

usando el acial y los puños cuando era necesario, registró uno por uno a los enterradores de la mortecina. A cada nuevo descubrimiento de carne robada, Policarpio advertía:

—Que no sepa el patrón semejante cosa. Que no sepa porque los mata, carajo. ¡Indios ladrones! ¡Condenados en vida!

Y luego de echar toda la carne rescatada en la fosa, el cholo ordenó:

—Ahora, sí... Tapen no más con tierra y pisen duro como si fuera tapial.

—Taiticu.

—¡Pronto! Así... Más... Más duro...

Cuando la noche cubrió la tierra, Andrés Chiliquinga se levantó de su rincón donde había esperado junto a su mujer la alcahuetería de las tinieblas para deslizarse como una sombra en busca de algo que... De algo... Aquella noche tenía un plan –un plan que quedó prendido en la porfía de todos los indios que enterraron la mortecina de la res–. Un plan que murmuró al oído de Cunshi, muy bajito para que no lo oigan ni el guagua ni el perro y quieran seguirle.

Cautelosamente salió y cerró la puerta el cojo Chiliquinga. Olfateó las tinieblas antes de aventurarse en el seno de su misterio. Al saltar la cerca del huasipungo el perro se le enredó en los pies.

—¡Carajo! ¡Ashcu manavali! ¡Adentro! A cuidar a la guarmi... A cuidar al guagua...

Como una sombra pequeña, diligente, el animal se refugió en la choza, mientras Andrés, en medio del sendero, con obsesión malsana de apoderarse de la carne podrida que le quitaron, con su sabor amargo y apetitoso en la boca, se decidió a trepar por el chaquiñán más próximo, a gatas, orientándose instintivamente. Cruzó con sigilo de alimaña nocturna un chaparro, una larga zanja, lo resbaladizo de la ladera. En su fatiga evocó al patrón, al mayordomo, al taita curita. ¿Por qué? ¿Dónde? Vaciló unos segundos. ¿Cómo podían saber? ¿Quién podía saber? ¡Taita Dios!

—Caraju –murmuró entre dientes.

Pero su hambre y la de los suyos le impulsaron a la carrera aplas-

tando todo temor íntimo. El viento le trajo de pronto un olor. Era el
olor que buscaba. Galopó su corazón sobre el potro de una alegría
morbosa. ¿Correr más? ¿Ser más cauto? Era mejor lo último. Se
impuso entonces actitudes temerosas y felinas. Sus pies darían con la
tierra floja. Darían con...

—Taiticu –dijo de pronto.

Un ruido... Un ruido en la maldita oscuridad que lo devoraba
todo, petrificó al indio Chiliquinga en el pánico de cinco o diez segundos largos como siglos. Un ruido que también se deslizaba por la
quebrada, por el follaje de la cerca, por... No era el ruido que hacen
los animales, no era el ruido que deben hacer las almas en pena. No.
Forzó sus ojos Andrés en las pesquisas de la oscuridad. Y halló que
eran... Que eran las siluetas de unos runas que corrían de un cobijo a
otro del campo. «Caraju. Maldita sea. Han venidu toditicus. Más de
los que enterramus mismu. Conversones...», pensó con despecho el
indio. Pero a medida que avanzaba, aquellos fantasmas –encorvados
y recelosos– se le fueron acercando en silencio, sin temor. Todos
sabían, todos eran presa del mismo impulso. Al sentirse acompañado,
marchando en manada hambrienta, Chiliquinga perdió parte de su
angustia y se sintió más ligero, arrastrado por una corriente ciega. Al
llegar al terreno flojo que cubría a la mortecina, comprobó que la
mayor parte de los otros había sido precavida al traer sus herramientas. Nerviosas y diligentes las siluetas de los compañeros apar-
taron la tierra con palas y con azadones. El y dos o tres más, en cambio,
ayudaron con las uñas. Cuando el mal olor que despedía desde el principio el suelo se tomó eructo fétido y la mortecina se halló al descubierto y al alcance de la rapiña de los desenterradores, todo se realizó
como por obra de magia. Se hablaron las manos en silencio. Y en cinco
o diez minutos desapareció la carne. Quedaron los huesos, el pellejo.
Como si alguien pudiera arrebatarles lo que con tanto afán consiguieron nadie demoró en huir, en desbandarse en la oscuridad.

—«Caraju... Me tocú la carne más chirle, más suavita... Por nu
traer machete grande, pes... Indiu bruto... La pierna estaba dura...»,
se dijo Andrés Chiliquinga palpando su robo que lo había metido en
el seno, bajo la cotona pringosa, y trepó de inmediato por la ladera
lleno de un extraño remordimiento donde se mezclaban y confundían

las voces y las amenazas del patrón, del señor cura, del mayordomo y del teniente político. Además, le dolía a cada paso el pie cojo como en todas las noches oscuras. «Me agarra la luna mama... El huaira mama también...» pensó con temor supersticioso. Pero al llegar a la choza –único refugio– abrió con violencia la puerta para luego cerrarla precipitadamente y atrancarla con el descanso de su cuerpo jadeante de miedo –denuncia que podía terminar en un castigo cruel.

A la luz del fogón –débiles llamas que se agitaban y se abatían–, la india Cunshi acurrucada en el suelo y con el guagua dormido en el regazo, observó al runa con mirada llena de preguntas. El no respondió. Se ahogaba de fatiga. Fue el perro quien adelantó la noticia olfateando como si se tratara de algo bueno con el hocico en alto y meneando el rabo al ritmo de un gruñido feliz. Entonces el recién llegado se alzó el poncho, se desabrochó la cotona manchada de sangre como si... «Nuuu... Sangre y olur de charqui...», se dijo la mujer tranquilizándose.

—Ave María, taiticu.

—Ve... Traigu... Guañucta... –concluyó el indio desprendido de su cuerpo y de la cotona manchada un gran trozo de carne que no olía muy bien.

—Qué bueno, Taiticu. Dius su lu pay. Ave María –murmuró Cunshi con ingenua felicidad de sorpresa, a punto de llorar. Luego se levantó del suelo para apoderarse del obsequio que le ofrecía el runa. Al mismo tiempo despertó el pequeño y ladró el perro. El ambiente del sórdido tugurio se iluminó de inmediato con seguridades de hartura. La india, animosa y diligente, echó a las brasas del fogón, sobre dos hierros mal cruzados, todo lo que recibió de Andrés.

Sentados en el suelo, frente a la lumbre que a ratos chisporroteaba como mecha de vela de sebo, envueltos en humo que olía a mortecina quemada, el indio, la longa Cunshi, el guagua y el perro –confianza y sinvergüencería de miembro íntimo de la familia–, saboreaban en silencio ante el espectáculo del asado.

—Mama...

—Espera nu más, longuitu. Comiste mazamurra...

Con experiencia de buena cocinera, Cunshi cuidaba que no se queme la carne dándole la vuelta cada vez que creía necesario. A rato soplaba en las candelas y, a ratos también, se chupaba los dedos humedecidos en el jugo de la carne con ruido de saboreo deleitoso de la lengua y de los labios. Aquello era en verdad una provocación, un escándalo que excitaba con urgencia angustiosa el apetito de los demás: el indio tragaba saliva en silencio, el rapaz protestaba, el perro no desprendía los ojos del fogón. Al final, cuando el muchacho, cansado de esperar y de repetir «mama...» «mama...» volvió a caer en el sueño, la madre retiró el asado de las brasas, quemándose las manos, que las refrescaba como de costumbre en la lengua. Hizo luego pedazos el gran trozo y repartió a cada uno su ración. Comieron con gran ruido. Devoraron sin percibir el mal olor y la suave babosidad de la carne corrompida. El hambre saltaba voraz sobre los detalles. Sólo el guagua, al segundo o tercer bocado, se quedó profundamente dormido con la carne en la mano, con la carne que quiso aprovechar el perro y no le dejaron.

—Shucshi.[178]

—Shucshi ashco manavali.

Mama Cunshi se agarró un pedazo, taita Andrés otro.

Y cuando la india apagó las candelas todos buscaron el jergón –el jergón extendido sobre el suelo, tras de unos palos y de unas boñigas secas–. El indio se quitó el sombrero y el poncho –lo único que se quitaba para dormir–, se rascó con deleite la cabeza por todo lo que no se había rascado en mucho tiempo. Al acostarse entre los cueros de chivo y los ponchos viejos saturados de orinas y de suciedad de todo orden, llamó por lo bajo a su hembra, a su guarmi, para que complete el abrigo del lecho. La india, antes de obedecer al hombre, sacó fuera de la choza al perro, acomodó algo en el fogón y llevó al crío hasta la cama –al crío profundamente dormido en mitad de la vivienda–. Y antes de acostarse amorosa y humilde junto al amante –más que padre y marido para ella–, se despojó del rebozo, de la faja enrollada a la cintura, del anaco[179].

Desde el primer momento a Cunshi le pareció más nauseabundo que de ordinario el jergón, más pobladas de amenazas las tinieblas, más inquieto el sueño. No obstante durmió: una, dos horas. Al despertar –por el silencio, pasada la medianoche–, un nudo angustioso le apretaba en la garganta, le removía el estómago, le crujía en las tripas.

---

178   *Shucshi:* Interjección que se usa para espantar a los perros.

179   *Anaco* (quichua, anacu): Falda generalmente tejida de lana que usan las indias de la Sierra.

—Ayayay, taitiquitu –se quejó entonces la mujer por lo bajo para luego caer en un sopor que le pesaba en las articulaciones, que le ardía en la sangre.

También Andrés despertó con una dura molestia en el estómago. ¿Le dolía en realidad? Sí. Y fuerte. ¡Oh! Pero lo peor era la náusea, la saliva como de vinagre y zumo de hierba mora. Procuró quedarse quieto. Le parecía absurdo y penoso devolver lo que con tanto trabajo consiguió. De pronto –urgencia irrefrenable que le llenaba la boca–, el indio se levantó violentamente, abrió la puerta y, a dos pasos del umbral –no pudo avanzar más–, vomitó cuanto había devorado. Todo... Todo... Al volver al jergón, un poco más tranquilo y descargado, oyó que Cunshi también se quejaba:

—Ayayay, taitiquitu.

—Ave María. ¿Queriendu doler barriga está?

—Arí... Arí...

—Aguanta nu más, pes. Aguanta un raticu... –aconsejó el indio. Le parecía injusto que ella también se vea obligada a devolver la comidita de Taita Dios.

Ambos callaron por largos minutos –cinco, diez, quizás veinte–. El luchando entre la atención que debía prestar a la hembra y la modorra de un sueño lo aprendió al amañarse con Andrés Chiliquinga–, como de debilidad. Ella, obediente y crédula –todo trataba a toda costa –quejas remordidas, manos crispadas sobre la barriga, actitud de feto– de soportar el dolor, de tragarse la náusea que en oleaje frecuente le subía hasta la garganta... Y cuando no pudo más...

—Ayayay, taitiquitu.

—¿Eh?

—Ayayay.

—Aguanta nu más, pes.

—Nuuu...

—¿Las tripas?

—Arí.

—¿Qué haremus?

—Untar sebu.

—Sebu. Ayayay.

—Ladrillo caliente mejur.

—Mejur.

A tientas el indio pudo llegar al fogón. Del rescoldo y de las cenizas sacó un ladrillo. Mas, en ese mismo instante, Cunshi, como una sombra estremecida por la náusea y los retortijones, salió hacia afuera, y junto a la cerca, bajo unas matas de chilca, defecó entre quejas y frío sudor. Antes de levantarse, con un ¡ay! angustioso, miró hacia el cielo inclemente donde la oscuridad era infinita. Tuvo miedo, miedo extraño, y volvió a la choza. Al caer al jergón, murmuró:

—Achachay. Achachay, taitiquitu.

Andrés que había envuelto el ladrillo ardiente en una bayeta, le ofreció a la india:

—Toma nu más. En la barriga... En la barriguita... Caliente...

—¡Arrarray! Quemandu está, pes.

—Aguanta un pite. Un pite.

El calor en el vientre calmó un poco los retortijones de la mujer, pero en cambio agravó la modorra y las quejas. Sobre todo las quejas. Se hilvanaron con frases y palabras sin sentido. Así pasó el resto de la noche, y así llegó la luz de la mañana filtrándose en silencio por las rendijas y las abras de la puerta, de las paredes, del techo de paja. Instintivamente, Cunshi trató de incorporarse entre los ponchos y los cueros revueltos pero no pudo. La cabeza, el dolor general... Y como sintió entre nubes de inconsciencia que le abandonaban las fuerzas tuvo que troncharse sobre el hijo que aún dormía.

—Mama. Mamaaa –chilló el pequeño.

—Cayendo maicito... Cayendo papitas... Corre... Corre, pobre longu de huasipungo... Ayayay... –murmuró la enferma como si hablara con personajes invisibles.

Las voces despertaron al indio, el cual amenazó al muchacho:

—Longu pendeju. Taiticu sin dormir.

—Mama... Mama, pes –se disculpó el rapaz librándose del peso del cuerpo de la madre para luego retirarse a un rincón.

—Durmiendu... Durmiendu, pes, la pobre guarmi. Toditica la noche hechu una lástima mismo, opinó el indio, acomodando la cabeza de la hembra –floja como la de un pelele desarticulado– sobre una maleta de trapos sucios que le servía a la familia de almohada. Luego, al impulso de la costumbre, se levantó, se puso el poncho y el sombrero, buscó sus herramientas para el trabajo y, antes de salir, paralizado por una súbita inquietud, se dijo: «Nu está dormida... Respirandu como guagua enfermu... Como gashina cun mal... Comu cristianu brujeadu... Ave María... Taitiquitu... Veré a la pobre nu más, pes...», y volvió hasta el jergón, llamando:

—Cunshi, Cunshi. ¿Todavía duele la barriga?

El silencio de la mujer –los ojos semiabiertos, la boca hinchada, fatiga de fiebre en el aliento, palidez terrosa en las mejillas– produjo un temor supersticioso en el ánimo del cojo Chiliquinga, un temor que le obligó a insistir:

—¡Cunshiiii!

Por toda respuesta lloró el rapaz creyendo que el padre chillaba de furia como en los peores momentos de sus diabólicas borracheras.

—Espera nu más, longuitu... Nu voy, pes, a pegar... Mama está ni sé qué laya... ¿Qué será de poner? ¿Qué será de dar? –advirtió el indio consolando al muchacho. A continuación buscó algo por los huecos de las paredes, donde ella guardaba hierbas y amuletos contra el huaira, buscó por los rincones de la choza, buscó algo que él mismo no sabía lo que era. Cansado de buscar se acercó de nuevo a la enferma y murmuró:

—¿Qué te duele, pes? ¿La barriga? ¿Qué te pasa, guarmi? Comu muda. ¿Sueñu? Dormirás nu más otru pite.

Y dirigiéndose al muchacho que observaba acobardado desde un rincón, le ordenó:

—Vus, longuitu, cuidarás a mama. Cuidarásle que nu se levante. Cuidarásle todo mismu, pes.

—Arí, taiticu –afirmó el rapaz tratando de meterse bajo las cobijas del jergón para vigilar mejor a su madre. Al destapar los ponchos viejos un olor a excrementos fermentados saturó el ambiente.

—Ave María. Comu si fuera guagua tierna la pobre guarmi se ha embarrado nu más, se ha orinadu nu más, se ha cacadu nu más. Hechu una lástima toditicu –se lamentó el indio y con un trapo se puso a limpiar aquella letrina.

—Ayayay, taitiquitu.

—Tuditicu hechu una pushca.[180]

Cuando Andrés no pudo más –había empapado: dos trapos y un costal–, llamó al perro para que le ayude:

---

180 *Pushca* (quichua, puscha): Persona en estado calamitoso de salud.

El animal –llegó feliz y a una indicación del amo se acercó al jergón y lamió con su lengua voraz las piernas y las nalgas desnudas y sucias de la enferma.

—¡Basta, caraju! –chilló el indio cuando ella empezó a quejarse más de la cuenta.

—Nu... Nu, Taitiquitu... Defendeme, pes... Cuidándome... Amparándome... Ayayay... Yu... Yu... pobre he de correr nu más... Guañucta... Patrún picaru... Nu, taitiquitu... Nu, por Taita Dius... Boniticu... Nu, pes... Ayayay...

Sin saber por qué, Andrés se sintió culpable, recordó con amargura y hasta con remordimiento a los perros que de continuo ahorcaba en el patio de la hacienda por orden del amo o del mayordomo –ambos personajes defendían con celo inigualable las sementeras de maíz tierno de la plaga canina–. Al morir cada animal colgado de la cuerda sacaba la lengua de un color violáceo oscuro, defecaba y orinaba. «Comu la Cunshi... La Cunshiii... ¿Estará para morir? Nu, mamitica... Nuuu... ¿Pur qué, pes? ¿Qué mal ha cometido, pes?», se dijo el indio aturdido por el miedo. Y se acercó a la enferma y le tomó con ambas manos de la cara. Felizmente no estaba fría como un cadáver. Por el contrario, la fiebre le quemaba en las mejillas, en los labios, en los párpados, en todo el cuerpo, en... Aquello –quizás no lo sabía tranquilizó a Chiliquinga. Entonces agarró de nuevo las herramientas necesarias para el trabajo, insistió ante el hijo para que cuide a su madre y salió a toda prisa. Como siempre, avanzó por el chaquiñán. Se sentía alelado, mordido por un mal presagio, como si en su vida íntima se hubiera abierto una brecha, un hueco en el cual no acababa de caer, de estrellarse de una vez contra algo o contra alguien que le termine, que le aplaste. Buscó mentalmente apoyo pero encontró en su torno todo huidizo y ajeno. Para los demás –cholos, caballeros y patrones–, los dolores de los indios son dolores de mofa, de desprecio y de asco. ¿Qué podía significar su angustia por la enfermedad de la india ante las complejas y delicadas tragedias de los blancos? ¡Nada!

—Caraju –exclamó en tono de maldición Andrés al llegar al trabajo.

Por sus penas y por las penas de los suyos no había más remedio que sudar en el eterno contacto y en la eterna lucha con la tierra, Quizás por eso esa mañana el cojo Chiliquinga hundió el arado más fuerte que de costumbre y azotó a los bueyes de la yunta con más crueldad.

A mediodía, Chiliquinga no pudo resistir a la gana dolorosa de volver a su huasipungo. Abandonándolo todo, sin avisar a nadie porque nadie le hubiera dejado ir —ni el mayordomo, ni los chacracamas, ni los capataces—, corrió loma arriba sin tomar en cuenta los gritos que desde el vasto campo semiarado lanzaban sus compañeros. Al llegar a la choza, el muchacho le recibió llorando mientras repetía en tono lastimero:

—Mama... Mamitica...

—¿Qué, pes?

—Ayayay, mama.

En mitad de la vivienda el indio encontró a Cunshi que se retorcía en forma extraña —los ojos extraviados, revuelto el cabello en torno de los hombros, casi desnuda, temblores de posesa en todo el cuerpo—. «El mal, caraju... Agarrada del mal de taita diablu coloradu... Del huaira del cerru...», pensó Andrés —si pensamiento podía llamarse el grito de sus entrañas—. Y aquella obsesión supersticiosa eclipsó cualquier otra posibilidad de curar. Sí. Era el huaira que le estropearía hasta matarla. Al impulso de un ansia de dominio, de una furia primitiva que se resistía a permanecer impasible ante la crueldad del maleficio que atormentaba a la pobre longa, el indio Chiliquinga se lanzó sobre la enferma y trató de dominar con todo el poder de sus músculos, con todo el coraje de su corazón, a los diabólicos espasmos. Pero los brazos, las piernas, las rodillas, el pecho, el vientre, entera ella era un temblor irrefrenable.

—Longuita... Espera... Espera, pes... Shunguitu... —suplicó el indio.

La enferma de pronto lanzó un grito remordido, arqueó el cuerpo, movió con violencia de negación la cabeza, para luego caer en un silencio chirle, en un mudo abandono. Como todo aquello era inusitado y estúpido en la timidez, en la debilidad y en la mansedumbre habituales de la india, Chiliquinga no se atrevió a soltarla de inmediato —podía de nuevo el demonio sacudirla y estremecerla sin piedad— y, observándola detenidamente mientras esperaba que algo pase, pensó: «Respirandu... Respirandu está... Viviendu, pes... Taitiquitu... Espuma ha largadu de la boca la pobre... Dormida creu que está... Dormida... Hinchadus lus ojus también... Ave María... ¿Qué haremus pes? Ojalá el huaira se compadezca... Ni comu para avisar... Para...» Un tanto tranquilo al notar que el estado apacible de la mujer, se prolongaba —sólo de cuando en cuando una queja ronca—, Andrés soltó a la enferma y se acurrucó vigilante junto al jergón. Y dejó pasar las horas sin pensar en nada, sin ir al trabajo —tal era su inquietud y su temor—. A la noche, ante la urgencia gimoteante del rapaz, buscó en la bolsa de su cucayo. No había mucho. Un poco de maíz tostado que entregó al pequeño. Pero a la mañana siguiente —penumbra delatora, esperanza de un amanecer sin quejas—, el indio, sigiloso y paternal, trató de despertar a la mujer:

—Cunshi... Cunshiii...

Ella no se movió, no respiró. ¿Por qué? ¿Acaso continuaba sumida en la fiebre ¡e! delirio? O había... ¡No! La inquietud de una mala sospecha llevó inconscientemente al runa a palpar a la enferma: la cara, el pecho, la barriga, los brazos, el cuello. «Taitiquitu… Shunguiticu... Fría. ¡Fría está! Comu barra enserenada, comu piedra de páramu, comu mortecina mismu...», se dijo Chiliquinga con la angustia de haber descubierto un secreto asfixiante, un secreto para él solo. No debía saber nadie. Ni el perro, ni los cuyes que hambrientos corrían de un rincón a otro de la choza, ni los animales del huasipungo que esperaban afuera la india que les daba de comer, ni el hijo que miraba a la puerta sentado junto al fogón como un idiota, ni el mayordomo que descubriría la verdad, ni el patrón que... «¡Oh! Está muerta, pes. ¡Muertita!»

—Cunshiii.

A la tarde de ese mismo día llegó Policarpio a la choza de Chiliquinga. Desde la cerca gritó:

—¡Andréees! ¿Por qué tanta vagancia, carajo?

Sin respuesta, el cholo bajó de su mula y entró en el patio del huasipungo. El muchacho y el perro —sobre todo el perro, que había probado muchas veces la furia del acial de aquel poderoso personaje—

se refugiaron en el chiquero. El mayordomo espió con cuidado de pesquisa desde el umbral de la puerta de la vivienda. Cuando sus ojos se acostumbraron a la oscuridad del tugurio y pudo ver en el suelo el cadáver de la india, y pudo oír que el cojo Chiliquinga, acurrucado junto a la muerta, hilvanaba por lo bajo frases y lágrimas, y pudo entender toda la verdad, lo único que se le ocurrió fue reprochar y acusar al indio:

—Bien hecho, carajo. Por shuguas[181]. Por pendejos. Por animales. ¿Acaso no sé? Comerse la mortecina que el patrón mandó enterrar. Castigo de Taita Dios. El longo José Risco también está dando botes en la choza... Y la longa Manuela... Antes ellos avisaron pronto... Hasta para ver a la curandera, pes. ¿Y ahora qué haremos?

Andrés Chiliquinga, al tratar de responder al visitante alzó pesadamente la cabeza, miró con ojos nublados y en tono de aturdida desesperación, exclamó:

—Ahura. Uuu... Amitu mayordomu... Por caridad, pes... Que taiticu, patrón grande, su mercé, me adelante algu para veloriu... Boniticu... Shunguiticu...

Policarpio habló sobre el particular a don Alfonso, el cual negó toda ayuda al indio, al indio ladrón y desobediente. También el mayordomo regó la noticia de la muerte de Cunshi por el valle y por las laderas. De inmediato, parientes y amigos de la difunta cayeron en el huasipungo poblando el patio y la choza de tristes comentarios y angustiosas lágrimas. Cerca de la noche, dos indios músicos –pingullo[182] y tambor– se acomodaron a la cabecera de la muerta tendida en el suelo entre cuatro mecheros de sebo que ardían en tiestos de barro cocido. Desde que llegaron el tambor y el pingullo se llenó la vivienda mal alumbrada y hedionda con los golpes monótonos y desesperantes de los sanjuanitos[183]. Andrés, miembro más íntimo de Cunshi, miembro más íntimo para exaltar el duelo y llorar la pena, se colocó maquinalmente a los pies del cadáver envuelto en una sucia bayeta negra, y acurrucándose bajo el poncho soltó, al compás de la música, toda la asfixiante amargura que llenaba su pecho. Entre fluir de mocos y de lágrimas cayeron las palabras:

—Ay Cunshi, sha.

---

181 *Shugua:* Ladrón.
182 *Pingullo* (quichua, *pingullu*): flauta de carrizo que tocan los indios.
183 *Sanjuanito:* baile típico de los indios de la Sierra ecuatoriana.

—Ay bonitica, sha.

—¿Quién ha de cuidar, pes, puerquitus?

—Pur qué te vais sin shevar cuicitu.

—Ay Cunshi, sha.

—Ay bonitica, sha.

—Soliticu dejándome, nu.

—¿Quién ha de sembrar, pes, en huasipungo?

—¿Quién ha de cuidar, pes, al guagua?

—Guagua soliticu. Ayayay... Ayayay...

—Vamus cuger hierbita para cuy.

—Vamus cuger leñita en munte.

—Vamus cainar en río para lavar patas.

—Ay Cunshi, sha.

—Ay bonitica, sha.

—Quién ha de ver, pes, si gashinita está con güeybo[184]?

—Quién ha de calentar, pes, mazamurra?

—Quién ha de prender, pes, fogún, en noche fría?

—Ay Cunshi, sha.

—Ay bonitica, sha.

—Pur qué dejándome soliticu.

—Guagua, tan shorandu está.

—Ashcu tan shorandu está.

—Huaira tan shorandu está.

—Sembradu de maicitu tan quejandu está.

—Monte tan oscuro, oscuro está.

—Río tan shorandu está.

—Ay Cunshi, sha.

—Ay bonitica, sha.

—Ya no teniendu taiticu Andrés, ni maicitu, ni mishoquitu, ni zambitu.

—Nada, pes, porque ya nu has de sembrar vus.

—Porque ya nu has de cuidar vus.

—Porque ya nu has de calentar vus.

—Ay Cunshi, sha.

—Ay bonitica, sha.

—Cuando hambre tan cun quien para shorar.

---

184 Güevo: barbarismo por huevo

—Cuando dolur tan cun quien para quejar.

—Cuando trabajo tan cun quien para sudar.

—Ay Cunshi, sha.

—Ay bonitica, sha.

—Donde quiera conseguir para darte postura nueva.

—Anacu de bayeta.

—Rebozu coloradu.

—Tupushina[185] blanca,

—¿Pur qué te vais sin despedir? Comu ashcu sin dueño...

—Otrus añus que vengan tan, guañucta hemus de cumer.

—Este año ea, Taita Diositu castigandu.

—Muriendu de hambre estabas, pes. Peru cashadu, cashadu.

—Ay Cunshi sha.

—Ay bonitica, sha.

Secos los labios, ardientes los ojos, anudada la garganta, rota el alma, el indio siguió gritando al ritmo de la música las excelencias de su mujer, los pequeños deseos siempre truncos, sus virtudes silenciosas. Ante sus gentes podía decir todo. Ellos también... Ellos que, al sentirle agotado, sin voz y sin llanto, arrastrándole hasta un rincón, le dieron una buena dosis de aguardiente para atontarlo, y le dejaron tirado como un trapo, gimoteando por el resto de la noche. Entonces, algunos que se sentían con derecho, por miembro de familia, por compadre o por amiga querida, sustituyeron a Andrés Chiliquinga en las lamentaciones, en los gritos y en el llanto a los pies de la difunta. Todos por turno y en competencia de quejas. De quejas que se fueron avivando poco a poco hasta soldarse en amanecer en un coro que era como el alarido de un animal sangrante y acorralado en medio de la indiferencia de las breñas y del cielo, donde se diluía para enturbiar la angustia la música monótona de los sanjuanitos.

—El chasquibay[186] de la pobre Cunshi —opinaron santiguándose los campesinos que de lejos pudieron oír aquel murmullo doloroso que se esparcía por la ladera en mancha viscosa de luto.

—El chasquibay que aplaca.

—El chasquibay que despide.

—El chasquibaaay.

---

185 *Tupushina:* Manta pequeña que cubre la espalda de la india y se anuda al pecho con *tupu*.: prendedor.

186 *Chasquibay:* (quichua, *llaquipayana*): Lamento de los deudos en el velorio.

Andrés bebió de firme como si quisiera emborrachar un odio sin
timón y sin brújula, un odio que vagaba a la deriva en su intimidad,
y que de tanto dar vueltas en busca de un blanco propicio se clavaba
en sí mismo.

El chasquibay, a los tres días se consumió de podrido –la fetidez
del cadáver, los malos olores de los borrachos, la ronquera, el cansancio–. Entonces se habló de jachimayshay[187].

—Arí, taiticu...

—Arí, boniticu.

—La pobre Cunshi pidiendo está.

—¡Jachimayshay! ¡Jachimayshay! –exigieron amigos y deudos
como si de pronto hubieran notado la presencia de un extraño visitante.

Con palos viejos –unos que hallaron en la choza, otros que alguien
consiguió–, los indios más expertos del velatorio hicieron una especie
de tablado donde colocaron el cuerpo rígido y maloliente de Cunshi,
y rezando viejas oraciones en quichua transportaron el cadáver hasta
la orilla del río para el ritual del jachimayshay. Después de lavarse la
cara y las manos, un grupo de mujeres desnudó a la difunta y le bañó
cuidadosamente –frotándole con estopas de cabuya espumosa, raspándole los callos de los talones con cascajo de ladrillo, sacándole los
piojos de la cabeza con grueso peine de cacho[188]–. Debía ir al viaje
eterno limpia como llegó a la vida.

Andrés, en cambio, casi a la misma hora que sus amigos y parientes se ocupaban del jachimayshay, entró en el curato del pueblo,
a tratar con el párroco sobre los gastos de la misa, de los responsos y
de la sepultura cristiana.

—Ya... Ya estaba extrañoso de que no vinieras a verme en esta
hora tan dura. Pobre Cunshi –salmodió el sotanudo en cuanto el indio
Chiliquinga dio con él.

—¿Cómu ha de figurar[189], pes, taitiquitu, su mercé?

—Claro. Así me gusta. Tan buena. Tan servicial que era la difunta.

—Dius su lu pay, amitu. Ahura viniendu, pes, el pobre natural a
ver cuántu ha de pedir su mercé pur misa, pur responsus, pur en-
tierru, pur todu mismu.

---

187 *Jachimayshay:* (quichua, *llaquipag:* lamentable, deplorable y *mayllay:* lavar): baño ritual
de los muertos.
188 *Cacho*: Cuerno
189 *Figurar*: Imaginarse, presumir, suponer.

—Eso es...

—Patroncitu.

—Ven... Ven conmigo... La misa y los responsos es cosa corriente. Pero lo de la sepultura tienes que ver lo que más te guste, lo que más te convenga, lo que estés dispuesto a pagar. En eso tienes plena libertad. Absoluta libertad —murmuró jovial el sacerdote mientras guiaba al indio entre los pilares del corredor del convento y los puntales que sostenían las paredes de la iglesia desvencijada. Cuando llegaron a una especie de sementera de tumbas, toda florecida de cruces, que se extendía a la culata del templo, el sotanudo ordenó a su cliente.

—Mira... Mira, hijo.

—Jesús. Ave María —comentó Chiliquinga quitándose el sombrero respetuosamente.

—¡Mira! —insistió el cura observando el camposanto con codicia de terrateniente —según las malas lenguas aquello era un latifundio.

—Arí, taiticu. Ya veu, pes.

—Ahora bien. Estos... Los que se entierran aquí, en las primeras filas, como están más cerca del altar mayor, más cerca de las oraciones, y desde luego más cerca de Nuestro Señor Sacramentado —el fraile se sacó el bonete con mecánico movimiento e hizo una mística reverencia de caída de ojos—, son los que van. más pronto al cielo, son los que generalmente se salvan. Bueno... ¡De aquí al cielo no hay más que un pasito! Mira... Mira bien —insistió el sotanudo señalando al indio alelado, las cruces de la primera fila de tumbas, a cuyos pies crecían violetas, geranios, claveles. Luego, arrimándose plácidamente al tronco de un ciprés, continuó ponderando las excelencias de su mercadería con habilidad de verdulera:

—Hasta el ambiente es de paz, hasta el perfume es de cielo, hasta el aspecto es de bienaventuranza. Todo respira virtud. ¿No hueles?

—Taiticu.

—En este momento quisiera tener en mi presencia a un hereje para que me diga si estas flores pueden ser de un jardín humano. ¡De aquí al cielo no hay más que un pasito!

Luego el cura hizo una pausa, observó al indio —el cual se mostraba tímido, absorto y humillado ante cosa tan extraordinaria para su pobre mujer—, avanzó por un pequeño sendero y continuó un sermón ante las cruces de las tumbas que se levantaban en la mitad del camposanto:

—Estas cruces de palo sin pintar son todas de cholos e indios pobres. Como tú puedes comprender perfectamente, están un poco alejadas del santuario, y los rezos llegan a veces, a veces no. La misericordia de Dios, que es infinita —el cura hizo otra reverencia y otro saludo con el bonete, con los ojos—, les tiene a estos infelices destinados al purgatorio. Tú, mi querido Chiliquinga, sabes, lo que son las torturas del purgatorio. Son peores que las del infierno.

Al notar el religioso que el indio bajaba los ojos como si tuviera vergüenza de que la mercadería factible a sus posibilidades sea tratada mal, el buen Ministro de Dios se apresuró a consolar:

—Pero no por eso las almas dejan de salvarse en estas tumbas. Algún día será. Es como los rosales que ves aquí: un poco descuidados, envueltos en maleza, pero... Mucho les ha costado llegar a liberarse de las zarzas y de los espinos... Mas, al fin y al cabo, un día florecieron, dieron su perfume —así diciendo avanzó unos pasos para luego afirmar poniéndose serio – seriedad de voz y gesto apocalípticos:

—Y por último...

Interrumpió su discurso el sotanudo al ver que el indio se metía por unas tumbas mal cuidadas, derruidas, cubiertas de musgo húmedo y líquenes grises.

—No avances más por allí! –gritó.

—¡Jesus, taiticu!

—Acaso no percibes un olor extraño? ¿Algo fétido? ¿Algo azufrado?

—Nu, su mercé —respondió Chiliquinga después de oler hacia todos los lados.

—Ah! Es que no estás en gracia de Dios. Y quien no está en gracia de Dios no puede...

El indio sintió un peso sombrío que le robaba las fuerzas. Con torpes y temblorosos movimientos se dedicó a hacer girar su sombrero entre las manos. Mientras el señor cura, con mirada de desdén y asco, señalando hacia el rincón del cementerio, donde no se veían sino cruces apolilladas, donde las ortigas, las moras y los espinos habían crecido en desorden de cabellera desgreñada de bruja, donde un zumbar continuo de abejorros y zancudos escalofriaba el ánimo.

—Amitu...

—Allí... Los distantes, los olvidados, los réprobos.

—Uuuy...

—Los del...

Como si la palabra le quemara en la boca, el cura terminó en un grito:

—...¡infierno!

El indio, al oír semejante afirmación, trató de salir corriendo con el pánico de quien descubre de pronto haber estado sobre un abismo.

—Calma, hijo. Calma... —ordenó el párroco impidiendo la huida de Andrés. No obstante, concluyó:

—¿No oyes ese rumor? ¿No hueles esa fetidez? ¿No contemplas ese aspecto de pesadilla macabra?

—Taiticu.

—Es el olor, son los ayes, es la putrefacción de las almas condenadas.

—Arí, boniticu.

Preparado el cliente, el sotanudo entró de lleno a hablar de la cuestión económica.

—Ahora... Claro... Como tú te has portado siempre servicial conmigo te voy a cobrar baratico. Diferencia que no hago con nadie. Por la misa, los responsos y el entierro en la primera fila te cobraría solamente treinta y cinco sucres. ¡Regalado! En las tumbas de la mitad, que creo serán las que te convengan, te costaría veinticinco sucres.

—¿Y...?

—¡Ah! En las últimas, donde sólo habitan los demonios, cinco sucres. Cosa que no te aconsejaría ni estando loco. Preferible dejar a la longa sin sepultura. Pero como es obra de caridad enterrar a los muertos, hay que hacerlo.

—Arí, taiticu.

—Ya sabes...

—Taiticuuu —quiso objetar el indio.

—Fíjate antes de hablar. Es natural que todas las oraciones que no necesiten los de la primera fila aprovechen los de la segunda. Pero a la tercera no llega nada. No tiene que llegar nada. ¿Qué son treinta y cinco sucres en comparación de la vida eterna? ¡Una miseria! ¿Qué son veinticinco sucres en la esperanza de las almas?

—Bueno, pes, taiticu. En la primera ha de ser de enterrar, pes.

—Así me gusta. De ti no podía esperar otra cosa.

—Peru taiticu. Hacé, pes, una caridadcita.

—Que te rebaje? Para eso tienes la del centro. La pobre Cunshi padecerá un poco más pero se salvará de todos modos. Se salvará.

—Nu. Dius guarde. Rebaja ca, nu. Que haga la caridad de fiar, pes.

—¿Eh? ¿Qué dices?

—Un fiaditu nu más. Desquitandu en trabaju. En lu que quiera, taiticu. Desde las cuatru de la mañana he de venir nu más a desquitar en sembradu, en aradu...

—¡No! ¡Imposible!

«¿Entrar al cielo al fío? No faltaba otra cosa. ¿Y si no me paga el indio aquí en la tierra quién le casa a la difunta de allá arriba?», pensó el párroco verdaderamente indignado. Luego continuó:

—No se puede. Eso es una estupidez. Mezclar las burdas transacciones terrenales con las cosas celestiales. ¡Dios mío! ¿Qué es lo que oigo? ¿Qué ofensa tratan de inferirte, Señor?

Como el cura trató en ese instante de alzar los brazos y los ojos al cielo siguiendo su vieja costumbre de dialogar con la Corte Celestial, el indio suplicó apuradísimo:

—Nu, taiticu. Nu levantéis brazus...

—¿Qué respondes, entonces? Treinta y cinco, veinticinco.

—Ahura, taiticu...

—En el otro mundo todo es al contado.

—Así será, pes. Vuy a conseguir platita, pes, entonces. Ojalá Taita Dius ayude, pes.

—Tienes que sacarle de donde quiera. La salvación del alma es lo primero. El alma de un ser querido. De la pobre Cunshi. Tan buena que era. Tan servicial... – opinó el párroco presentando una cara compungida y lanzando un profundo suspiro.

Cuando Andrés estuvo de vuelta en la choza, los deudos, los amigos, el hijo y hasta el perro, roncaban amontonados por los rincones. La muerta, en cambio, con su olor nauseabundo pedía sepultura a gritos. Nervioso y desesperado ante aquella urgencia, Chiliquinga volvió a perderse por los chaquiñanes de la ladera. Su marcha a veces lenta, a veces veloz como la de un borracho de proyectos, borracho de las exigencias y de las palabras del sotanudo—, esquivaba, al parecer sin razón, todo encuentro. No había objeto. Nadie podría ayudarle. ¡Nadie! Conseguir... Conseguir el dinero... Todo lo que bebieron en el velatorio apareció con las gentes que llegaron a llorar y a consolar la pena. De pronto imaginó un equivalente que pudiera cubrir las exigencias del entierro. Podía vender algo. ¿Qué? Nada de valor quedaba en el huasipungo. Podía pedir a alguien. ¿A quién? Su deuda en la hacienda era muy grande. El en realidad no sabía... Años de trabajo para desquitar... Quizás toda la vida... Según las noticias del mayordomo el patrón estaba enojado. Pero podía... ¡Robar! La infernal tentación detuvo la carrera del indio. Murmuró entonces cosas raras por lo bajo buscando con los ojos en el suelo algo que sin duda esperaba ver aparecer de pronto, por las basuras del camino, por las pencas de las tapias, por los surcos que la carreta había dejado abiertos en el lodo, por el cielo... «El cielo para la Cunshi. Caraju. ¿Cun qué plata, pes?» Alguien le gritó desde sus entrañas: «¡Imposible!».

A lo lejos, más allá de la vega del río, los cuentayos y los huasicamas llevaban a encerrar en la talanquera el ganado de la hacienda. «Uuuu... Las cincu...», pensó Chiliquinga observando la mancha parda de las reses que se desplazaban por el valle, creyó haber apoyado inconscientemente su desesperación en una esperanza. ¿En una esperanza? ¿Cuál podía ser? Perdió el rastro, pero cobró aliento en un largo suspiro, para luego avanzar por un sendero que bordeaba el filo de un barranco. El sol había caído y la tarde maduraba hacia la noche entre algodones de neblina. Cansado de andar, Chiliquinga se preguntó adónde iba y murmuró a media voz arrimándose a una cerca:

—Para qué, pes, tantu correr, tantu andar? Pur brutu nu más... Pur mal natural... Así mismu suy... Manavali... ¿Quién ha de compadecer, pes? ¿Quién ha de hacer caridad, pes? Caraju...

Y de pronto estremeció su ánimo agotado una extraña presencia a sus espaldas. «Respiración de taita diablu», se dijo mirando de reojo hacia atrás. Era... Era la cabeza de una res que alargaba el hocico sobre las cabuyas de la tapia en busca de pasto tierno.

—Ave María. Casi me asustu, pes... –murmuró el indio y saltó la
cerca para ver mejor al animal. Era una vaca con la marca de la hacienda. «Cómu será, pes? Los cuentayus toditicu arrearun... Peru han
dejadu la vaca solitica... Mañusa... Mayordomu... Patrún... Uuuy...»,
pensó Chiliquinga mientras trepaba un risco desde donde podía dar
voces a las gentes del valle para que acudan en busca del animal extraviado. Mas, una clara sospecha le detuvo. Podía... Dudó unos instantes. Miró en su torno. Nadie. Además, la neblina y el crepúsculo
se espesaban por momentos. Una vaca vale... «Uuu... Peru será ayuda
de Taita Dius o será tentación de taita diablu... ¿De quién será, pes?»,
se interrogó el runa escurriéndose de la peña donde quiso trepar. Todo
era propicio, todo estaba fácil. La soledad, el silencio, la noche.

—Dius su lu pay, Taita Diositu –agradeció Andrés, aceptando sin
vacilaciones en su conciencia la ayuda de Dios. Sí. Robaría la vaca para
mandar a Cunshi al cielo. La solución era clara. Iría al pueblo del otro
lado del cerro, donde no le conoce nadie. Esperó la noche y arreando
la vaca avanzó camino abajo.

Al amanecer del siguiente día regresó de su aventura Andrés Chiliquinga. Las cosas habían cambiado para él. Tenía diez billetes de a
cinco escondidos en la faja que envolvía su cintura.

A los pocos días de aquello, los caminos del valle y los chaquiñanes
de las laderas se poblaron de pesquisas y de averiguaciones:

—Cien sucres dice el patroncitu que costaba.

—Cien sucres entericitus.

—Cómu ha de ser justu que unu pobre tenga que pagar?

—Comu cuentayu, pes.

—Comu huasicama, pes.

—Comu cuidadui pes.

—La vaca perderse.

—La vaca robarse.

—La vaca grande.

—La vaca manchada.

—Hacer cargu a unu pobre.

—Cuál se atrevería?

—¿Cúal será shugua?

—Mala muerte ha de tener.

—Castigu de Taita Dius ha de recibir.

Y guiados por el olfato de los perros, por las huellas de las pezuñas, por la dirección de la llama que a manera de banderín bermejo y brújula diabólica flotaba en la punta de un leño encendido, los interesados no cesaron de rastrear la pista del ladrón.

—Pur aquí, caraju.

—Por el otru ladu también.

—Ave María.

—Suelten... Suelten a lus perrus...

—Comparen las pisadas.

—Sun de natural cun hoshotas?

—Sun de cristianu cun zapatus?

—Parecen de natural.

—Jesús.

—Dius guarde.

Después de dos días de pesquisas surgió la verdad. Como el delincuente no podía devolver la vaca robada ni el costo de la misma, como el párroco alegó la imposibilidad de hacer transacciones y devoluciones con las cosas del Señor de los Cielos, al culpable se le cargó con cien sucres a la cuenta de anticipos como huasipunguero. Por otro lado, a don Alfonso le pareció indispensable hacer un escarmiento en pro de la moral de los indios —así los señores gringos no tendrán que escandalizarse ante el corrompido proceder de la gente del campo—. Sí. Un castigo público en el patio del caserío de la hacienda.

—Los runas verán con sus propios ojos que el robo, la pereza, la suciedad, la falta de respeto a las cosas del amo, sólo conducen a la sanción ejemplar, al castigo, a las torturas del látigo —anunció don Alfonso ante el teniente político, el cual se hallaba dispuesto a cumplir con toda precisión sus sagrados deberes.

—Lo que usted diga, pes. Estos indios perros le van a quitar la existencia. ¿Dónde un patrón así?

—Por eso mismo me quiero desligar de todo. Ya vienen los gringos. Ojalá en manos de esos hombres dominadores, de esos hombres que han sabido arrastrar con maestría el carro de la civilización, se compongan estos roscas bandidos, mal amansados. No quiero ser más la víctima.

—¿Siempre nos deja mismo?

—¿Y qué más puedo hacer? –interrogó a su vez el latifundista con gesto de resignación de mártir.

—Malo está, pes.

—Prorrogué un poco la entrega de la hacienda por razones de orden sentimental. La tierra le agarra a uno duro. ¡Duro! El lugar de nuestros trabajos y de nuestros sentimientos retiene más que el lugar de nuestros placeres.

Como plaza de feria se llenó de indios el patio del caserío de la hacienda para presenciar el castigo a Andrés Chiliquinga. Unos llegaron de buena voluntad, otros casi a la fuerza. De uno de los galpones que rodeaban a la casa misma sacaron a la víctima –cabizbajo, mirando de reojo, manos y temor acurrucados bajo el poncho–. El hijo –huérfano de Cunshi–, con la ingenuidad de sus cortos años, marchaba orgulloso tras el padre, entre los chagras policías de la tenencia política del pueblo que cuidaba al indio criminal. El grupo que realizaría el espectáculo llegó al centro del patio, junto a la estaca –medio árbol seco– donde los vaqueros solían dominar la furia del ganado, donde se marcaba a las reses de la hacienda, donde eran amarradas las vaconas primerizas para ordeñarles, donde se ahorcaba a los perros ladrones de maíz tierno.

—¡Tráiganle acá! –ordenó Jacinto Quintana, que oficiaba en el acto de maestro de ceremonias.

Arrastrado por dos policías fue el ladrón hasta los pies del teniente político. Como si todo estuviera previsto y ordenado se le despojó del poncho y de la cotona, en medio del silencio general. Sin duda nadie quería perder ningún detalle. Desnuda la espalda y el pecho hasta el ombligo, se le ató una huasca a los pulgares.

—Verán que todo esté bien ajustado. No se vaya a zafar y salga corriendo. Pasen la otra punta por arriba –ordenó con voz ronca Jacinto Quintana, más ronca en el silencio expectante, con ínfulas de gran capitán.

Obedientes los policías y los huasicamas comedidos echaron la cuerda por encima de la pequeña horqueta abierta en la punta de la estaca. Al primer tirón de los esbirros los brazos y las espaldas desnudos del indio tuvieron que estirarse en actitud de súplica al cielo.

—¡Duro! ¡Con fuerza, carajo! –chilló el teniente político al notar que los hombres que tiraban de la huasca no podían izar al runa desgraciado.

—Ahora, cholitos.

—¡Unaaa!

Al quedar suspendido crujieron levemente los huesos de Andrés Chiliquinga y la huasca se templó como cuerda de vihuela.

A cada movimiento de su cuerpo Andrés Chiliquinga sentía un mordisco de fuego en los pulgares. En la multitud flotaba, con vaguedad inconsciente, la triste impresión de hallarse frente a su destino. En ese momento el teniente político, luego de escupirse en las manos para asegurar el látigo, y a un gesto imperativo de don Alfonso Pereira –quien presidía desde el corredor de la casa aquel «tribunal de justicia»–, flageló al indio.

Sonaron los latigazos sobre el silencio taimado de la muchedumbre. La queja de la víctima enmudecía más a los espectadores, reprimiendo el fermento de una venganza indefinida: «Pur qué, taiticu? ¿Pur qué ha de ser siempre al pobre natural? ¡Carajuuu! ¡Maldita seaaa! En la boca zumu de hierba mora, en el shungo hiel de diablu. Aguanta nu más, taiticu, retorciendu como lombriz pisada. Para más tarde... ¿Qué, pes? Nada, carajuuu...»

Desde un rincón donde había permanecido olvidado, con salto felino se abalanzó el hijo de Cunshi a las piernas del hombre que azotaba a su padre y le clavó un mordisco de perro rabioso.

—¡Ayayay, carajo! ¡Suelta!

—Uuu...

—¡Longo hijo de puta! –gritó Jacinto Quintana al descubrir al pequeño aferrado con los dientes a su carne.

—¡Dale con el fuete! ¡Pronto! ¡Que aprenda desde chico a ser humilde! –ordenó el amo avanzando hasta la primera grada, en el mismo instante en el cual el cholo agredido se desembarazaba del muchacho, arrojándolo al suelo de un empellón y un latigazo.

—¡Carajo! ¡Bandido!

Teniente político, policías y huasicamas domaron a golpes al pequeño. El llanto y los gritos del huérfano sembraron en la muchedumbre un ansia de suplicar: «¡Basta, carajuuu! ¡Basta!» Pero la protesta se diluyó en la resignación y en el temor, dejando tan sólo un leve susurro de lágrimas y mocos entre las mujeres.

Volvió el acial a caer sobre la espalda de Chiliquinga. Nadie fue capaz de volver a interrumpir la sagrada tarea.

—¡Indio carajo! Agachó el pico rápido. ¡Maricón!

En la soledad de la choza, padre e hijo se curaron los golpes y las heridas con una mezcla rara de aguardiente, orines, tabaco y sal.

Por el pueblo corrió de boca en boca la noticia de la llegada de los señores gringos.

—Traen plata, guambritas.

—A repartir.

—Jajajay.

—Dizque son generosos.

—Ojalá nos saquen de la hambruna que soportamos.

—Dicen que harán mejoras en el pueblo.

—Tenemos que salir al encuentro.

—¿Qué nos darán?

—¿Qué nos traerán?

—Por aquí han de llegar.

—¡Luchitaaa!

—¡Mande!

—Barrerás la delantera de la tienda. Esta gente no puede ver la basura. –Máquinas traen.

—Así dicen.

—Así comentan.

—Más de veinte dice el Jacinto que son.

—Bueno está, pes.

—Traen plata, mama.

—Viva los señores gringos!

—Vivaaa!

Todas las banderas del pueblo adornaron las puertas y las ventanas –costumbre capitalina en los días de la Patria, del Corazón de Jesús y de la Virgen Dolorosa–. Las chagras casaderas se peinaron ese día con agua de manzanilla para que se les aclare el pelo y se echaron cintas de colores chillones al pelo y al cuello.

A la hora de la hora todos los habitantes del pueblo se congregaron en la plaza a recibir la buena nueva —el señor cura y el sacristán desde la torre de la iglesia, las mujeres desde la puerta de sus tiendas, desde el corredor abierto al camino de las casas las viejas y los hombres, desde la calle, jinetes en palo o en carrizo, los muchachos.

Por desgracia, los señores gringos, sin tomar en cuenta la inquietud de la gente y los adornos del pueblo, pasaron a toda marcha en tres automóviles de lujo. Los aplausos, los vivas y la alegría general fueron así decapitados. Entre los vecinos del pueblo sólo quedó el recuerdo.

—Yo le vi a un señor de pelo bermejo.

—Bermejo como de un ángel.

—Yo también le vi.

—Toditos mismos.

—Parecían Taita Dios.

—¿Cómo serán los guaguas?

—¿Beberán aguardiente puro?

—¿Con qué se chumarán?

—No pararon aquí como pensábamos.

—No hablaron con nosotros.

—Cómo han de hablar, pes, con los pobres chagras.

—Eso...

—¿Qué les hubieras dicho?

—Yo...

—¿Qué les hubieras ofrecido?

—Adonde el patrón Alfonso Pereira pasaron derechito.

—Con él sí, pes.

—El sí tiene como...

—Todo entre ellos.

—Todo.

Encaramados en una tapia, don Alfonso, Mr. Chapy y dos gringos más, planearon —en amena conversación— sobre la vasta extensión de la sierra el croquis para sus grandes proyectos.

—Lo del río está bueno. Gran trabajo. Allí pondremos nuestras casas, nuestras oficinas —anunció uno de los extranjeros.

—Well... Well... —dijo el otro.

—El carretero no es malo tampoco.

—Lo que yo ofrezco cumplo –advirtió don Alfonso, lleno de orgullo.

—Así se puede tratar.

—He tenido que meter mucho pulso, mucho ingenio, mucho dinero.

—¡Oh! Magnífico, amigo.

—Gracias.

—Pero... Mire... En esa loma nosotros pondremos el aserradero grande. La queremos limpia... Sólo eso falta... –anunció Mr. Chapy, señalando la ladera donde se amontonaban los huasipungos improvisados de los indios desplazados de la orilla del río y donde también se hallaba la choza de Chiliquinga.

—¡Ah! Eso... –murmuró don Alfonso en tono de duda que parecía afirmar: «No me he comprometido a tanto».

—No es mucho. La mayor parte...

—Está realizada.

—Yes. Pero... también eso.

—Se hará –concluyó un poco molesto el hacendado. Luego, desviando el tema de la plática, dijo–: A este lado tenemos, como ustedes podrán ver, bosques para un siglo. Maderas...

—Eso es otra cosa. Nosotros vamos por otro camino. ¿No ha leído usted que la cordillera oriental de estos Andes está llena de petróleo? Usted y su tío tendrán buena parte en el negocio.

—Sí. Claro....

—Lo de la madera es sólo para principiar... Para que no molesten...

—¡Ah! Eso, no. Aquí ustedes están seguros. Nadie se atreverá a molestarlos. ¿Quién? ¿Quién puede ser capaz? Ustedes... Ustedes han traído la civilización. ¿Qué más quieren estos indios? –chilló Pereira, dando una patada en el pedestal de tierra que le sostenía. Pero como la tapia era vieja se desmoronó sin soportar aquel alarde de fuerza y el terrateniente, entre nubes de polvo, dio con su humanidad en el suelo.

—¿Ve? ¿Ve usted cómo no sabemos dónde pisamos?

De acuerdo con lo ordenado con los señores gringos, don Alfonso contrató unos cuantos chagras forajidos para desalojar a los indios de los huasipungos de la loma. Grupo que fue capitaneado por el tuerto Rodríguez y por los policías de Jacinto Quintana. Con todas las mañas del abuso y de la sorpresa cayeron aquellos hombres sobre la primera choza –experiencia para las sucesivas.

—¡Fuera! ¡Tienen que salir inmediatamente de aquí! – ordenó el tuerto Rodríguez desde la puerta del primer tugurio dirigiéndose a una longa que en ese instante molía maíz en una piedra y a dos muchachos que espantaban gallinas.

Como era lógico, los aludidos ante lo inusitado de la orden permanecieron alelados, sin saber qué decir, qué hacer, qué responder. Sólo el perro –flaco, pequeño y receloso animal– se atrevió con largo y lastimero ladrido.

—¿No obedecen la orden del patrón?

—Taiticu... –murmuraron la india y los rapaces clavados en su sitio.

—¿No?

Como nadie respondió entonces, el cholo tuerto, dirigiéndose a los policías armados que le acompañaban, dijo en tono de quien solicita prueba: –A ustedes les consta. Ustedes son testigos. Se declaran en rebeldía.

—Así mismo es, pes.

—Procedan no más. ¡Sáquenlos!

—¡Vayan breve, carajo!

—Aquí vamos a empezar los trabajos que ordenan los señores gringos.

—Taiticuus.

Del rincón más oscuro de la choza surgió en ese momento un indio de mediana estatura y ojos inquietos. Con voz de taimada súplica protestó:

—¿Pur qué nos han de sacar, pes? Mi huasipungo es. Desde tiempu de patrún grande mismu. ¡Mi huasipungo!

Diferentes fueron las respuestas que recibió el indio del grupo de los cholos que se aprestaban a su trabajo devastador, aun cuando todas coincidían:

—Nosotros no sabemos nada, carajo.

—Salgan... ¡Salgan no más!

—¡Fuera!

—En la montaña hay terreno de sobra.

—Esta tierra necesita el patrón.

—¡Fuera todos!

Como el indio tratara de oponerse al desalojo, uno de los hombres le dio un empellón que le tiró sobre la piedra donde molía maíz la longa. Entretanto los otros, armados de picas, de barras y de palas, iniciaban su trabajo sobre la choza.

—¡Fuera todos!

—Patruncitu. Pur caridad, pur vida suya, pur almas santas. Esperen un raticu nu más, pes –suplicó el runa temblando de miedo y de coraje a la vez.

—Pur Taita Dius. Pur Mama Virgen –dijo la longa...

—Uuu... –chillaron los pequeños.

—¡Fuera, carajo!

—Un raticu para sacar los cuerus de chivu, para sacar lus punchus viejus, para sacar la osha de barru, para sacar todu mismo –solicitó el campesino, aceptando la desgracia como cosa inevitable; él sabía que ante una orden del patrón, ante el látigo del tuerto Rodríguez y ante las balas del teniente político, nada se podía hacer.

Apresuradamente la mujer sacó lo que pudo de la choza, entre el griterío y el llanto de los pequeños. A la vista de la familia campesina fue desbaratada a machetazos la techumbre de paja y derruidas a barra y pica las paredes de adobón renegridas por adentro, carcomidas por afuera.

No obstante saber todo lo que sabía del «amo, su mercé, patrón grande», el indio, lleno de ingenuidad y estúpida esperanza, como un autómata, no cesaba de advertir:

—He de avisar a patrún, caraju... A patrún grande... Patrún ha de hacer justicia.

—Te ha de mandar a patadas, runa bruto. Él mismo nos manda. ¿Nosotros por qué, pes? –afirmaron los hombres al retirarse, dejando todo en escombros.

Entre la basura y el polvo, la mujer y los muchachos, con queja y llanto de velorio, buscaron y rebuscaron cuanto podían llevar con ellos:

—Ve, pes, la bayetica, ayayay.

—La cuchara de palu también.

—La cazuela de barru.

—Toditu estaba quedando comu ashcu sin dueñu.

—Faja de guagua.

—Cotona de longo.

—Rebozu de guarmi.

—Piedra de moler pur pesadu ha de quedar nu más.

—Adobes para almohada también.

—Boñigas secas, ayayay.

—Buscarás bien, guagua.

—Buscarás bien, mama.

—Ayayay.

El indio, enloquecido quizás, sin atreverse a recoger nada, transitaba una y otra vez entre los palos, entre las pajas, entre los montones de tierra que aún olían a la miseria de su jergón, de su comida, de sus sudores, de sus borracheras, de sus piojos. Una angustia asfixiante y temblorosa le pulsaba en las entrañas. ¿Qué hacer? ¿Adónde ir? ¿Cómo arrancarse de ese pedazo de tierra que hasta hace unos momentos le creía suyo?

A la tarde, resbalando por una resignación a punto de estallar en lágrimas o en maldiciones, el indio hizo las maletas con todo lo que había recogido la familia, y seguido por la mujer, por los rapaces y por el perro se metió por el chaquiñán de la loma, pensando pedir posada a Tocuso, hasta hablar con el patrón.

Un compadre, al pasar a la carrera por el sendero que cruza junto a la choza de Andrés Chiliquinga, fue el primero que le dio la noticia del despojo violento de las huasipungos de las faldas de la ladera.

—Toditicu este ladu va a limpiar, taiticu.

—¿Cómu, pes?

—Arí.

—¿Lus de abaju?

—Lus de abajuu.

Aquello era inquietante. Muy inquietante, pero el indio se tranquilizó porque le parecía imposible que lleguen hasta la cima llena de quebradas y de barrancos donde él y su difunta Cunshi plantaron el tugurio que ahora... Mas, a media mañana, el hijo, quien había ido por agua al río, llegó en una sola carrera, y, entre pausas de fatiga y susto, le anunció:

—Tumbandu están la choza del vecinu Cachitambu, taiticu.

—¿Qué?

—Aquicitu, nu más, pes. Amu patrún policía diju que han de venir a tumbar ésta también.

—¿Cómu?

—Arí, taiticu.

—¿Mi choza?

—Arí. Diju...

—¿A quitar huasipungo de Chiliquinga?

—Arí, taiticu.

—Guambra mentirosu.

—Ahí, taiticu. Oyendu quedé, pes.

—Caraju, mierda.

—Donde el patoju Andrés nus falta, estaban diciendo.

—Dónde patoju, nu?

—Arí, taiticu.

—Caraju.

—Cierticu.

—Nu han de robar así nu más a taita Andrés Chiliquinga —concluyó el indio, rascándose la cabeza, lleno de un despertar de oscuras e indefinidas venganzas. Ya le era imposible dudar de la verdad del atropello que invadía el cerro. Llegaban... Llegaban más pronto de lo que él pudo imaginarse. Echarían abajo su techo, le quitarían la tierra. Sin encontrar una defensa posible, acorralado como siempre, se puso pálido, con la boca semiabierta, con los ojos fijos, con la garganta anudada. ¡No! Le parecía absurdo que a él... Tendrían que tumbarle con hacha como a un árbol viejo del monte. Tendrían que arrastrarle con yunta de bueyes para arrancarle de la choza donde se amañó, donde vio nacer al guagua y morir a su Cunshi. ¡Imposible! ¡Mentira! No obstante, a lo largo de todos los chaquiñanes del cerro la trágica noticia levantaba un revuelo como de protestas taimadas, como de odio reprimido. Bajo un cielo inclemente y un vagar sin destino, los longos despojados se arremangaban el poncho en actitud de pelea, como si estuvieran borrachos, algo les hervía en la sangre, les ardía en los ojos, se les crispaba en los dedos y les crujía en los dientes como tostado de carajos. Las indias murmuraban cosas raras, se sonaban la nariz estrepitosamente y de cuando en cuando lanzaban un alarido en recuerdo de la realidad que vivían. Los pequeños lloraban. Quizás era más angustiosa y sorda la inquietud de los que esperaban la trágica visita. Los hombres entraban y salían de la choza, buscaban algo en los chiqueros, en los gallineros, en los pequeños sembrados, olfateaban por los rincones, se golpeaban el pecho con los puños —extraña aberración masoquista—, amenazaban a la impavidez del cielo con el coraje de un gruñido inconsciente. Las mujeres, junto al padre o al marido que podía defenderlas, planeaban y exigían cosas de un heroísmo absurdo. Los muchachos se armaban de palos y piedras que al final resultaban inútiles. Y todo en la ladera, con sus pequeños arroyos, con sus grandes quebradas, con sus locos chaquiñanes, con sus colores vivos unos y desvaídos otros, parecía jadear como una mole enferma en el medio del valle.

En espera de algo providencial, la indiada, con los labios secos, con los ojos escaldados, escudriñaba en la distancia. De alguna parte debía venir. ¿De dónde, carajo? De... De muy lejos al parecer. Del corazón mismo de las pencas de cabuya, del chaparro, de las breñas de lo alto. De un misterioso cuerno que alguien soplaba para congregar y exaltar la rebeldía ancestral. Sí. Llegó. Era Andrés Chiliquinga que, subido a la cerca de su huasipungo —por consejo e impulso de un claro coraje en su desesperación—, llamaba a los suyos con la voz ronca voz del cuerno de guerra que heredó de su padre.

Los huasipungueros del cerro —en alarde de larvas venenosas— despertaron entonces con alarido que estremeció el valle. Por los senderos, por los chaquiñanes, por los caminos corrieron presurosos los pies desnudos de las longas y de los muchachos, los pies calzados con hoshotas y con alpargatas de los runas. La actitud desconcertada e indefensa de campesinos se trocó al embrujo del alarido ancestral que llegaba desde el huasipungo de Chiliquinga en virilidad de asalto y barricada.

De todos los horizontes de las laderas y desde más abajo del cerro, llegaron los indios con sus mujeres, con sus guaguas, con sus perros, al huasipungo de Andrés Chiliquinga. Llegaron sudorosos, estremecidos por la rebeldía, chorreándoles de la jeta el odio, encendidas en las pupilas interrogaciones esperanzadas:

—¿Qué haremus, caraju?

—¿Qué?

—¿Cómu?

—¡Habla nu más, taiticu Andrés!

—¡Habla para quemar lu que sea!

—¡Habla para matar al que sea!

—¡Carajuuu!

—¡Decí, pes!

—¡Nu vale quedar comu mudu después de tocar el cuernu de taitas grandes!

—¡Taiticuuu!

—¡Algu has de decir!

—¡Algu has de aconsejar!

—¿Para qué cogiste entonces a los pobres naturales comu a manada de ganadu, pes?

—¿Para qué?

—Pur qué nu dejaste cun la pena nu más comu a nuestros difuntus mayores?

—Mordidus el shungu de esperanza.

—Vagandu pur cerru y pur quebrada.

—Pur qué, caraju?

—¿Ahura ca habla, pes?

—¿Qué dice el cuernu?

—¿Quéee?

—¡Taiticuuu!

—¿Nus arrancarán así, nu más de la tierra?

—De la choza tan.

—Del sembraditu tan.

—De todu mismu.

—Nus arrancarán comu hierba manavali.

—Comu perru sin dueñu.

—¡Decí, pes!

—Taiticuuu.

Chiliquinga sintió tan honda la actitud urgente —era la suya propia— de la muchedumbre que llenaba el patio de su huasipungo y se apiñaba detrás de la cerca, de la muchedumbre erizada de preguntas, de picas, de hachas, de machetes, de palos y de puños en alto, que creyó caer en un hueco sin fondo, morir de vergüenza y de desorientación. ¿Para qué había llamado a todos los suyos con la urgencia inconsciente de la sangre? ¿Qué debía decirles? ¿Quién le aconsejó en realidad aquello? ¿Fue sólo un capricho criminal de su sangre de runa mal amansado, atrevido? ¡No! Alguien o algo le hizo recordar en ese instante que él obró así guiado por el profundo apego al pedazo de tierra y al techo de su huasipungo, impulsado por el buen coraje contra la injusticia, instintivamente. Y fue entonces cuando Chiliquinga, trepado aún sobre la tapia, crispó sus manos sobre el cuerno lleno de alaridos rebeldes, y, sintiendo con ansia clara e infinita el deseo y la urgencia de todos, inventó la palabra que podía orientar la furia reprimida durante siglos, la palabra que podía servirles de bandera y de ciega emoción. Gritó hasta enronquecer:

—¡Ñucanchic[190] huasipungooo!

—¡Ñucanchic huasipungo! —aulló la indiada levantando en alto sus puños y sus herramientas con fervor que le llegaba de lejos, de lo más profundo de la sangre. El alarido rodó por la loma, horadó la montaña, se arremolinó en el valle y fue a clavarse en el corazón del caserío de la hacienda:

—¡Ñucanchic huasipungooo!

La multitud campesina —cada vez más nutrida y violenta con indios que llegaban de toda la comarca—, llevando por delante el grito ensordecedor que le dio Chiliquinga, se desangró chaquiñán abajo. Los runas más audaces e impacientes precipitaban la marcha echándose en el suelo y dejándose rodar por la pendiente. Al paso de aquella caravana infernal huían todos los silencios de los chaparros, de las zanjas y de las cunetas, se estremecían los sembrados, y se arrugaba la impavidez del cielo.

En mitad de aquella mancha parda que avanzaba, al parecer lentamente, las mujeres, desgreñadas, sucias, seguidas por muchos críos,

---

190 *Ñucanchic:* Nuestro o nuestra.

de nalgas y vientre al aire, lanzaban quejas y declaraban vergonzosos ultrajes de los blancos para exaltar más, y más el coraje y odio de los machos.

—¡Ñucanchic, huasipungooo!

Los muchachos, imitando a los longos mayores, armados de ramas, de palos, de leños, sin saber hacia dónde les podía llevar su grito, repetían:

—¡Ñucanchic huasipungooo!

El primer encuentro de los enfurecidos huasipungueros fue con el grupo de hombres que capitaneaba el tuerto Rodríguez, al cual se había sumado Jacinto Quintana. Las balas detuvieron a los indios. Al advertir el teniente político el peligro, quiso huir por un barranco, pero desgraciadamente, del fondo mismo de la quebrada por donde iba surgieron algunos runas que seguían a Chiliquinga. Con cojera que parecía apoyarse en los muletos de una furia enloquecida, Andrés se lanzó sobre el cholo y, con diabólica fuerza y violencia firmó la cancelación de toda su venganza sobre la cabeza de la aturdida autoridad con un grueso garrote de eucalipto. Con un carajo cayó el cholo y de inmediato quiso levantarse apoyando las manos en el suelo.

—¡Maldituuu! –bufaron en coro los indios con satisfacción de haber aplastado a un piojo que les venía chupando la sangre desde siempre.

El teniente político, atontado por el garrotazo, andando a gatas, esquivó el segundo golpe de uno de los indios.

—¡Nu has de poder fugarte, caraju! –afirmó entonces Chiliquinga, persiguiendo al cholo que se escurría como lagartija entre los matorrales del barranco, y al dar con él y arrastrarle del culo hasta sus pies, le propinó un golpe certero en la cabeza, un golpe que templó a Jacinto Quintana para siempre.

—¡Ahura ca movete, pes! ¡Maricún!

Cinco cadáveres, entre los cuales se contaban el de Jacinto Quintana y el del tuerto Rodríguez, quedaron tendidos por los chaquiñanes del cerro en aquel primer encuentro que duró hasta la noche.

Al llegar las noticias macabras del pueblo junto con los alaridos de la indiada que crecían minuto a minuto a la hacienda, Mr. Chapy

–huésped ilustre de Cuchitambo desde dos semanas atrás–, palmo-
teando en la espalda al terrateniente, murmuró:

—¿Ve usted, mi querido amigo, que no se sabe dónde se pisa?

—Sí. Pero el momento no es para bromas. Huyamos a Quito –su-
girió don Alfonso, con mal disimulado terror.

—Yes...

—Debemos mandar fuerzas armadas. Hablaré con mis parientes,
con las autoridades. Esto se liquida sólo a bala.

Un automóvil cruzó por el carretero a toda máquina, como perro
con el rabo entre las piernas ante el alarido del cerro que estremecía
la comarca:

—¡Ñucanchic huasipungooo!

A la mañana siguiente fue atacado el caserío de la hacienda. Los
indios al entrar en la casa centuplicaron los gritos, cuyo eco retumbó
en las viejas puertas de labrado aldabón, en los sótanos, en el oratorio
abandonado, en los amplios corredores, en el cobertizo del horno y
del establo mayor. Sin hallar al mayordomo a quien hubieran
aplastado con placer, los huasipungueros dieron libertad a las servicias, a los huasicamas, a los pongos. Aun cuando las trojes y las bo-
degas se hallaban vacías, en la despensa hallaron buenas provisiones.
Por desgracia, cuando llegó el hartazgo, un recelo supersticioso
cundió entre ellos, y huyeron de nuevo hacia el cerro de sus huasipungos, gritando siempre la frase que les infundía coraje, amor y sacrificio:

—¡Ñucanchic huasipungooo!

Desde la capital, con la presteza con la cual las autoridades del Gobierno atienden estos casos, fueron enviados doscientos hombres de
infantería a sofocar la rebelión. En los círculos sociales y guberna-
mentales la noticia circuló entre alarde de comentarios de indignación
y órdenes heroicas:

—Que se les mate sin piedad a semejantes bandidos.

—Que se acabe con ellos como hicieron otros pueblos más civilizados.

—Que se les elimine para tranquilidad de nuestros hogares cristianos.

—Hay que defender a las glorias nacionales... A don Alfonso Pereira, que hizo solo un carretero.

—Hay que defender a las desinteresadas y civilizadoras empresas extranjeras.

Los soldados llegaron a Tamachi al mando de un comandante –héroe de cien cuartelazos y de otras tantas viradas y reviradas–, el cual, antes de entrar en funciones, remojó el gaznate y templó el valor con buena dosis de aguardiente en la cantina de Juana, a esas horas viuda de Quintana, que se hallaba apuradísima y lloriqueante en los preparativos del velorio de su marido:

—Mi señor general... Mi señor coronel... Tómese no más para poner fuerzas... Mate a toditos los indios facinerosos... Vea cómo me dejan viuda de la noche a la mañana.

—Salud... Por usted, buena moza...

—Favor suyo. Ojalá les agarren a unos cuantos runas vivos para hacer escarmiento.

—Difícil. En el famoso levantamiento de los indios en Cuenca, traté de amenazarles y ordené descargas al aire. Inútil. No conseguí nada.

—Son unos salvajes.

—Hubo que matar muchos. Más de cien runas.

—Aquí...

—Será cuestión de dos horas.

A media tarde la tropa llegada de la capital empezó el ascenso de la ladera del cerro. Las balas de los fusiles y las balas de las ametralladoras silenciaron en parte los gritos de la indiada rebelde. Patrullas de soldados, arrastrándose al amparo de los recodos, de las zanjas, de los barrancos, dieron caza a los indios, a las indias y a los muchachos que con desesperación de ratas asustadas se ocultaban y arrastraban por todos los refugios: las cuevas, los totorales de los pantanos, el follaje de los chaparros, las abras de las rocas, la profundidad de las quebradas. Fue fácil en el primer momento para los soldados –gracias al pánico de los tiros, que seleccionó muy pronto un grupo numeroso de valientes– avanzar sin temor, adiestrando la puntería en las longas, en los guaguas y en los runas que no alcanzaron a replegarse para resistir:

—Ve, cholo. Entre esas matas está unito. El cree...

—Cierto. Ya le vi.

—Se esconde de la patrulla que debe ir por el camino.

—Verás mi puntería, carajo.

Sonó el disparo. Un indio alto, flaco, surgió como borracho del chaparral, crispó las manos en el pecho, quiso hablar, maldecir quizás, pero un segundo disparo tronchó al indio y a todas sus buenas o malas palabras.

—Carajo. Esto es una pendejada matarles así no más.

—¿Y qué vamos a hacer, pes? Es orden superior.

—Desarmados.

—Como sea, dijo el jefe.

—Como sea...

También en un grupo de tropa que avanzaba por el otro lado de la ladera se sucedían escenas y diálogos parecidos:

—El otro me falló, carajo. Pero éste no se escapa.

—El otro era un guambra no más, pes. Este parece runa viejo.

—Difícil está.

—¿Qué ha de estar? Verás, yo...

—Dale.

—Aprenderás. Un pepo[191] para centro.

Cual eco del disparo se oyó un grito angustioso, y enredado entre las ramas del árbol las alas del poncho, cayó al suelo el indio que había sido certeramente cazado.

—¡Púchica! Le di. Conmigo no hay pendejadas.

—Pero remordido me quedó el alarido del runa en la sangre.

—Así mismo es al principio. Después uno se acostumbra.

—Se acostumbra...

En efecto, la furia victoriosa enardeció la crueldad de los soldados. Cazaron y mataron a los rebeldes con la misma diligencia, con el mismo gesto de asco y repugnancia, con el mismo impudor y preci-pitación con el cual hubieran aplastado bichos venenosos. ¡Que mueran todos! Sí. Los pequeños que se habían refugiado con algunas mujeres bajo el follaje que inclinaba sus ramas sobre el agua lodosa de una charca, cayeron también bajo el golpe inclemente de una ráfaga de ametralladora.

---

191 *Pepo*: Tiro que da en el blanco.

Muy entrada la tarde, el sol al hundirse entre los cerros, lo hizo tiñendo las nubes en la sangre de las charcas. Sólo los runas que lograron replegarse con valor hacia el huasipungo de Andrés Chiliquinga –defendido por chaquiñán en cuesta para llegar y por despeñaderos en torno– resistían aferrándose a lo ventajoso del terreno.

—Tenemos que atacar pronto para que no huyan por la noche los longos atrincherados en la cima. La pendiente es dura, pero... –opinó impaciente el jefe entre sus soldados. Y sin terminar la frase, con salto de sapo, se refugió en un hueco ante la embestida de una enorme piedra que descendía por la pendiente dando brincos como toro bravo.

—Uuuy.

—Carajo.

—Quita.

—Si no me aparto a tiempo me aplastan estos indios cabrones –exclamó un oficial saliendo de una zanja y mirando con ojos de odio y desafío hacia lo alto de la ladera.

—Es indispensable que no huyan. A lo peor se conectan con los indios del resto de la República y nos envuelven en una gorda... –concluyó el jefe.

Metidos en una zanja que se abría a poca distancia de la choza de Chiliquinga, un grupo de indios –estremecidos de coraje– empujaban piedras pendiente abajo. Y uno, el más viejo, disparaba con una escopeta de cazar tórtolas.

De pronto, los soldados empezaron a trepar abriendo en abanico sus filas y pisando cuidadosamente en los peldaños que podían –uno tras otro–, mientras disparaban las ráfagas de las ametralladoras. Al acercarse el fuego, la imprudencia de las longas que acarreaban piedras fuera de la zanja las dejó tendidas para siempre.

—¡Caraju! ¡Traigan más piedras, pes! –gritaron los runas atrincherados. Por toda respuesta un murmullo de ayes y quejas les llegó arrastrándose por el suelo. De pronto, trágico misterio, del labio inferior de la zanja surgieron bayonetas como dientes. Varios quedaron clavados en la tierra.

—Pur aquí, taiticu –invitó urgente el hijo de Chiliquinga, tirando del poncho al padre y conduciéndole por el hueco de un pequeño desagüe. Cuatro runas que oyeron la invitación del muchacho, entraron también por el mismo escape. A gatas y guiados por el rapaz dieron muy pronto con la culata de la choza de Andrés, entraron en ella. Instintivamente aseguraron la puerta con todo lo que podía servir de tranca –la piedra de moler, los ladrillos del fogón, las leñas, los palos–. El silencio que llegaba desde afuera, las paredes, el techo, les dio la seguridad del buen refugio. La pausa que siguió la ocuparon en limpiarse la cara sucia de sudor y de polvo, en mascar en voz baja maldiciones, en rascarse la cabeza. Era como un despertar de pesadilla ¿Quién les había metido en eso? ¿Por qué? Miraron solapadamente, con la misma angustia supersticiosa y vengativa con la cual se acercaron al teniente político o al tuerto Rodríguez antes de matarles, a Chiliquinga. Al runa que les congregó al embrujo del cuerno. «Él... Él, carajuuu». Pero acontecimientos graves y urgentes se desarrollaron con mayor velocidad que las negras sospechas y las malas intenciones. El silencio expectante se rompió de súbito en el interior de la choza. Una ráfaga de ametralladora acribilló la techumbre de paja. El hijo de Chiliquinga, que hasta entonces había puesto coraje en los runas mayores por su despreocupación ladina y servicial, lanzó un grito y se aferró temblando a las piernas del padre.

—Taiticu. Taiticu, favorecenus, pes –suplicó .

—Longuitu maricún. ¿Por qué, pes, ahura gritando? Estate nu más con la boca cerrada –murmuró Chiliquinga tragando carajos y lágrimas de impotencia, mientras cubría al hijo con los brazos y el poncho desgarrado.

Nutridas las balas, no tardaron en prender fuego en la paja. Ardieron los palos. Entre la asfixia del humo que llenaba el tugurio –humo negro de hollín y de miseria–, entre el llanto del pequeño, entre la tos que desgarraba el pecho y la garganta de todos, entre la lluvia de pavesas, entre los olores picantes que sancochaban los ojos, surgieron como imploración las maldiciones y las quejas:

—Carajuuu.

—Taiticuu. Hacé, pes, algo.

—Morir asadu comu cuy.

—Comu alma de infernu.

—Comu taita diablu.

—Taiticu.

—Abrí nu más la puerta.

—Abrí nu más, caraju.

Descontrolados por la asfixia, por el pequeño que lloraba, los indios obligaron a Chiliquinga a abrir la puerta que empezaba a incendiarse. Atrás quedaba el barranco, encima el fuego, al frente las balas.

—Abrí nu más, caraju.

—Maldita sea.

—¡Carajuuu!

Andrés retiró precipitadamente las trancas, agarró al hijo bajo el brazo –como un fardo querido– y abrió la puerta.

—¡Salgan, caraju, maricones!

El viento de la tarde refrescó la cara del indio. Sus ojos pudieron ver por breves momentos de nuevo la vida, sentirla como algo... «Qué carajuuu», se dijo. Apretó el muchacho sobre el sobaco, avanzó hacia afuera, trató de maldecir y gritó, con grito que fue a clavarse en lo más duro de las balas:

—¡Ñucanchic huasipungooo!

Luego se lanzó hacia adelante con ansia de ahogar a la estúpida voz de los fusiles. En coro con los suyos que les sintió tras él, repitió:

—¡Ñucanchic huasipungooo, caraju!

De pronto, como un rayo, todo enmudeció para él, para ellos. Pronto, también, la choza terminó de arder. El sol se hundió definitivamente. Sobre el silencio, sobre la protesta amordazada, la bandera patria del glorioso batallón flameó con ondulaciones de carcajada sarcástica. ¿Y después? Los señores gringos.

Al amanecer, entre las chozas deshechas, entre los escombros, entre las cenizas, entre los cadáveres tibios aún, surgieron, como en los sueños, sementeras de brazos flacos como espigas de cebada que al dejarse acariciar por los vientos helados de los páramos de América, murmuraron con voz ululante de taladro.

—¡Ñucanchic huasipungo!

—¡Ñucanchic huasipungo!

Vocabulario

Acacito: ....Diminutivo de acá.

Achachay: ....Exclamación. Expresa sensación de frío

Ahura: ....Ahora.

Allacito: ....Diminutivo de allá.

Amaño o Amañarse:Convivir maritalmente antes de la unión «civilizada». Tiempo para acostumbrarse al completo conocimiento sexual.

Amitu: ....Amito. Generalmente el indio cuando habla en castellano cambia la última o de una palabra en u.

Anaco: ....Bayeta que la mujer india se envuelve en la cintura a manera de pollera.

Ari: ....Sí.

Arrarray: ....Exclamación. Expresa sensación dolorosa de quemadura.

Ashco: ....Perro.

Atatay: ....Exclamación. Expresa sensación de asco.

Ca o Ga: ....Sólo sirve para dar fuerza a la frase.

Cabuyo: ....Planta espinosa.

Cainar: ....Pasar el día o las horas en algún lugar.

Canelazo: ....Infusión de canela con buena dosis de aguardiente.

CAPACHO: ....Sombrero viejo y deforme.

CAREO: ....Descanso de los gallos en las peleas para prepararles a un nuevo encuentro.

CARI: ....Hombre.

CARISHINA: ....Mujer de pocos escrúpulos sexuales. Se desenvuelve como hombre.

CONCHABANDO: .Conquistando.

COTEJAS:.............Iguales para la pelea.

COTONA:.............Especie de camisa que usa el indio.

CUCAYO:.............Comestibles que se llevan en los viajes.

CUCHIPAPA:.......Patata para los cerdos.

CUENTA YO: ....indio que tiene a su cargo el cuidado de las reses de la hacienda.

CUICHI:..............Genio de maleficio que surge de los cerros o de las quebradas.

CUTULES: ....Hojas que envuelven la mazorca de maíz.

CUY:...................Conejillo de indias.

CHACHI: ....Sentarse.

CHACRA:.............Forma despectiva para designar las viviendas y las tierras de los campesinos.

CHACRACAMA:....Indio que cuida por las noches las sementeras.

CHAGRA:.............Gente de aldea. En la capital se les llama así a los que llegan de las provincias.

CHAGRILLO:........Flores deshojadas para arrojar al paso de un Santo o de una Virgen que va en procesión.

CHAGUARMISHQUI:...Bebida dulce. Se saca de la savia fermentada del cogollo del cabuyo.

CHAMBA:.............Raíces y hierbas enredadas en barro.

CHAMIZA: ....Ramas secas para fogatas en general.

CHAPAR:.............Espiar.

CHAPO:...............Mezcla de cualquier harina y agua.

CHAQUIÑÁN:.......Sendero en zigzag que trepa por los cerros.

CHAS QUIVAY:.....Lamentación de los deudos ante un cadáver.

CHICHA: ....Bebida de maíz fermentada.

CHIGUAGUA:........Juego pirotécnico en forma de muñeco.

CHÍMBALOS:.......Fruta silvestre.

CHOCHO: ....Planta leguminosa de fruta pequeña y comestible.

CHOLO: ....Mestizo de indio y blanco.

CHUCHAQUI: ......Estado angustioso que sigue a la borrachera.

CHUCHUCA: ....Clase de maíz machacado para sopa.

CHUCO: ....Seno materno.

CHUGCHI: ....Desperdicios recogidos en las sementeras después de una cosecha.

CHUGCHIDOR: ....El que recoge los derperdicios de las cosechas.

CHUMA: ....Borrachera.

CHUSOS: ....Los hijos menores.

DIUS SU LU PAY:.Dios se lo pague.

DOÑA: ....Tratamiento que a veces se le da a la mujer india.

EQUIGÜEYCA:.....Se equivoca.

ESTANCO:............Tienda donde se vende aguardiente.

ESTICO:...............Diminutivo de éste.

FARFULLAS: ....Persona alocada.

FACUNERO: ....Tubo de caña o de metal por donde se sopla para avivar el fuego.

GA O CA:............Sólo sirve para dar fuerza a la frase.

GUAGRA:.............Un toro o un buey.

GUAGUA: ....Hijo. Toda criatura.

GUAMBRA:..........Muchacho o muchacha.

GUAÑUCTA:........Tener bastante.

GUARAPO:...........Jugo de caña de azúcar fermentado. Bebida con la cual se emborrachan los indios.

GUARMI: ....Hembra. Hábil en los quehaceres domésticos.

GÜIÑACHISCHCA: ..Servicia a quien se le ha criado desde niña.

GÜISHIGÜISHI:...Renacuajo.

HELAQUÍ:...........He aquí.

HOSHOTAS: ....Alpargatas de indio.

HUASCA: ....Lazo de pellejo de res.

HUASQUERO: ......El que usa y sabe manejar la huasca.

HUASICAMA: ......indio cuidador de la casa del amo.

HUASIPUNGO:.....Huasi, casa; pungo, puerta. Parcela de tierra que otorga el dueño de la hacienda a la familia india por parte de su trabajo diario.

HUASIPUNGUERO:...El que habita y se halla atado a la deuda del huasipungo.

INDIAS SERVICIAS:...Mujeres indias que prestan servicios en la casa del
amo.

JACHIMAYSHAY:..Costumbre de bañar a los muertos para que realicen en
regla su viaje eterno.

JAMBATO: ....Especie de rana.

JUE: ....Fue.

LEJURA: ....Muy lejos.

LIMETA: ....Media botella de aguardiente.

LOCRO: ....Sopa de patatas.

LONGO O LONGA: indio o india joven.

LUEGUITO: ....Diminutivo de luego.

MACANA: ....Especie de chal de india.

MANAVALI: ....Que no vale nada.

MAÑOSO: ....Taimado. Con muchas mañas.

MASHCA:.............Harina de cebada.

MATINÉ: ....Blusa de chola.

MINGA:................Trabajo colectivo. Vieja costumbre heredada del In-
cario.

MINGUERO: ....El que trabaja en la minga gratuitamente.

MISU: ....mismo.

MISHCADO: ....Llevar abrazado y seguro algo provechoso.

MOROCHO:..........Especie de maíz.

NIGUA: ....Insecto parecido a la pulga, pero más pequeño y que pe-
netra bajo la piel.

ÑO O ÑA:............Contracción de niño o niña. Forma de tratar de los
indios a los blancos sin especificación de edad.

ÑORA:.................Señora.

ÑUCA: ....Mío.

ÑUCANCHIC:......Nuestro o nuestra.

PES: ....Contracción de pues.

PEGUJAL: ....Parcela de tierra.

PICANTE: ....Comida sazonada con mucha pimienta y ají.

PICARSE: ....Comer un picante.

PILCHE: ....Recipiente de media calabaza.

PINGANILLA: ......Elegante.

PISHCO: ....Pájaro.

PITE: ....Poco.

PONDO: ....Barril de barro cocido en forma de cántaro, con boca chica para guardar el agua ola chicha.

PONGO: ....indios del servicio doméstico gratuito.

PROBANA: ....Obsequio para probar.

PUPO: ....Ombligo.

PURO: ....Aguardiente de caña.

PUSHCA: ....Exclamación. Hecho una desgracia.

RICURISHCA: ......Placer. Cosa muy agradable.

ROSCA: ....Tratamiento despectivo para el indio.

RUNA: ....Indio.

RUNAUCHO: ....Potaje de indio.

SANJUANITO: ......Música y danza de indios.

SHA: ....Está allá. Queja para lo que está distante, perdido.

SHACTA: ....La casa del campo, del pueblo.

SHAPINGACHOS:..Tortillas de patata.

SHORANDU: ....Llorando.

SHUCSHI: ....Forma de espantar a los perros.

SHUGUA: ....Ladrón.

SOCORROS: ....Ayuda anual que con el huasipungo y la raya –diario nominal en dinero– constituyen la paga que el patrón da al indio por su trabajo.

SOROCHE: ....Enfermedad de los páramos por la altura.

TAITA: ....Padre.

TAN: ....También.

TREINTAYUNO:...Potaje de intestinos de res.

TRINCAR: ....Sorprender en delito.

TOSTADO: ....Maíz tostado.

TUPUSHINA: ....Especie de pañuelo o chal que usa la mujer india prendido en los hombros.

TUSA: ....Carozo.

YAPAR: ....Obsequiar más de la medida de la compra.

ZAMBA: ....Mulata.

Thank you for acquiring

HUASIPUNGO

from the
Stockcero collection of Spanish and Latin American significant books of the past and present.

This book is one of a large and ever-expanding list of titles Stockcero regards as classics of Spanish and Latin American literature, history, economics, and cultural studies. A series of important books are being brought back into print with modern readers and students in mind, and thus including updated footnotes, prefaces, and bibliographies.

We invite you to look for more complete information on our website, **www.stockcero.com**, where you can view a list of titles currently available, as well as those in preparation. On this website, you may register to receive desk copies, view additional information about the books, and suggest titles you would like to see brought back into print. We are most eager to receive these suggestions, and if possible, to discuss them with you. Any comments you wish to make about Stockcero books would be most helpful.

The Stockcero website will also provide access to an increasing number of links to critical articles, libraries, databanks, bibliographies and other materials relating to the texts we are publishing.

By registering on our website, you will allow us to inform you of services and connections that will enhance your reading and teaching of an expanding list of important books.

You may additionally help us improve the way we serve your needs by registering your purchase at:
http://www.stockcero.com/bookregister.htm

CPSIA information can be obtained
at www.ICGtesting.com
Printed in the USA
FSHW010907021221
86585FS

9 781934 768266